# Ciudad dormida

EDICIONES DEL SERBAL

Diseño de colección: Guillermo Longhini
Primera edición: 2014

C/ Francesc Tàrrega, 12 - 08027 Barcelona
Telf. 934 080 834
Correo electrónico: serbal@edicionesdelserbal.com
**www.edicionesdelserbal.com**
Impreso en España
Impresión: Arvato Bertelsmann
Depósito legal: B-22442-2014
ISBN: 978-84-7628-754-5

Fernando Ariza

# Ciudad dormida

COLECCIÓN EL BIBLIONAUTA N. 9
EDICIONES DEL SERBAL

*Para Tamara, la auténtica Caimacana*

If a city has a personality, maybe it also has a soul. Maybe it dreams.
I do not fear cities sleeping, stretched out unconscious around their rivers and statuaries like cats in the moonlight. Sleeping cities are tame and harmless things.
What I fear… is that one day the cities will waken. That one day the cities will rise.

Neil Gaiman, *The Sandman*

# PRIMERA PARTE: UNA MUERTE EN CINCO TIEMPOS

# Dona

Dona pensaba en serpientes y escaleras. Y en una copa vacía. En las situaciones difíciles había aprendido a imaginar objetos sencillos para evitar perder el control de sí misma. La estrategia consistía en contemplar esos objetos imaginarios como la obra maestra de un museo. Que tuviera que memorizar los detalles más pequeños de su constitución, como si fuera una prueba para salvar la vida.

Comenzaban siendo objetos vagos, casi de humo. Concentraba esa neblina hasta que adquiría consistencia de sueño. Un esfuerzo mayor lo convertía en objeto recordado. Si la tensión del ambiente exigía una huida aún mayor hacia el centro, ese objeto memorizado se materializaba en objeto mismo y de recordado pasaba a recordable, obligatoriamente recordable como un conjunto de fragmentos que importaban en sí mismos.

Dona estaba en una de esas situaciones. Iban en el coche. Lequerne conducía con furia contenida. Las curvas de la carretera perfilaban la caída del acantilado. El mar era azul y luminoso. Llegaban tarde a la fiesta de los marqueses porque ella no había logrado arreglarse a tiempo. Él recuperaba aquel tiempo perdido. Con cada acelerón o curva tomada peligrosamente le recriminaba su falta. El motor rugía bajo el capó del coche, como una amenaza, como esa maquinaria seca que era el resuello de Lequerne en los momentos más íntimos.

Dona miró por la ventanilla. El mar era azul y brillante, pero ya no tanto como ese estallido de realidad que era al mediodía. En ese momento de la tarde, la luz se reflejaba en el agua y creaba unos resplandores demasiado cambiantes como para tener la consistencia deseada. Dona tomó esa imagen como una fotografía interior, eliminó el agua y la cuenca seca del océano se transformó en el interior de una copa metálica. El resto del paisaje desapareció en un entorno neutro. Las serpientes llegaron con el olor acre que estaba segregando Lequerne. No era sudor, o al menos no era un sudor normal, era demasiado masculino, demasiado sexual, insufrible en el coche mal ventilado por el climatizador con circulación interna.

Las serpientes reptaron por el pie de la copa. Al principio fueron incontables, pero solo tres llegaron hasta el fuste. Allí se quedaron, ondulantes pero estrictas como el metal con el que se fundían. Los ojos eran pequeños rubíes. Ya metálicas, subieron por el cuenco, como para beber el líquido inexistente.

Dona bajó el cristal de la ventanilla. El olor le picaba en la nariz, la ahogaba y la distanciaba de la imagen que estaba construyendo. Lequerne gruñó algo sobre el frío del climatizador y lo volvió a subir desde su cuadro de mandos. Ella cerró los ojos y se concentró en su propia respiración para no responder, para no saltar con esa furia que tanto temía.

Volvió a su imagen. Los cuerpos de las serpientes se habían trenzado entre sí porque ya no había base ni fuste sino que ellas mismas lo conformaban. Las tres cabezas habían llegado hasta el borde mismo de la copa. Dona advirtió que esa copa nunca había contenido ningún líquido porque era estéril. Luego pensó en las escaleras de mano. Debían de estar por alguna parte y las encontró finalmente grabadas en los lomos de las serpientes, como sencillas escisiones sobre el bronce del objeto. Su mirada rodeó la copa para contemplarla en todo su volumen. El interior brillaba virginal, el exterior era mate, y tenía en cambio más de un rasguño. Los memorizó con detenimiento, ese objeto debía ser único e irrepetible, valioso como su propia vida. A cada acelerón más se fijaba en los detalles: una de las serpientes había perdido el rubí del ojo. Había una pequeña abolladura en la copa que no se notaba desde el interior. El objeto ya tenía completa consistencia. Solo le faltaba un nombre para que terminara, ya cumplida su función, en el cajón de sastre en la memoria de Dona, junto a libros sin texto, paraguas, broches de pelo y bombillas, muchas bombillas de diferentes colores y formas.

Acababan de cruzar la última curva del acantilado. Apenas quedaba el camino de entrada a la mansión, jalonado de cipreses. El coche redujo la velocidad. La tensión del conductor también disminuyó. Dona dejó de ver aquella copa: el Cáliz de Eva.

—Hemos llegado a tiempo —dijo él con una sonrisa satisfecha. Ella le devolvió un gesto neutro y bajó el espejo para repasar el maquillaje. Sacó el pintalabios del bolso.

—Al menos Ana lo agradecerá —dijo mientras perfilaba la comisura de la boca—. No soporta las fiestas de su marido.

—Sobre eso quería yo hablar. No comprendo por qué no aprovechas que sois tan amigas para introducirme en el círculo de su marido. Ya sabes la influencia del marqués entre los empresarios de la ciudad.

—No voy a volver a ese asunto. Ya sabes lo que opino de Catedral —dijo con voz queda, como para sí misma. Conocía a Lequerne y sabía que ese tipo de comentarios solían enfurecerle.

Efectivamente, paró el coche con un frenazo y apagó el motor. Se volvió hacia ella.

—Tu opinión sobre el marqués no me importa nada. A mí tampoco me cae bien, con esos aires que tiene. Pero ya sabes que nuestros negocios están en un momento muy delicado, y necesitamos esos contactos. —La furia había evolucionado hasta adquirir un tono pedagógico bastante simplón. Dona no sabía si sentir lástima o asco. Otro coche se acercaba por detrás y probablemente se preguntaría qué hacían parados en medio del camino.

—Está bien. Intentaré ayudar —dijo para evitar un espectáculo de su marido—. Si quieres convertirte en parte de la corte de Catedral, allá tú. Pero te aviso que el marqués solo concede favores si sabe que va a recuperar esa ayuda con intereses. Y tiene mucha memoria.

Aquella concesión pareció convencerle. Encendió el coche y reanudó la marcha. Pararon frente a la puerta principal. Le dio las llaves al hombre que le abrió la puerta, se ajustó la pajarita y le ofreció el brazo a Dona, que ya había salido. Los dos forzaron una sonrisa mientras subían la escalera.

Otro hombre con aspecto de portero de discoteca les abrió las puertas de acero. La oscuridad del interior contrastaba con la luminosa tarde. Entraron con la fuerza de la inercia al gran recibidor. La puerta se cerró tras ellos. Se encontraban en una sala alargada y desnuda de mobiliario. Grandes apliques de cobre iluminaban el techo. En el otro extremo estaba Catedral, vestido de negra etiqueta, junto a un hombre delgado y mucho más bajo que él.

—Creo que el tipo bajo es Niebla —susurró Lequerne—. Hace no mucho el marqués le nombró su consejero delegado.

Pero Dona estaba pensando en la dramaturgia de la escena.

Era la primera vez que visitaba la recién terminada mansión del marqués. Aquel pasillo, aquella espera al final del mismo, le recordaba a una boda o a algún tipo de rito ancestral. Como si ellos mismos fueran los novios y el marqués, el sacerdote a la espera de las víctimas sacrificiales. La formalidad y los tacones le impedían acelerar el paso o hacer algún gesto que rompiera la frialdad de las miradas y las sonrisas congeladas de los que aún no se han saludado pero que no están a la distancia apropiada para hacerlo. El marqués se inclinó para comentar algo al tal Niebla. El camino se le hizo eterno. Le enfureció la simpleza de su marido; probablemente veía como un cumplido o incluso una señal de respeto que Catedral los recibiera con tanta solemnidad, inconsciente de que toda aquella parafernalia tenía la función de humillar a sus invitados y la de someterlos a su frío escrutinio.

Llegaron finalmente hasta ellos. El marqués les tendió una mano fría y enérgica.

—Me alegro de que hayáis aceptado mi invitación. Os presento a mi socio, el doctor Niebla.

El mencionado le dio la mano a Dona. El esmoquin le quedaba grande o más bien desmedido; como si le hubieran intentado ajustar una talla infantil. El pelo engominado y cortado a navaja le daba un aspecto de niño aplicado que contrastaba con unas gafas oscuras con el cristal esférico, completamente fuera de lugar en aquella sala interior.

—Encantado de conocerla, señora Lequerne, me han hablado mucho de usted. Y de su marido —dijo simulando un descuido—, señor.

Lequerne extendió la mano, pero Niebla le cortó el movimiento al forzar una sencilla inclinación de cabeza que fue correspondida con cierta confusión. El marqués les abrió la puerta situada a sus espaldas en una invitación casi forzada a salir de aquel lugar. Dona volvió a sentirse manipulada, con la sensación de haber pasado una prueba aunque sin saber el resultado.

Entraron en las salas nobles de la vivienda, donde ya estaban los primeros invitados. Las habitaciones mantenían la sobriedad del recibidor, pero grandes cuadros abstractos y lucernarios repartidos por el techo creaban un ambiente más alegre.

Como guiados por una señal, el matrimonio se separó casi al atravesar la puerta. Lequerne fue hacia la barra para pedir un whisky. Dona buscó a su amiga. La marquesa estaba hablando con alguien un poco apartada del resto. Aceptó una copa de champán que le ofreció un camarero y caminó hacia ellos. En cuanto la marquesa la vio, fue a saludarla. Le presentó a su acompañante, Martín Atreo. Se trataba de un joven con cutis envidiable y grandes ojos verdes. Besó su mano con ademanes teatrales y la introdujo en la conversación con gran naturalidad. Estaba hablando de sus éxitos con el florete.

—Ya saben lo que dicen: la esgrima une la elegancia del ballet con la estrategia del ajedrez. Y me atrevería a decir que la agresividad del kárate.

Dona contempló la sonrisa de su amiga dirigida hacia aquel hábil mancebo. A pesar de su evidente juventud, tenía en la mirada un fondo de astucia que la intranquilizaba: controlaba demasiado la situación para su corta edad. Sin embargo, no era el perfil de hombre que cada cierto tiempo aparecía en la vida de Ana para destrozarlo todo: triunfador hipermasculino con férrea seguridad en sí mismo. Pero ya Catedral gozaba de aquellos dones en abundancia, por lo que esa imagen del varón protector parecía cubierta e igual estaba desarrollando otro tipo de apetencias.

Ella y Ana se habían conocido cuando la marquesa apenas sabía lo que significaba el título que ahora poseía. La recordó con aquellos dieciocho años. Gozaba de la terrible combinación de poseer esa oscura belleza que enloquece a los hombres y un destructivo complejo por sus orígenes humildes. Solo la salvaba de la ruina una gran ingenuidad que otros ojos consideraban simpleza pero Dona apreciaba como fuerza espiritual. Se hicieron amigas como el agua y el aceite. Dona descubrió con el tiempo que aquel supuesto acto de caridad que la movía a ver a su amiga y a ayudarla en los momentos más bajos estaba en el fondo provocado por su propia necesidad de respirar fuera del mundo sano y biempensante en el que había nacido. Del mismo modo que intuía que Ana nunca la había visto como una tabla salvadora en los momentos de tormenta, sino más bien la amiga a la que debía desatar un poco para que saliera de su letargo.

—Dona, ¿adónde te has ido? —le preguntó su amiga—. Llevas un rato ensimismada.

Focalizó la mirada. Pensó con malicia que era probable que hubiera aprendido la palabra «ensimismada» esa misma tarde.

—Perdona, me he quedado absorta.

Atreo la miró con tanta intensidad que tuvo que desviar la mirada. Aquellos ojos tenían algo de hipnótico. Un sentimiento de pudor casi adolescente la invadió.

—Dona —le dijo él con expresión atenta—, ¿ha pensado últimamente en una copa vacía?

Esta vez le aguantó interrogante la mirada. Sintió agitarse la sangre en su interior. De pequeña había jugado a acercar y alejar una luz a la cara para comprobar cómo el iris se reducía ante la falta de luz. Algo similar sucedió en los ojos de Atreo, pero sin luz de por medio. El iris aguamarina se adelgazó hasta casi desaparecer. Dejó en su lugar una gran pupila negra orlada de verde. Sin conocer exactamente el motivo, aquello le pareció insultante. Entreabrió las espuertas de su cólera.

—¿Se refiere a una copa que nunca ha contenido líquido? —exclamó con violencia, enarbolando el dedo a modo de amenaza—. ¿Una copa con serpientes?

El otro sonrió con picardía. Sus ojos volvieron a su bonito color.

—Me refiero a que se le ha acabado el champán y tiene la copa vacía. ¿Quiere otra?

—No, gracias —respondió confundida.

—En ese caso me despido. —Se alejó con movimientos elásticos. No parecía ofendido por la reacción de Dona, sino más bien secretamente satisfecho.

Las dos mujeres miraron hacia el lugar por donde había desaparecido.

—¿Amigo tuyo?

—Creo que va al club deportivo de Fermín. Yo pensaba que mi marido solo iba allí para hacer negocios y descubro ahora que es un portento con la espada.

—El marqués no parece muy comunicativo.

—Nada. Al principio, ya sabes, como todos. Pero desde la boda está cada día más cerrado. Aunque me sigue tratando como a una reina.

—Supongo que será ley de vida. ¿Y ese chico?

—Me parece encantador. Ha sido una suerte que estuviera antes de que tú llegaras. Es el único que no me trata como a un bicho. Los demás, o me desprecian por ser como soy, o me hacen la pelota por Fermín.

—Habrá alguno que también te desee.

—Eso, todos. Pero ya sabes cómo son esos babosos de traje a medida.

—¿Y las mujeres?

—Las peores —dijo con un gesto de desprecio—. ¿No es ese

tu marido? —Señaló con la copa a Lequerne. Se dirigía a un grupo cerrado de hombres de negro.

—Allá va. En busca de contactos. Tiene la firme convicción de que las relaciones sociales constituyen el verdadero motor que mueve el mundo.

—Si quieres le digo a mi marido…

—No te preocupes. Aún tengo algunas sociedades saneadas y fuera de su poder. Prefiero que me cuentes más del tal Atreo.

—Qué quieres que te diga. Me parece muy mono, aunque está claro que solo es un niño.

—Espero que no te metas en ningún lío. Las reglas del juego han cambiado ahora que estás casada. A mí me parece demasiado desinteresadamente adulador. Aunque bien mirado, a estas fiestas de mercadeo solo les faltaba el gigoló.

—Pues te equivocas. Por lo visto tiene un gran patrimonio familiar. Pero no le interesan los negocios, sino el ilusionismo. Pretende convertirse en un gran mago. ¿No te parece envidiable que haya alguien con tales ideales?

—Igual por eso se dedica a leer el pensamiento.

—¿Verdad que sí? A mí me ha dicho varias cosas terribles, que casi ni yo sabía —los ojos de Ana se oscurecieron un instante—, pero lo dice así, de broma y no sé cómo tomarlo.

Lequerne había logrado introducirse en el círculo de hombres. Allí estaba Vivar, quien hacía no mucho había sido la mano derecha del marqués y alentador de su fortuna. También estaba Niebla, su flamante sustituto. La ubicación de ambos evidenciaba una confrontación, como dos puntos magnéticos que atrajeran diferentes tipos de metal. Aunque parecía un amigable círculo, dependiendo de la situación desde donde se mirara más parecían dos equipos deportivos o dos ejércitos preparados para la batalla. Una mirada más atenta mostraba la desproporción de los bandos a favor de Niebla. En medio, como un electrón perdido, andaba Lequerne, que con grandes ademanes pretendía hacerse notar.

—Veo que hay tormenta en los negocios del marqués —dijo Dona.

—Eso dicen. Por lo visto, Vivar no está de acuerdo con el nuevo negocio que ha propuesto Niebla.

—¿Qué opinas de él? A mí me ha parecido siniestro.

—Conmigo es muy educado. Marquesa por aquí, marquesa por allá. Me sorprende que no muestre mucho interés. Yo creo que ni me mira, aunque igual son esas gafas que no se quita nunca y en el fondo me devora tras esos cristales.

En ese momento acababa de entrar el marqués en el grupo, por lo que las posiciones se reestructuraron. Lequerne había logrado colocarse a su lado y le estaba contando algo con gran entusiasmo. El desinterés de Catedral era evidente incluso desde la distancia donde se encontraban las mujeres.

—Acompáñame —dijo Dona, invadida por la vergüenza—, tenemos que rescatar a tu marido del mío.

—Pero ¡déjalos! Ni que fueran niños pequeños. Vamos a tomar algo y a pasarlo bien.

Según se alejaban, Dona vio con alivio cómo Catedral le daba una tarjeta a Lequerne y este se retiraba con grandes inclinaciones de cabeza.

—De todas formas, me parece que infravaloras a Lequerne. Ni es tan tonto ni tan torpe como piensas. Y es además muy atractivo.

Dona la calló con una mirada dura. Ana sabía que no se podía bromear con ese asunto. Lo intentó arreglar con un mohín de perdón. La llegada de un hombre rompió la escena. Saludó a Ana con exagerada teatralidad.

—Marquesa... —Forzó una inclinación de cabeza—. Ha pasado mucho tiempo desde la última vez que nos vimos. Veo que la vida te ha tratado muy bien.

Ana pareció muy sorprendida, más incluso de lo razonable en aquel contexto.

—Me gustaría poder decir lo mismo sobre ti —le dijo casi en un susurro. Luego se dirigió a su amiga con tono jovial—. Dona, te presento al detective Lang. Por algún motivo está en la fiesta, pero estoy convencida de que ha sido por error, y la va a abandonar inmediatamente.

Dona ubicó a aquel hombre en el antiguo mundo de su amiga. Una de tantas historias con final embarrado que exige la insistente vida nocturna y, pese a lo que podía parecer, siempre dejaban secuelas. Encasilló fácilmente a ese hombre en el perfil del buitre carroñero. Aunque los ojos algo saltones y esos dientes desordenados no le ayudaban, se le adivinaba cierta inteligencia natural y una falta de escrúpulos que lo podían convertir en una persona peligrosa cuando una se hallaba con la guardia baja.

—Pues te equivocas. Esta vez no he venido por ningún asunto profesional, si te refieres a eso. He sido invitado por el mismísimo marqués, tu marido. —Lleno de orgullo, extrajo de la chaqueta el sobre con el escudo de Catedral—. Reconozco que me ha sorprendido, pero he pensado que podía aprovechar para ver a viejos amigos.

—Ya veo que esta no va a ser una de esas fiestas aburridas —dijo la marquesa mirando con disgusto hacia el infinito.

—Seguro que no —respondió Dona cuando vio a su marido en alegre conversación con dos chicas jóvenes. Se las veía encantadas con la historia que él contaba. Aparentemente, la tarjeta de visita del marqués le había dado nuevas energías. Dona hizo un gesto de desagrado. Más que por la humillación de verle flirtear delante de ella, se sentía abochornada del ridículo que hacía ante tanta gente conocida.

—Vámonos de aquí —dijo Ana, visiblemente molesta.

Dona la siguió de buen grado.

El detective Lang dijo algo incomprensible en la distancia. Ninguna de las dos lo escuchó. Dona repasó inútilmente la lista de complicadas relaciones de la marquesa para intentar ubicar a aquel hombre que parecía haber sido algo más que una mala resaca. Recordó que varios años atrás, Ana estuvo desaparecida durante unos meses. Regresó un día como si hubiera dado la vuelta al mundo haciendo autoestop. Tal vez en ese hombre estaba la clave.

Cruzaron la sala cogidas del brazo; la marquesa saludó a la gente con gestos visibles pero distantes. Se acercaron a Vivar, que parecía un poco perdido en ese momento. El alcohol había comenzado a hacer mella en él. Dona lo vio más gordo y mucho más envejecido que la última vez.

—Buenas tardes, señoras. —Respiraba con dificultad, pero pese a todo no dejaba de fumar.

—Se le ve muy bien —dijo Dona.

—Ya me gustaría a mí, hija. Los años no se repiten y yo ya estoy contando hacia atrás. Pero aún me queda nervio, ¿verdad? Quería ver a más de uno a mi edad.

—Por supuesto, Rodrigo. Nadie puede contigo.

—Gracias, Ana. Ya te lo he dicho varias veces, pero qué alegría me ha dado vuestra boda. La única decisión razonable que ha tomado Fermín en los últimos tiempos. ¿Te ha dicho algo del nuevo proyecto?

Ana negó con la cabeza.

—A mí tampoco me dice mucho. Todos sabemos con quién habla ahora, ¿verdad? Con todo lo que he hecho yo por él.

Hizo una pausa para tomar aire. Aprovechó para encender otro cigarrillo. La primera calada le produjo un ataque de tos.

—Sé que no siempre hemos hecho las cosas del todo bien. En ocasiones tuvimos que tomar la vía más rápida, que tal vez no era la más legal. Y los impuestos... En fin, ya sabes.

Hizo un gesto contrito. Pero su vozarrón volvió con ímpetu.

—Eso sí. Te aseguro que nunca hemos perjudicado a nadie, al menos directamente. Hay límites que no se pueden cruzar. Esas ideas que tiene Niebla no son buenas.

Las dos mujeres se miraron. Vivar había enrojecido y se le veía con serias dificultades para respirar. Parecía que iba a caerse. Desanudó la pajarita y abrió el cuello de la camisa. Entre las dos lo ayudaron a sentarse.

—Tienes que cuidarte más, Rodrigo.

—Ya sé yo de quién tengo que cuidarme —murmuró. Alcanzó un whisky de un camarero y le dio un buen sorbo.

—No os preocupéis por mí. Id a divertiros. —Resopló desde su asiento y miró a los invitados. La fiesta estaba en su momento más concurrido. El calor de la tarde evitaba que la gente saliera a los jardines, por lo que se mantenían amontonados en las salas.

Las dos mujeres se quedaron en silencio cerca de Vivar. Vieron entrar a un hombre con extraña apariencia. Vestía un esmoquin notoriamente pasado de moda y varias tallas más grandes, lo que hacía que resaltara especialmente su constitución extremadamente alta y delgada. Caminaba sumido en una nube interior. Miraba a la gente con extrañeza, como preguntándose qué hacía él allí.

—Voy a acercarme —dijo la marquesa—. Será otro de los nuevos amigos de mi marido. ¿Te quedas con Rodrigo?

—No te preocupes, voy yo. Probablemente lo único que quiera es que le digan que no se ha equivocado y que le sirvan una copa.

Fue hacia donde estaba aquel hombre.

—Buenas tardes —saludó—. Soy Donatela Lequerne.

—Buenas tardes, señorita. Yo me llamo Alonso Quesada, abogado.

Le estrechó la mano con mucha formalidad. Tenía un tono de voz perfectamente coherente con su físico: grave, seco y sordo.

—¿Le apetece tomar algo? —preguntó Dona.

—Pues tomaría un anisete, si no es mucha molestia. —Parecía buscar a alguien desde su gran altura.

Dona fue a la barra. Pidió la bebida con cierto escepticismo, pero al camarero no pareció extrañarle la petición.

—Muchas gracias —dijo Quesada al recibir la copa—. Perdone que le pregunte, ¿no sabrá si está aquí el señor Vivar?

—¿Rodrigo? Por supuesto —exclamó con entusiasmo—. No sabía que fuera su amigo. Hasta hace un segundo estaba hablando con él.

Le llevó hasta el lugar. Vivar seguía sentado, pero en cuanto los vio se incorporó. Parecía conocer bien al tal Quesada. Dona le preguntó por Ana, pero no sabía qué había sido de ella. Dejó a los dos hombres y fue a los jardines. Los invitados estaban saliendo para ver la puesta de sol y disfrutar de una temperatura que comenzaba a ser por fin agradable.

La gran terraza sobre la colina mostraba una perspectiva inmejorable de la ciudad. A Dona le pareció que esas vistas podrían ser incluso intencionadas, como si fuera un balcón desde donde Catedral pudiera contemplar el crecimiento de su imperio. Se acercó a la barandilla metálica. Un corte formado por grandes piedras separaba la residencia del resto de las casas del monte, que a su vez aparecían disociadas de la ciudad, ya en la ladera y en la cuenca del valle. La abundante vegetación de esa zona residencial y sus grandes casas constataban el alto nivel social de sus habitantes. Ya en la ciudad, junto al puerto, se encontraba el centro urbano, de casas antiguas y bajas en calles irregulares. Más al norte, casi creando una silueta en bloque frente al mar, estaba el nuevo barrio financiero en plena explosión de grúas, vigas de hierro y bloques de piedra. En medio de los incipientes rascacielos se erigía, como una montaña o un oscuro iceberg, el edificio del marqués. Grandes bloques de hormigón negro creaban esa gran masa fría que recordaba ligeramente a un navío o, por qué no, a una catedral. En un extremo, impoluta en su blanco único, surgía una esbelta torre, como un mástil o una columna. Los reflejos del atardecer le daban un tono dorado al mármol sin veta.

Una súbita luz intensa, blanca y concretísima se encendió en el extremo de la torre. Aquella iluminación fue inmediatamente seguida por un sonoro aplauso. Dona se giró y comprobó con alarma que durante su ensoñación todos los invitados habían salido a la terraza para contemplar el encendido de aquella luz al que aplaudían como si fuera una inauguración. Se apartó discretamente para escuchar a Catedral, que hablaba a la gente subido a un pequeño pedestal.

—Muchas gracias por su emotivo aplauso. Espero que esta luz guíe a modo de faro nuestra nueva travesía empresarial. El edificio Alanka, ya prácticamente terminado, albergará el mayor proyecto industrial que ha visto la ciudad. Es para mí una gran alegría compartir este momento con todos ustedes.

Otro aplauso interrumpió al marqués y le obligó a sonreír agradecido. Con mal disimulado gesto de impaciencia pidió silencio para continuar el discurso, pero los ánimos estaban encendidos por el alcohol y aquella inercia eufórica parecía difícil de contener. Dona aprovechó para buscar a su amiga. Probablemente estaría tras el apretado muro de invitados que rodeaba al marqués. Intentó hacerse paso entre la muchedumbre, pero no pudo evitar dar más de un empujón.

—Cuidado, señora —le dijo con chulería una chica joven y atractiva.

Aunque aquella denominación la ofendió, prefirió pasarla por alto y seguir su camino. No pudo evitar oír el comentario que la chica le hacía al hombre con el que estaba.

—Menudo culo que tiene la vieja. Casi me tira al suelo —añadió con una risita.

Dona se dio la vuelta con furia, pero antes de decir nada vio que el acompañante, que apenas se había dado cuenta de nada, entretenido como estaba en el cuello y el escote de la chica, era Lequerne. Podría reconocer ese pelo enmarañado y ya algo canoso en cualquier lugar.

Dudó unos instantes. Se dio la vuelta y con pasos inseguros comenzó a luchar entre la marea de gente. Sentía que el suelo se movía bajo sus pies. Una vez fuera, pidió que le llamaran un taxi mientras destrozaba el Cáliz de Eva con manos invisibles.

Otro texto apareció en la esquina de la pantalla: «El hombre sin ojos te mostrará el camino». Aquello no podía ser real. Desde que había decidido prescindir de un terminal concreto, su localización en la Red era prácticamente imposible. Ni él mismo, que se consideraba el mejor, sería capaz de rastrear a alguien que se moviera en la nube con identidades aleatorias y direcciones de protocolo tan cambiantes como lo eran los lugares desde donde él se conectaba: cibercafés, bibliotecas públicas, universidades... Sería algo parecido a intentar seguir el rastro a un individuo dentro de un hormiguero, con la peculiaridad de que ese individuo fuera una hormiga diferente en cada momento. Por si eso fuera poco, había extremado la seguridad desde que se había convertido en el primer objetivo de la brigada tecnológica. Llevaba meses sin repetir de terminal, evitaba los lugares con cámaras de seguridad y trabajaba siempre con guantes de látex por las huellas que pudiera dejar en el teclado.

Pero ese tal Arlequín parecía encontrar su ubicación sin apenas esfuerzo.

Esa mañana había llegado el primer mensaje: «Hola. Lizard,

soy Arlequín. ¿Juegas?». Era imposible que nadie supiera su ubicación y menos su alias, por lo que entendió que la policía lo había localizado finalmente. Infectó el ordenador con uno de sus peores virus y salió del cíber con paso rápido. Lo sintió por el dueño del local: el procesador pronto comenzaría a calentarse hasta quedar fundido en una masa de silicio y plástico. Si era rápido con el extintor podría evitar que ardiera el resto de los aparatos.

Caminó hacia otra zona de la ciudad. Durante el trayecto valoró las posibilidades de que hubiera sido la policía. Tal vez lo habían localizado en el ciberespacio y allí poco podían hacer más que asustarlo, crearle una sensación de acoso que tal vez produjera algún descuido o incluso la entrega por desesperación. A fin de cuentas, el mundo que contaba era el real. Pero era la primera vez que daban con él directamente. La persecución que había sufrido en las últimas semanas demostraba que los polis habían mejorado sustancialmente su técnica. Por fortuna, hasta ahora solo habían localizado sus botines: documentos y bases de datos de empresas, claves de acceso, software... y lo que más le perjudicaba en ese momento: habían anulado todas sus cuentas corrientes y tarjetas de crédito, por lo que necesitaba dinero en metálico con urgencia. Encontrar fondos no era ningún problema. Sabía entrar en las cuentas de varios bancos y conocía el margen que ellos entendían se podía perder a lo largo del día entre los miles de operaciones que se realizaban. Conseguirlo impunemente era tan sencillo como retirar hasta esa cantidad. El problema estaba en dónde colocar ese dinero para poder utilizarlo.

Localizó otro cíber. Por otro lado, no era muy razonable que hubiera sido la policía quien le había enviado el mensaje. Con su dirección de protocolo era bastante fácil conocer su ubicación física y si querían arrestarlo simplemente hubieran enviado allí una patrulla lo antes posible en lugar de alarmarlo con mensajes ingeniosos. El problema de tachar a la brigada tecnológica como emisora del mensaje era que abría la posibilidad de que fuera el mismísimo Arlequín.

Entre los hackers se hablaba de Arlequín como de una leyenda o de un héroe mítico. Habían pasado varios años desde su única pero definitiva actuación pero su fama perduraba en ciertos sectores. Nadie conocía su identidad e incluso se llegó a pensar en un colectivo anónimo. El extremo de esta teoría fue desarrollado por un profesor de ciberpsicología en un controvertido artículo sobre la suma inconsciente de actuaciones individuales. Según él, Arlequín no existía en realidad, sino que fueron todos los cibernautas los que crearon por unas semanas una realidad con apariencia de vida independiente. Defendía que la suma de operaciones infinitas produjeron aquella catástrofe como si hubiera sido una acción orquestada, pero todo había sido objeto del azar. Incluso el nombre era inventado. Alguien lo llamó Arlequín por la aparición de rombos verdes y rojos en las terminales afectadas. Una acción de tal magnitud y tan inútil únicamente tendría el sentido de acrecentar la propia vanidad y no era raro en un colectivo que se caracterizaba por su complejo social, por lo que el anonimato no tenía mucho sentido.

Esa teoría nunca le había convencido a Lizard, aunque no tenía otro argumento que el del sentido común y su propia experiencia. Las motivaciones para bloquear el acceso a todos los ordenadores de la ciudad durante dos horas en las que solo aparecían los rombos, para luego desbloquearlos con un simple mensajito de «gracias por su visita» podían ir mucho más allá que el mero exhibicionismo. Más que el porqué realizó tal acción, le interesaba saber de qué manera lo había conseguido. En aquellos años las redes eran mucho más básicas, pero aun así le parecía imposible llegar a tantos terminales y romper todos los sistemas de seguridad en el mismo instante. Tan difícil le parecía como localizarle a él en ese momento.

Entró en un cibercafé. Técnicamente era un cibersexshop. Un lugar perfecto: aunque en el exterior esos lugares eran deplorables, debido a la basura con que traficaban, contaban con unas redes completamente asépticas y muy bien protegidas. El precio era mucho mayor que uno normal, pero estaba asegurada la discreción y el anonimato. Pagó al dependiente con las pocas monedas que aún conservaba. Era un tipo prematuramente envejecido y con un aspecto decadente demasiado logrado incluso para ese lugar. Le sonrió al darle las vueltas con un guiño que quiso ser cómplice y resultó truculento. Retiró el dinero sin ningún comentario. Al menos no le había preguntado por la edad. Se sentó en uno de los cubículos y comenzó a trabajar. Unos viejos ventiladores intentaban aligerar el calor del lugar con poco éxito. Pensó en Arlequín, pero tenía otras necesidades más inmediatas, como buscar un lugar donde dormir esa noche.

Desde que se escapó del orfanato llevaba una vida bastante azarosa. Sin documentación no podía alquilar más que pisos de pésima reputación y hoteles de la peor calaña. Afortunadamente, hasta ese momento había dispuesto de barra libre en todos los cajeros automáticos de la ciudad, por lo que se había hecho pasar por el hijo rebelde de algún jefe de la mafia y no le habían dado más problemas.

Desde que le habían bloqueado las cuentas padecía un destino mucho más incierto. El crédito no existía en el submundo. Esa misma mañana lo habían expulsado de un piso que compartía con estudiantes. El argumento de que se había escapado de casa solo sirvió los primeros días. Aunque entendían su situación, había otra persona que quería la habitación, y esa sí que pagaba. Hizo una mochila con sus pocas cosas y salió con un corte de manga. Le pareció irónico y triste que el hacker más buscado fuera un chaval de dieciséis años perdido por la ciudad.

Reservó en un hotel cercano. Utilizó los datos personales de un donante anónimo con una cuenta corriente bastante saneada. Estaba seguro de que no notaría nada. Solamente le descubrirían si su hipotética y celosa mujer le revisaba los gastos. Y en ese caso estaría más preocupado en explicar de manera convincente el motivo de aquella noche de hotel que en conocer la verdad del asunto.

Según le dio al botón de ingreso apareció el segundo mensaje de Arlequín: «Cuidado con los borradores». Esta vez no destruyó el aparato. El encargado del cíber cruzó el pasillo distraídamente. Se demoró más de lo debido al pasar por su cubículo. Lizard pensó que iba a entrar, pero el hombre titubeó y siguió con su paseo.

El mensaje no estaba incluido en una ventana emergente, sino en relieve sobre la imagen de la pantalla. Era un sistema que no había visto antes. Le pareció original e innecesario, pero estaba tan bien realizado que casi parecía que se había creado un volumen real. Se sorprendió tocando la pantalla en busca del relieve sobre el cristal. Se fijó con más detalle mientras pensaba en el modo de responder, aunque quedaba claro que aquello no estaba previsto. No era una búsqueda de contacto por parte del tal Arlequín, sino un mensaje unidireccional. Al no aparecer en una ventana, tampoco tenía modo de averiguar el origen. Parecía como si lo hubiera enviado directamente a la pantalla física. De hecho, las letras solo se veían desde su posición y probablemente si alguien hubiera pinchado su pantalla tampoco podría ver nada. Admiró la inteligencia de aquel individuo. Como daba por hecho que él sí podía ver su pantalla, abrió un simple editor de textos y escribió «¿Eres Arlequín?».

Esperó unos instantes. En una esquina, también en relieve, apareció otro texto: «Soy tu pesadilla. Tienes que despertar». Le había respondido, aunque de esa forma tan poco directa, lo que significaba que podía leerle. «¿Qué quieres?», tecleó. Pasaron unos minutos, que le permitieron rastrear la información entrante. Cerró todos los programas que potencialmente podrían conectarse a la Red e instaló un medidor de tráfico: le diría de dónde provenía esa información. Pronto llegó la extraña respuesta: «Los borradores te buscan». A cada pregunta se encontraba con una respuesta más críptica. Una estrategia característica de muchos hackers con complejo de gurú místico. Optó por seguir preguntando: «¿Qué tengo que hacer?». Miró el medidor. Para su asombro, no había registrado ningún movimiento. Buscó infructuosamente posibles accesos inalámbricos. De un tirón arrancó la conexión a la Red. No había posibilidad física de entrar en ese terminal. Sin embargo, y con lentitud que le pareció burlona, fueron apareciendo una letra tras otra hasta completar la frase: «El hombre sin ojos te mostrará el camino». ¿Cómo podía ser? Tal vez un programa parásito había entrado antes de desconectar y actuaba automáticamente. Tendría su lógica al ver las frases tan faltas de sentido. Pensó en otra posibilidad pero la desechó casi al instante por absurda: que la información entrara no a través de la línea telefónica sino por la red eléctrica. De cualquier manera era imposible averiguarlo. «¿Sigues ahí?» escribió.

—Vamos a ver.

Le sobresaltó la voz del encargado del local. No le había oído acercarse esta vez. Había entrado en el cubículo y estaba a su lado. Se apartó de la pantalla bruscamente. Por el rabillo del ojo vio cómo las últimas palabras se esfumaban poco a poco.

—Vamos a ver —repitió el encargado amigablemente—. No estarás viendo páginas de niños, ¿verdad? Sabes que es ilegal.

No respondió. Sabía adónde quería llegar y estaba preparado. Solo necesitaba que el otro diera un pequeño paso más. Lo miró duramente.

—No me mires así. Ya sabes que es mi trabajo. —Movía los dedos regordetes como si acariciara el aire. Se humedeció los labios con la lengua—. Si estás viendo chicas o chicos, ahí no me meto. Pero lo otro… ¿por qué llevas guantes de látex? No me estarás ocultando algo, ¿verdad?

No esperó más. Vio un ligerísimo movimiento de su mano hacia él. Se levantó de un salto, cogió la mochila y salió del lugar sin decir nada. En el ordenador no había dejado ningún rastro. El otro no se movió. Una vez en la calle comenzó a correr.

Llegó hasta el hotel donde había contratado la noche. Un hombre guardaba la entrada.

—¿Es esto todo tu equipaje? —preguntó sin apenas mirarle.

—Estoy de viaje. Un par de días en la ciudad.

Le miró con incredulidad. Parecía valorar la situación.

—Está bien. Pero tendrás que pagar una fianza. No quiero encontrarme la habitación destrozada por la mañana y ni rastro de tu sombra.

No tuvo más remedio que confiar en la bondad de aquel hombre, pues no tenía ni una moneda encima. Puso su cara más inocente.

—Lo siento. Me he escapado. He pagado el hotel con la tarjeta de mi padre pero la ha anulado y no tengo dinero. Mañana pienso volver a casa pero necesito un sitio donde dormir hoy.

—Déjame la mochila. —Rebuscó en ella por si encontraba algo de valor. Desde su desconexión virtual también había abandonado cualquier aparato electrónico. Accedió de mala gana—. Como mañana haya el más mínimo deterioro en la habitación me quedo con toda tu ropa.

Subió agradecido. Se desnudó mientras pensaba en las frases de Arlequín. El borrador era una variedad de virus informático, pero hacía tiempo que ese tipo de problemas había dejado de molestarle y, además, era de los más básicos. Por otro lado, no tenía ninguna referencia de algo que estuviera relacionado con un hombre sin ojos en el mundo informático, y por supuesto menos en el real. Se tumbó en la cama. A pesar de que la tarde estaba avanzada el calor era difícil de soportar en aquella pequeña habitación. «Soy tu pesadilla. Tienes que despertar». Había tenido pesadillas desde que tenía memoria para registrarlas. Con los años había aprendido a racionalizarlas, a ponerles nombre a esos sueños en los que el terror era el protagonista. Al despertar sabía que todo era producto de su imaginación e incluso en ocasiones se entretenía buscando su origen: libros, películas, videojuegos o personas conocidas. En los últimos años se sorprendía con situaciones localizadas en la Red, con una mezcla de páginas web vistas desde el interior donde las imágenes y el texto se confundían con la arquitectura informática.

Pero los sueños verdaderamente terroríficos habían sido los de la primera infancia, cuando no conocía las palabras para nombrar a los miedos y la piel de la pesadilla cubría todo su cuerpo. A él nunca le habían explicado que existía un monstruo en el armario o debajo de la cama, por lo que sus temores eran demasiado vagos, ocupaban toda la habitación o eran la habitación o incluso él mismo. Entre todas esas pesadillas sin nombre a quien más temía era a la que había denominado él mismo la Vacío o la Hueco, dependiendo de matices que ni él entendía; y tal vez por ese miedo que producía era la que más aparecía. Se anunciaba con el silencio y un pequeño peso en el estómago, luego parecía que llegaba el frío aunque así no fuera y todo alrededor dejaba de estar y se alejaba un poco mientras la Vacío se acercaba, o tal vez era esa separación la que llegaba y solo dejaba ausencia y falta. Y ni él estaba con él mismo. Cuando todo a su alrededor era la nada, y la súplica de calor humano se hacía desgarradora, el desvalimiento y la soledad se hacían físicas, como un líquido que le rodeara por dentro y por fuera, tan negro e inhóspito como el espacio exterior.

Se despertó empapado en sudor. Hacía muchos años que no sufría ese sueño, si podía llamarlo así, pero el tiempo no le había enseñado a dominarlo. Incluso despierto y aun de día sentía ese malestar tan lleno de recuerdos. Salió a la calle. A pesar del calor se le había quedado el cuerpo frío. Necesitaba comer algo para expulsar ese vacío que le llenaba, pero una vez más se vio con el problema del dinero.

Sacó fuerzas del deseo de venganza que sentía hacia la policía. Destaparía toda la corrupción de la ciudad hasta convertir las calles en un estercolero. Comenzaría por fiscales y jueces, por supuesto, pero a ellos solo los amenazaría, necesitaba que alguien inculpara a todos los altos comisarios y de ahí hacia abajo. Todo estaba en los discos duros y él sabía cómo tratarlos. La rabia lo animó un poco. Entró en una tienda de ultramarinos dispuesto a robar cualquier cosa. Hasta ese momento no había cometido ningún delito sin la protección del anonimato digital y el salto le pareció costosísimo. Simuló buscar una marca concreta de galletas. El dependiente parecía consciente de su intención. Cogió un paquete al azar y fue hacia la puerta. El dueño atendía a otro cliente, pero cuando se acercó le preguntó cortésmente si quería algo más. Negó con la cabeza. Solo tenía que salir corriendo por la puerta, pero fue incapaz y se acercó al mostrador como el condenado camina hacia el patíbulo. Dejó las galletas y entonces sí que corrió, pero de pura vergüenza.

No recordaba haber sufrido antes un hambre similar. Necesitaba calmarla o moriría. Entró en un supermercado. Ya estaban cerrando pero sus ruegos le permitieron pasar. Cogió dos barras de pan y dos tabletas de chocolate. Fue hasta la caja. Ofreció la tarjeta de crédito para ganar tiempo. Ya estaba la comida en la bolsa de plástico cuando le dijeron que para un gasto tan pequeño tenía que pagar en metálico. Hizo ademán de buscar monedas en los bolsillos, pero en su lugar agarró la bolsa y salió del súper, esquivó al guardia de seguridad y comenzó a correr por la calle. El guardia intentó seguirlo, pero al cabo de dos manzanas desistió, agotado.

Siguió corriendo hasta llegar a un parque. Ya a salvo, se sentó en un banco. A pesar de la falta de aliento devoró el pan con el chocolate. Terminó la primera barra con la tableta correspondiente y apenas sintió alguna diferencia en su estómago. Al cabo de unos minutos había acabado con todo. Aunque ya no sentía ese vacío doloroso, tampoco estaba saciado. ¿Podría estar relacionado con la pesadilla? Se sorprendió revolviendo en la basura en busca de comida. Un instante antes de llevárselo a la boca, tiró al suelo medio bocadillo que allí había encontrado. Aun en el suelo le parecía sugerente.

Se levantó y miró a su alrededor. Aquel parque había sido un bosque que habían conservado como pulmón verde en medio del nuevo centro financiero. Contrastaban los grandes árboles centenarios con el moderno mobiliario urbano que acababan de instalar. Las farolas aún no estaban conectadas y las sombras pronto crecieron bajo la vegetación.

Guiado por la avidez y por alguna fuerza incomprensible se adentró en la espesura. El sol había desaparecido y el calor manaba ahora del suelo húmedo del bosque. Las luces de la ciudad rebotaban en la capa de contaminación para darle al cielo un color rojizo. Tal vez era la humedad y el reflejo rojo lo que producía que los verdes de las hojas y la hierba parecieran brillantes, casi fosforescentes.

Creyó ver una luz a lo lejos y caminó hacia ella. Apartaba las ramas de unos árboles que parecían cada vez más viejos. Sentía deseos de descalzarse para sentir la turba y las hojas bajo sus pies desnudos, pero algo le urgía a seguir caminando. En un claro, entre el verde intenso de la hierba y el rojo del cielo estaba el origen de la luz. Se trataba de un hombre sentado en el suelo. Fumaba un cigarro. Cuatro perros descansaban a su alrededor. Pensó en una aparición, o en un simple mendigo que buscara refugio en ese bosque urbano. Caminó despacio, como dirigiéndose hacia una figura sagrada. El otro parecía mirarlo distraídamente.

—Ven aquí —dijo el hombre con voz sarmentosa.

Extendió el brazo. Le tocó la cara, casi como bendiciéndole. Olía a alcohol. Los perros apenas se movían. Eran chuchos de la calle, pero de buen tamaño. Uno de ellos, de color blanco, mantenía una tranquila mirada de atención sobre él.

—¿Cómo te llamas?

—Me llaman Lizard —titubeó.

—A mí me llaman el Caimacán, «el que ocupa un lugar». Pero yo no me llamo así.

El hombre miró hacia la espesura, pareció olvidarse de él. El humo del puro se le enredaba en la barba grisácea y creaba pequeñas volutas.

—¿Tienes hambre?

—Sí. Dame de comer.

Le acercó un paquete de papel translúcido de aceite. Dentro había patatas fritas frías bañadas en salsa mayonesa templada. Dudó un instante y luego las comió con ansia.

—A los perros no les gustan —aclaró el anciano.

Rompió la bolsa y relamió los restos de salsa del papel. Pareció saciarse finalmente.

—Ten cuidado al caminar por este parque. Dicen que lo frecuentan los borradores.

—¿Los borradores?

El Caimacán chupó el puro. Mantenía los ojos en lo oscuro del follaje.

—Los llaman borradores porque nadie sabe su nombre real. No te cruces con ellos y si los ves, corre.

—¿Y cómo son?

—No tengo la menor idea.

Quiso preguntar más. Pero el Caimacán lo interrumpió con la mano.

—Ahora —dijo—, puedes irte. —Ni siquiera le dirigió una mirada de despedida.

Lizard se levantó y cruzó de nuevo el claro. Aunque el cielo seguía rojizo, había perdido la intensidad de hacía unos minutos. El verde también había abandonado su fulgor. El suelo ya no era de mullida hojarasca sino de ramas caídas y piedras. Salió a otro claro con la intención de continuar por un camino más cómodo. Aún no había considerado lo que le había dicho el hombre sobre los borradores. Ni siquiera estaba seguro de que aquello no hubiera sido un sueño, aunque el regusto de la mayonesa persistía en su boca.

Descubrió un camino de grava y lo recorrió pensando que lo sacaría del parque. Pasó el tiempo y aquello no parecía terminar. O el parque era más grande de lo previsto o estaba caminando en círculos. Vio una colina. Desde allí podría al menos saber en qué lugar se encontraba. Según ascendía, una luz blanquísima estalló en el cielo. Miró hacia arriba y lo que parecía haber sido un meteoro se mantuvo en la altura, estático como una estrella imposible en el extremo de una torre blanca localizada en el adyacente centro financiero. Subió hasta lo alto de la colina y logró orientarse. No estaba lejos del límite, aunque debía ir campo a través para alcanzarlo.

Una ligerísima luminosidad cubrió el bosque gracias a aquella luz y le permitió adivinar una sombra en movimiento. Agudizó el oído y la vista. La sombra podía ser cualquier cosa. Escuchó el clarísimo ruido de una pisada. Tal vez el anciano le había seguido. El miedo le llenó el cuerpo y comenzó a correr hacia el límite del parque. Del lugar donde escuchó el ruido salió una sombra de gran tamaño que comenzó a perseguirlo. Los árboles pasaban emborronados tras él. Se golpeó con más de una rama pero no sintió dolor. Si tropezaba, corría a gatas hasta que lograba levantarse de nuevo y continuaba la carrera. Su perseguidor también parecía tener problemas con la espesura. Aun así cada vez los separaba menos distancia.

Ya se veían entre las hojas las luces de la calle. Pensó tal vez ingenuamente que llegar a la civilización lo salvaría de aquello. Rogó por que hubiera un policía rondando la zona. Estaba muy cerca, pero también su perseguidor. Salió del bosque casi rodando. Vio con pánico que una valla metálica separaba la calle de los últimos árboles. La inercia que llevaba provocó que se chocara contra ella. Casi automáticamente comenzó a treparla, pero en ese momento salió su perseguidor del bosque. Bajo la luz de las farolas era menos terrorífico de lo que había aparentado. No era más que un hombre, tal vez otro vagabundo, aunque del tamaño de un gigante. Vestía una gabardina vieja y un sombrero de ala ancha que le oscurecía la cara. Al igual que Lizard, pareció desconcertado al salir de los arbustos, pero pronto lo localizó, le sujetó de una pierna y tiró de él. Tenía una fuerza descomunal. Lizard cayó a sus pies. El hombre lo sujetó por la cazadora.

Consiguió liberar la mano derecha, la cerró y dirigió el puño a la cara con todas sus fuerzas. Ante su asombro, a medio camino algo le sujetó por la muñeca. Un ruido que podría ser el de una risa surgió de aquella cara. Lizard se dio cuenta con horror de que había salido un tercer brazo de la gabardina y le sujetaba la mano. Apareció un cuarto brazo, le agarró del cuello y lo elevó unos centímetros del suelo. Lizard intentó vanamente pegarle patadas, pero no llegaba con los pies. La mano que le sujetaba por el cuello presionó sobre la tráquea. A pesar de que no conservaba muchas esperanzas de sobrevivir, se retorcía con todas sus fuerzas en un vano intento de liberarse. Estaba ya perdiendo la respiración cuando notó que la mano en su garganta se aflojaba. Tomó aire desesperadamente. El hombre miró hacia los lados con atención. Lizard también vio movimiento en los arbustos. Pensó que podrían ser más monstruos. Se escucharon unos gruñidos y aparecieron los perros del anciano. Tenían el lomo encrespado y se movían lentamente, tomando diferentes posiciones alrededor del gigante, que liberó a Lizard y se dio la vuelta.

Cayó al suelo como un saco de piedras. Aún no había recuperado el aliento y apenas le quedaba fuerza, pero se incorporó para subir por la valla mientras pudiera.

El gigante se enfrentó a los perros con sus cuatro brazos, pero no atacó. Parecía valorar las posibilidades de salir victorioso de la pelea. A los animales se les notaba a la espera de una señal. En la oscuridad del bosque se adivinaba la luz roja de un puro encendido. Fue lo último que vio Lizard, ya en el otro lado de la valla. Comenzó a correr de la mejor manera que pudo. Giró en la primera bocacalle. El barrio financiero estaba desierto por la noche. Vio pasar algún coche, pero ninguno hizo ademán de parar. Debía de tener un aspecto terrible. Llevaba la ropa a girones y tenía varias heridas abiertas en los brazos y en la cabeza.

Desconocía cómo se resolverían los acontecimientos entre los perros y el supuesto borrador o lo que fuera aquel monstruo.

En cualquier momento podría aparecer tras él, por lo que corrió calle abajo. Cada vez que veía un coche gritaba desesperado.

Llegó un taxi. Llevaba la luz de ocupado pero paró junto a él. Se abrió la puerta de atrás, allí había una mujer con elegante vestido de fiesta. Le preguntó algo, pero Lizard no supo qué responder. La vio discutir algo con el taxista. Sacó un billete de su bolso y se lo entregó. Le hizo un ademán para que entrara a su lado. Lizard entró sin pensarlo.

El coche arrancó. Miró por la ventana trasera. En ese momento el borrador acababa de girar la esquina. Localizó el coche y corrió hacia ellos, pero ya estaban en marcha, por lo que desistió. Se paró en medio de la carretera como retando al coche a que volviera. Su figura se redujo con la distancia hasta que desapareció tras una curva. Lizard volvió al asiento. La mujer no pareció percatarse de nada.

—¿Dónde vives? —le preguntó. Desde que se vio en una situación segura las pocas fuerzas que había conservado comenzaron a desaparecer. Sintió que se iba a desmayar.

—No tengo casa —respondió con esfuerzo. Había algo en la mirada de la mujer que le tranquilizaba.

—¿Estás herido? —Negó con la cabeza. Debía de estar lleno de magulladuras pero no recordaba haber sufrido ninguna herida grave.

La mujer se dirigió al taxista.

—Llévenos entonces a la dirección inicial. —Después se volvió hacia él con una sonrisa—. Por cierto, me llamo Dona.

El taxi atravesó la ciudad a velocidad de crucero. La radio emitía música clásica. La mujer olía a vainilla. Había demostrado gran decisión en el momento de subirle al taxi, pero ahora se recluía en su lado del asiento, seria y casi avergonzada por lo que había hecho. Lo miró con vacilación en un intento de romper el silencio que se había creado.

—Como manche la tapicería tendrá que pagar la limpieza —dijo el taxista con brusquedad.

—No se preocupe. Le pagaré lo que haga falta —dijo ella. Miró a Lizard con preocupación. Abrió el bolso y sacó un pañuelo.

—Acércate —le dijo—, tienes una herida en la cara que te sangra un poco.

Lizard obedeció. Ella le sujetó la cara, humedeció el pañuelo con su propia saliva y le limpió la mejilla. El dulzor de su perfume, la suavidad de las manos, el cuidado en limpiarle la herida; Lizard nunca había sido tratado de aquella manera. Hizo esfuerzos por mantener la compostura, pero el peso del día le había agotado. Sus ojos se humedecieron y gruesas lágrimas resbalaron por la cara.

—Ya estamos, señora —dijo el taxista al cabo de un rato. La mujer pagó. Salieron a la calle.

Abrió el portón metálico de un edificio antiguo. Subieron en el ascensor y llegaron a la casa. Lizard se movía con movimientos automáticos y poco conscientes. Dona lo llevó hasta un dormitorio. Le quitó la cazadora, los zapatos y los pantalones y lo metió en la cama. Las sábanas eran frescas y suaves. Olían a jabón.

—Duerme tranquilo —le dijo Dona en voz baja—. Aquí estás seguro.

Se durmió con el recuerdo de un beso en la frente.

# Lang

Se ajustó la pajarita con esmero. Se estaba deleitando con cada detalle de la preparación de aquella noche. Había pocas noticias que le alegraran tanto como una invitación a un evento privado: bebida gratis y chicas guapas; pero en este caso se trataba nada menos que de la fiesta del marqués de Catedral. Nunca se había visto en otra y sospechaba que aquel acontecimiento tampoco se repetiría en mucho tiempo. Cuando encontró el sobre verjurado en el buzón, varias semanas antes, pensó que se habían equivocado. Probablemente entre las listas de gente que debían invitar se coló su nombre. Estuvo varios días valorando la posibilidad de llamar para aclarar la situación, pero el riesgo de que constataran el error le hacía resistirse. Por otro lado, el «Se ruega contestación» también le hacía dudar. Desconocía el protocolo y podía suceder que si no confirmaba su asistencia no le dejaran entrar. Tras varios días de titubeos, optó por no decir nada y aparecer en la fiesta a una hora en la que la afluencia de gente le ayudara a pasar inadvertido.

El esmoquin, aun alquilado, no le quedaba mal. Autocomplaciente, repasó el flequillo y se despidió del espejo con un guiño.

Echó un vistazo a su alrededor antes de salir. Los negocios no habían marchado bien desde que Leporello había montado por su cuenta otra agencia de detectives. Los clientes que compartían habían optado por su compañero y comenzar de cero no era fácil. Para ahorrar gastos dejó el piso donde vivía y se arregló un dormitorio en el despacho de su antiguo socio. Pensó con optimismo que así estaría siempre localizable, pero en realidad era innecesaria tanta disponibilidad. La unión entre casa y oficina se había materializado en una confusa mezcla de ambas. La ropa sucia creaba una montaña sobre la silla de visitas, varias carpetas abiertas estaban esparcidas por la cama deshecha y el sillón de su despacho mostraba evidentes signos de haber servido de catre en más de una ocasión. Alejó de su cabeza varias nubes negras que le acechaban. Se prometió ordenar aquel caos pronto y cerró la puerta principal.

En la calle todo se veía de otra manera. Entró en el bar de la esquina con la confianza del cliente distinguido. Aquel lugar se había convertido en su segunda casa.

—Buenas tardes, Sancho. ¿Me pone una cervecita?

—Buenas sean dadas. —El camarero soltó un silbido significativo—. Lo veo muy elegante. Como los detectives del cine, vamos.

—Ya me gustaría a mí —rió Lang—. Esos sí que triunfan con las mujeres.

—Ya será para menos, que usted tampoco las pinta mal. Seguro que más de una rubia se le habrá cruzado en el camino. Porque aquí ya me dirá. La única curva que entra en este local es la presente. —Se palmeó la gran barriga con entusiasmo—. Pero dígame…

—Tengo una recepción en la vivienda del marqués de Catedral. —Intentó parecer indiferente pero un sutil temblor al final de la frase desveló su orgullo al decirlo.

Sancho hizo grandes movimientos de cabeza.

—Eso son palabras mayores. No sabía que se moviera a esas alturas...

Tampoco Lang lo sabía, pero se ciñó a afirmar silenciosamente mientras daba el primer sorbo a la bebida. En ocasiones no sabía si era él quien intentaba mostrar una versión mejorada de sí mismo o por el contrario actuaba de esa manera por requerimiento de los demás. El camarero lo miraba expectante. El público exigía más espectáculo. El detective cedió.

—Y si le digo que conocí a la marquesa de soltera, qué me dice...

—No me diga. —Le sirvió unas patatas.

—Pues le digo. Menuda belleza... Y sé de lo que hablo. —No pudo evitar un guiño cómplice. Sancho se deshacía de gusto. Terminó la bebida y salió del bar con la promesa de una crónica de los próximos acontecimientos.

En el taxi masticó el amargo sabor que había dejado su comentario sobre la marquesa. No podía evitar ese tono fanfarrón con el que describía sus experiencias amorosas. Ana no se merecía aquella risa estomagante de Sancho, pero había sido él quien se la había puesto en bandeja. Aún no había considerado cómo actuaría cuando se encontrara con ella. Había pasado mucho tiempo desde aquella última vez que se vieron y tenía el recuerdo desfigurado. Su memoria selectiva solía actuar de aquella manera. El mero hecho de que no hubiera pensado en ella desde que recibió el sobre le parecía revelador. Desde el principio había descartado que hubiera sido Ana la artífice de la invitación. Era más probable que no supiera nada y su reacción al verlo podía ser de lo más impredecible. Pero Lang no tenía ninguna intención de que le estropeara la fiesta. Palpó la invitación bajo la chaqueta como si fuera un salvoconducto en tiempos de guerra.

El taxista tomaba las curvas de la carretera con pericia. El azul del mar estaba adquiriendo el tono violeta de los largos atardeceres de verano. ¿Había estado enamorado de Ana? No lo pensó en aquel entonces y la perspectiva del tiempo no había matizado el juicio. Ni siquiera lo consideró una relación pasional. Hizo un esfuerzo para objetivar la memoria en aquellos meses que pasaron juntos. Había comenzado en otoño, y la estación marcó con ritmo crepuscular esos encuentros más allá de los primeros escarceos nocturnos. Las primeras escaramuzas, casi fortuitas gracias a unos ritmos vitales parecidos, estuvieron señaladas por el alcohol, las largas noches y la mala sangre de las resacas. Ella vivía aquello con la energía de un cuerpo de veinte años y él lo sobrevivía con la experiencia de los mismos veinte años que llevaba castigando su cuerpo de manera similar. Una tarde quedaron simplemente a pasear. A pesar de que saltaron todas las alarmas, cedió al sereno placer. Pronto hablaron de sus vidas, caminaron por ellas y llegaron a confundirlas. Segundo error que debió prever, pero cedió de nuevo y así llegaron las confidencias reales, más cotidianas que las dichas de madrugada pero mucho más vinculantes también.

No podía negar su hermosura, aunque más allá de la evidente belleza de la chica, recordaba esas conversaciones en las que parecía tan ingenua: el interés que mostraba por su trabajo de detective y sus ganas de ser actriz. Se rió al recordar aquel día que ella pasó por prostituta para sorprender al marido de una clienta que sospechaba que le engañaba. Resultó que le era infiel, pero no con mujeres, por lo que las insinuaciones de Ana, por más que se esforzara, no lograron producirle el más mínimo interés.

No era mala actriz, y podría haber tenido un lugar muy razonable entre las tablas, pero le podía la inconstancia y ese extraño espiritualismo que la sumía durante días enteros en un estado depresivo. Por ese motivo faltó a más de una prueba y a incontables ensayos. Un mal gesto del director le hundía una autoestima ya de por sí vacilante. Lang había intentado ayudarle: levantarla de la cama o sobrealabar alguna mediocre actuación fueron quehaceres habituales durante ese tiempo. Tercer error, y definitivo esta vez. En pocos meses se había convertido en un perro blando y leal. Y luego estaba su problema con los hombres. Una mueca de disgusto se marcó en la cara del detective.

Y pese a todo, no podía suprimir del todo aquel sentimiento de culpa por aquella última noche. Ya estaban atravesando la avenida de cipreses que marcaba la entrada a la mansión. Pagó el taxi. Con una sacudida de cabeza se enfrentó a ese fantástico presente que se le ofrecía: Ana no sería más que ese golpe de angostura que perfecciona tanto cóctel. Saludó al portero con un gesto chulesco y entró triunfante en la mansión.

La puerta se cerró tras él. En lugar de negros esmóquines y brillantes vestidos de mujer se encontró en una sala alargada y en semipenumbra. En el extremo había dos personas y otra puerta cerrada. Enseguida reaccionó, y pensando que se trataba de un simple recibidor caminó hasta los dos hombres con aspecto de camareros. Se sorprendió cuando el más alto de ellos se adelantó para darle la mano.

—Si no me equivoco, usted debe de ser Lang Tenorio. La marquesa y yo estamos muy honrados de que pueda asistir a nuestra fiesta. Permítame que le presente al doctor Niebla.

Lang congeló su sonrisa y saludó mecánicamente al otro hombre. Un sudor frío le afloró en la columna vertebral mientras notaba el calor de la sangre estallándole en la cara. Su estúpida confianza en la improvisación le había hecho olvidar todo lo referente al marqués y ahora se encontraba completamente bloqueado. Con varias inclinaciones de cabeza y ninguna palabra logró cruzar la puerta y abandonar aquella terrible situación.

Ya tendría tiempo de arreglar esa falta de tacto, pero necesitaba estar bien provisto de champán.

Tras la puerta estaba la fiesta real, con invitados, camareros y bebidas. Pidió una botella de vino espumoso y una copa. El camarero lo miró extrañado, pero al instante le dejó una botella entera. Él mismo se sirvió mientras reflexionaba sobre su situación. Había quedado claro que estaba positivamente invitado a la fiesta. Con ese presupuesto no parecía extraño que lo conociera, al menos de vista. Si eso era así, el marqués también sabría que había tenido una relación con su mujer, lo que iluminaría el motivo de la invitación. Esas personas tan poderosas podían ser también especialmente celosas y posesivas. Tal vez se proponía humillarlo con una demostración de su poder, o amenazarlo de forma velada. El hombrecillo que le acompañaba, con esas gafas oscuras, bien podría ser un asesino a sueldo.

Apuró la segunda copa con un juego interno de egos. Aunque era halagador sentirse odiado por el hombre más poderoso de la ciudad, su reciente saludo y el sentido común le decían que probablemente no supiera nada y, lo que era peor, que si se enterara tampoco le daría mayor importancia. Aunque esta idea debería tranquilizarlo, sintió que algo fallaba, pues no se aclaraba entonces el motivo de su invitación a la fiesta.

Con la tercera copa se sintió mucho mejor, se dio la vuelta y apoyó los codos en la barra. Se trataba de una fiesta de alta sociedad en toda regla. De vez en cuando veía caras que le sonaban, pero no sabía ubicarlas. Lang maldijo su falta total de memoria para nombres y personas. Era un defecto imperdonable para un detective, y en más de una ocasión lo había llevado a situaciones tan bochornosas como la que acababa de vivir. Al que sí reconoció fue a Vivar, inconfundible con su gran corpachón. Parecía enfadado. Hablaba con grandes aspavientos a un grupo de personas que escuchaban en silencio. Miró hacia otro lado, un grupo de jóvenes parecía disfrutar enormemente. Admiró la buena planta de las nuevas generaciones. Valoró la situación de acercarse a aquellas chicas de largas piernas, pero no se veía compitiendo con los apuestos rubios que las acompañaban y prefirió esperar. El cansancio y sobre todo el alcohol inclinarían la balanza hacia él.

En una esquina apartada localizó a Ana. Estaba hablando con otra mujer que no era mucho mayor que la marquesa aunque sí más formal. Admiró esa contundencia de gran dama que casi se manifestaba físicamente en unas espléndidas caderas coherentes sin embargo con una grácil cintura. Se las veía centradas en sí mismas, en apariencia desvinculadas de la fiesta.

Miró a Ana extrañado de la ausencia total de emoción que le despertaba. Se sorprendió lo que había cambiado. Los años habían afilado sus formas. Había abandonado la exuberancia juvenil por una prestancia más distinguida pero también más distante, demasiado para sus aún pocos años. Le hizo pensar en su aparente éxito vital. La sonora relación con Catedral y su fastuosa boda no la habían transformado en una lozana recién casada, sino en un frío modelo de escaparate.

Llenó una vez más la copa y fue hacia ellas. Cuanto antes terminara con aquello, mejor. Decidió aparecer con tono desenfadado y ligero. Después de tanto tiempo, y en medio de una fiesta, no tenía sentido entrar en profundidades afectivas. Un saludo superficial sería la mejor entrada y para ello puso su mejor sonrisa. Ana se sorprendió al verlo, pero casi al instante el desconcierto se convirtió en acritud. No solo no esperaba encontrarlo allí, sino que pensó que entraba furtivamente en la casa y a punto estuvo de llamar a las personas de seguridad. Le presentó a su amiga con un evidente tono de desprecio. Lang se vio farfullando frases sin sentido mientras enarbolaba estúpidamente la invitación. Le dejaron con la palabra en la boca y un regusto de hiel en los labios que intentó diluir con más champán.

—Veo que no ha tenido mucho éxito.

Lang se giró hacia quien le hablaba. Se trataba de uno de esos jóvenes que merodeaban con impertinencia por la fiesta.

—Qué sabrás —murmuró mientras apuraba la copa.

El joven no hizo caso del comentario y extendió la mano.

—Permítame. Soy Martín Atreo.

Lang le dio la mano distraídamente mientras decía su nombre. Seguía pensando en la reacción de Ana.

—No será usted el famoso detective...

—Efectivamente soy detective, pero no famoso.

—¿Acaso no resolvió el caso de la Luna Llena? Todos esos niños debieron de agradecérselo enormemente.

—Sí —afirmó sorprendido—. Pero me extraña que lo conozcas. Ni siquiera habrías nacido.

—Para eso sirven las hemerotecas. Y de todas formas, tal vez aparente menos edad de la que tengo en realidad.

No parecía ofendido. Mantenía la sonrisa afable del principio. Lang empezó a temer que pudiera tratarse de un admirador real. Aquel caso marcó con muy buenas perspectivas el inicio de su carrera. La fama que le produjo facilitó la llegada de nuevos casos y varios éxitos menores. Después todo se hundió.

—Te llamabas Martín, ¿verdad?

—Martín Atreo.

—¿Me acompañas a por otra botella?

Camino a la barra picaron algo de las bandejas. Aquel joven estaba despertando un extraño sentimiento en el detective. Le recordaba a alguien, o al hijo de alguien.

—¿Y a qué te dedicas? ¿Acaso eres periodista?

—Qué va —negó divertido—. No tengo un trabajo definido. Pero me gusta estar enterado de lo que sucede.

Lang le miró expectante. Pretendía crear ese silencio incómodo para forzar una respuesta más concreta. El otro le aguantó la mirada con su inamovible sonrisa. Sus ojos verdes eran demasiado expresivos. Logró incomodar al propio detective.

—Por mí no se preocupe —dijo finalmente—. Estoy aquí porque practico esgrima con el marqués.

—No sabía que siguiera existiendo ese deporte. ¿No es un poco medieval?

—Pues debería probarlo, algo me dice que tiene una habilidad especial con la espada.

Atreo se puso en guardia y dio unos pases con un arma imaginaria. Lang miró alrededor con vergüenza ajena, pero a esas horas la gente ya estaba enfrascada en conversaciones y no reparaba tanto en lo que sucedía a su alrededor. Atreo dio un salto ágil y le tocó en el pecho.

—*Touché!* —dijo con su risa juvenil.

Lang dio un paso hacia atrás, desconcertado.

—Perdone —dijo el otro mientras le ponía la mano en el hombro—. Solo era una broma.

El detective forzó una sonrisa. ¿Acaso estaba leyendo bien las señales? Aquel chaval parecía tener más intenciones que las de un hipotético admirador. No era la primera vez que se encontraba en una situación de tal ambigüedad, pero hasta ahora había tenido bien claros los límites. La mirada de Atreo, por el contrario, lo confundía.

—Si no me equivoco aquel hombre es Rodrigo Vivar —dijo Lang en un intento de cambiar de conversación—. Se le ve muy molesto.

—Desde que comenzaron el proyecto Alanka anda así. Parece que no está muy conforme con la actuación del marqués y su nuevo consejero, el doctor Niebla.

Lang recordó vagamente la persona que estaba junto a Catedral en la entrada a la mansión. Tachó con cierto alivio la posibilidad de que fuera un asesino.

—¿Y de qué se trata el nuevo proyecto?

—Lo único que se sabe es que está relacionado con el nuevo edificio, el rascacielos Alanka en el distrito financiero. Por lo visto —y aquí Atreo bajó el tono de voz— Vivar se ha enfrentado porque no le parece ético el nuevo negocio. Debe de ser bastante terrible para que a Vivar no le parezca ético.

Lang no estaba especialmente interesado en aquellos líos empresariales que nunca terminaba de entender bien. Miró a la masa de gente y vio a lo lejos al abogado Quesada, reconocible por su gran altura. Se alegró de que hubiera una persona conocida y tan poco apropiada en esa fiesta como él mismo. Se giró para decirle algo a Atreo pero ya no estaba junto a él. Lo buscó con la mirada. Había salido al jardín apresuradamente. Lo siguió y una vez fuera acertó a verlo subir la escalera que trepaba por la pendiente donde estaba incrustado el edificio. Le pareció extraño, pero allí no estaba para trabajar. Volvió para saludar al abogado.

—Pero bueno, Lang, qué alegría verlo. —A pesar de su característica parsimonia, el detective apreció en su vigoroso apretón de manos la ilusión por verle.

—Y que lo diga, Quesada, nunca pensé encontrarle en esta fiesta.

—Yo soy el primer sorprendido por la invitación. Y no hubiera venido si no fuera porque estoy preparando un pleito contra el marqués. Quería conocerlo físicamente. Ya conoce mis ideas sobre la humanización del ejercicio legal. No me siento a gusto litigando contra unas siglas o un nombre sin cara.

—La vieja sentencia sobre conocer a tu enemigo.

—Enemigo me parece una palabra demasiado violenta, prefiero llamarlo parte contraria.

—¿Y cómo es que ahora se dedica a las grandes empresas? Pensé que solo denunciaba a los sindicatos.

—Muy gracioso. Ese fue un asunto de familia. Y muy doloroso, por cierto. En una ciudad donde la corrupción es tan endémica, hay que empezar por los que pretenden estar de tu parte.

—Sabio, Quesada —suspiró Lang—. Y ahora les toca el turno a los malos de verdad. ¿Cuál es el gran pecado del marqués? Según dicen toda su fortuna está basada en ilegalidades.

—He encontrado ciertas anomalías en sus empresas, pero tampoco hay que ser demasiado rígido. Estoy buscando algo más concreto.

Lang sonrió interiormente. Solo un individuo como Quesada podría plantearse demandar a Catedral y aun considerar la posibilidad de llevarlo a la cárcel. También era cierto que gracias a su inamovible idealismo logró depurar varios sindicatos. Una hazaña que le llevó años pero de la que finalmente salió victorioso. Más que por su astucia era conocido por su terquedad y por pagar las costas de su bolsillo. Solo el tiempo corría en su contra, pues ya tenía unos cuantos años. Lang reconsideró la idea y temió por el marqués. Tener a Quesada en lenta pero constante persecución podría convertirse en un verdadero incordio.

—¿Ha conocido a un tal Atreo? Es un jovencillo que anda por aquí. Parece bastante enterado de todo.

—No tengo el placer. Solo he conocido a Dona Lequerne, una mujer muy amable. También he estado con Rodrigo Vivar. Un viejo conocido.

Una sombra nubló los ojos del abogado y permaneció en silencio. Tal vez fuera esa mirada tan triste o la mención de Atreo, pero un mal presentimiento cruzó por la mente de Lang. Fue una intuición similar a la que le había llevado, tanto tiempo atrás, a abrir la puerta de aquella habitación llena de niños enjaulados. Siempre había considerado el rastreo de aquel restaurante como un golpe de suerte, pero sabía que más se parecía a una premonición.

Desde aquel día no había vuelto a tener ese tipo de intuiciones, por lo que decidió buscar su origen. Tal vez todo era consecuencia del desencuentro con Ana, pero no quería correr el riesgo. De cualquier modo, a causa de ella la fiesta había perdido todo su interés.

Se despidió de Quesada apresuradamente y fue hasta la escalera donde Atreo había desaparecido. Subió los primeros tramos con disimulo. El sol acababa de desaparecer. Aún no se habían encendido las farolas y las sombras campaban entre la vegetación del jardín. El sonido alegre de la fiesta se escuchaba amortiguado. En esa quietud, las escenas de la tarde le asaltaron con virulencia. Habían sido muchos momentos recordados y como consecuencia había forzado una conversación que de tan pendiente era completamente caduca.

Intentó expulsar esos pensamientos con una sacudida de cabeza. Seguía subiendo escalones sin saber muy bien adónde iba ni qué buscaba. Se sintió un poco estúpido allí arriba, en la parte trasera de la mansión. Escuchó el trajín de las cocinas. Cruzó el tendedero de ropa. No pudo dejar de apreciar la fina lencería de Ana. Unos perros comenzaron a ladrar con furia. Estaban encerrados en una perrera metálica pero el estruendo que hacían alertó a un miembro del servicio que se acercó hasta allí con una linterna. En lugar de mostrarse con alguna excusa tonta, un ataque de vergüenza provocó que se escondiera aún más en la espesura, con ánimo de que el hombre se alejara. Maldijo su decisión cuando vio sus zapatos sucios de arena. Se remangó los bajos del pantalón. Debía mantener limpio el esmoquin alquilado o le harían pagar un extra. El hombre alumbró con desgana hacia la espesura, les gritó a los perros para que se callaran y volvió hacia la casa.

Lang decidió regresar a la fiesta y olvidar ese paseo sin sentido. Comenzó a caminar cuando un rápido movimiento entre los arbustos le detuvo. Al instante los perros enmudecieron, pero no como el que se cansa de ladrar. Fue un silencio demasiado cortante. Pensó que algún animal se había colado en el jardín. Tenía que ser algo grande y peligroso para lograr que los perros actuaran de aquella manera. Tal vez era un lobo o un león. Apenas tenía nociones de biología pero no le sonaba que hubiera grandes felinos por allí. Siempre podrían escaparse del zoo, por supuesto. A unos metros vio una gran sombra que efectivamente marchaba a cuatro patas. Los perros apenas emitían tímidos gemidos.

Se quedó congelado. Confió en que no le hubiera localizado. Parecía buscar algo, pues la sombra se movía en círculos alrededor de él pero no llegaba a acercarse. Apenas emitía sonidos al caminar. El detective se aproximó a un árbol. No pretendía trepar por él, pero al menos así tendría las espaldas cubiertas. Los cuatro pasos que dio alarmaron al animal, pues dejó de oírlo.

Apoyado contra el tronco, aguantó la respiración el tiempo que pudo. Al cabo de unos minutos supuso que el animal se había marchado, aunque los perros seguían mudos. Tal vez si corría hasta las luces de la casa podría ponerse a salvo. Ningún animal se atrevería a entrar en un lugar lleno de humanos.

Valoraba esa idea cuando un líquido caliente le humedeció la cara. Se tocó con la mano. Estaba mojada con algo aceitoso y oscuro. Subió la cabeza muy lentamente. Fue entonces cuando lo vio.

A poca distancia sobre él, sujeto a las ramas del árbol, estaba el animal. Apenas pudo distinguir más que la cabeza, pero lo que vio le dejó congelado. Aquel ser le estaba mirando con unos ojos que parecían humanos. Tenían el brillo de la inteligencia. De la enorme boca abierta en grotesca sonrisa le goteaba el líquido oscuro que le había manchado la cara. Mantuvieron ambos la mirada fija en el otro durante unos segundos. No tenía hocico y una boca ancha desvelaba una hilera de dientes afilados.

El ser rompió aquel mudo diálogo al escuchar otro ruido tras los árboles. Algo más se acercaba. El animal trepó hasta la copa del árbol, Lang le perdió la pista en las ramas superiores. El ruido resultó ser de Atreo. Venía sofocado de la carrera. En la mano sujetaba una espada.

—¿Dónde ha ido? —gritó.

Lang señaló el árbol. A los pocos segundos escucharon el ruido de una rama que se rompía y vieron una sombra saltar el muro de piedra de la casa. El detective sintió que las piernas le flaqueaban. Tuvo que apoyarse en el árbol para mantener la compostura delante del joven. Atreo pisó con rabia en el suelo tras comprobar que saltar o atravesar aquel muro era imposible.

—¿Qué era? ¿Un mono? —preguntó el detective.

Atreo pareció reparar en él en aquel instante. Tenía una mirada dura que contrastaba con su actitud en la fiesta.

—Usted no debería estar aquí —le dijo secamente—. No debía saber nada hasta el momento apropiado.

—Tuve un presentimiento. Pensé que algo podía pasarte —dijo Lang excusándose.

—Muy amable —respondió el otro con sarcasmo. Luego continuó con enfado—. ¿Y no ha podido pensar en que podía estar usted en peligro? Es demasiado valioso y aún no está preparado para enfrentarse a esto.

Lang lo miró con asombro, parecía incluso que le había cambiado la voz. Los ojos, tal vez por el efecto de las luces de la casa, tenían los reflejos rojizos de los felinos por la noche ¿Quién era realmente? Le volvió a echar una de esas miradas y luego pareció valorar algo. Finalmente le entregó la espada.

—Tómela. Llévela siempre con usted aunque le parezca inútil. Y no cuente nada de lo que ha visto si no quiere que lo encierren en un sanatorio o que le suceda algo peor.

Lang sujetó el arma. Se sintió extraño con ella en la mano. Dio un par de estocadas al aire, como jugando.

—Y no diga nada sobre mí, por supuesto. Tal vez vuelva a verme pronto.

Atreo dio tres pasos en dirección a la casa. Se giró con una sonrisa antes de desaparecer.

—Y si quiere un nuevo caso siga el camino que hay tras la perrera. No se arrepentirá.

Lang estaba otra vez solo. El susto que le había dado aquel animal se le estaba pasando. Tenía mucha información en la cabeza que debería analizar con calma. Sujetó la espada con el cinturón de una forma similar a la que había visto en el cine. Fue hasta la perrera. Esta vez los animales parecían casi contentos de verlo. En el horizonte, un resplandor blanco, como reflejos de fuegos artificiales, le distrajo unos instantes. Bajo aquella luz se miró las manos y la camisa manchadas. Tenían el color inconfundible de la sangre aún fresca. Un aplauso llegó desde el otro lado de la vivienda.

Aceleró el paso. El camino terminaba en un cobertizo de jardinero. El picaporte estaba manchado de sangre. Alguien había intentado resguardarse allí. Más gotas se confundían con la grava del suelo en un doloroso camino hasta un montón de césped cortado y empapado en sangre. Lang alzó la espada. Contra un arma de fuego poco tendría que hacer, pero si se trataba de un animal sería diferente. De todas formas, sospechaba que todo había concluido y en el mejor de los casos se encontraría un perro moribundo.

A los pocos metros, un bulto negro yacía en el suelo. Se acercó con precaución. Se trataba de un hombre tumbado boca abajo. Le tocó inútilmente en el hombro en espera de alguna reacción. Mover aquel corpachón era imposible. Palpó la yugular en busca de pulso pero no sintió nada. Quien fuera estaba muerto. Fue en busca de ayuda casi sin creer lo que estaba viviendo. A pesar de su oficio de detective nunca se había encontrado ante un cadáver tan fresco.

Volvió con varios de los hombres que andaban por la cocina. Otros fueron a avisar al marqués y a un médico. Entre tres lograron darle la vuelta al cuerpo. Todos se apartaron con una mezcla de repulsión, respeto y susto. Tenía el vientre abierto y su interior destrozado. También la cara había recibido arañazos y golpes.

—¿Alguien sabe quién es? —preguntó Lang. La cara le sonaba, pero no lograba reconocerla.

—Quién va a ser —añadió uno de ellos, como quien explica una evidencia—. Es el señor Vivar.

# El Caimacán

Desde el puerto viejo se adivinaba una sombra que avanzaba por el dique. El hombre llamado Caimacán se apoyaba en una vara y caminaba con paso tranquilo hasta el extremo de aquella línea de roca y hormigón. Tres perros negros correteaban a su alrededor, excitados por el olor que emanaba del gran saco de arpillera que cargaba a la espalda. Había un cuarto perro, blanco, que apenas se separaba de su amo.

En el extremo del dique se hundía una sima que ennegrecía el fondo del mar. Se decía que era el lugar preferido para hacer desaparecer cuerpos y demás pruebas incriminatorias, pues no había manera de dragar sus profundidades. Hasta allí fue el Caimacán con sus cuatro perros.

El Caimacán abrió el saco. En su interior había un gran pez dorado con los primeros síntomas de la putrefacción. Introdujo por la inmensa boca del animal varias piedras del dique. Constató el peso. Cuando le pareció apropiado, cosió la boca con bramante y atravesó las branquias con una cuerda de esparto que anudó en el cogote. Con pasos inseguros se acercó hasta el límite de las rocas, le dio impulso a la cuerda y lanzó el pez. Cayó al agua con un chapoteo y rápidamente se hundió en el negro fondo. Ató el extremo de la cuerda y se sentó de cara al horizonte. Se quitó la chaqueta, la dobló con cuidado y la dejó a un lado. Se quedó con una camiseta blanca de tirantes no demasiado vieja. Sacó un puro del bolsillo de la chaqueta, lo partió cuidadosamente por la mitad, se encendió una parte y guardó la otra. Los perros se tumbaron junto a él, mucho más tranquilos ahora que el pez había desaparecido.

Los cinco se quedaron quietos. Parecía un conjunto escultórico roto solamente por las bocanadas de humo que salían de la boca del Caimacán. Al cabo de un rato, la cuerda comenzó a moverse, apenas fueron unos leves tirones, pero sirvió para que los perros despertaran de su letargo. El Caimacán puso la palma de la mano en la cuerda, como adivinando lo que sucedía en el otro extremo. Con la otra mano calmaba a los perros. Así estuvieron casi media hora. Los movimientos de la cuerda eran cada vez más intensos, y en más de una ocasión tuvo que sujetarla para que no se fuera al mar. Un rato más y la cuerda comenzó a moverse ya completamente enloquecida.

Como si fuera una señal, el hombre llamado Caimacán apoyó el cigarro en el suelo, se levantó y tiró de la cuerda con fuerza. Los perros se alzaron con energía y comenzaron a saltar y a ladrar a su alrededor. El hombre subía aquel peso con notorio esfuerzo. El sol del atardecer brillaba en el sudor de unos brazos poderosos a pesar de la edad. A cada tirón le correspondía un grito ahogado del Caimacán y una buena parte de la cuerda se amontonaba junto a él. Los perros se acercaban al extremo hundido en el mar, lo olisqueaban nerviosos y luego se alejaban de la orilla con un salto, como atraídos y a la vez temerosos de lo que allí pudiera aparecer. El Caimacán seguía amontonando cuerda.

El grado de excitación de los perros fue completo cuando vieron aparecer al dorado animal de entre las sombras de la sima. El Caimacán siguió tirando hasta que el pez casi tocaba la superficie. Un extraño movimiento parecía moverlo allá en el agua, como si hubiera vuelto a la vida. El Caimacán mantuvo la tensión de la cuerda durante unos instantes. Con un silbido calló a los perros, que como un solo animal se separaron de la orilla. El Caimacán respiró hondo y con un último impulso sacó el pez. Voló sobre él para caer en las piedras del dique con un sonido blando.

Hubo un instante de tensa quietud. Los perros y el hombre lo rodearon. Apenas había sufrido alteración en su exterior, pero una mirada más atenta desvelaba un movimiento intestinal bajo las escamas. El perro blanco se acercó y olfateó el gran ojo muerto del pez. En ese instante algo atravesó la córnea opaca. Se trataba de una boca rodeada de tentáculos en su extremo. El perro dio un salto hacia atrás. El interior del pez se abrió entonces como una bolsa y numerosos animales alargados se desparramaron por el suelo. A primera vista parecían enormes gusanos grises. Los pequeños tentáculos en la boca, junto con unos ojos apenas perceptibles y una única aleta caudal desvelaban que en realidad eran mixines.

El Caimacán saltó sobre el pez dorado, con las dos manos tentaba la superficie y en cuanto localizaba a uno de los animales lo agarraba con las uñas hasta que lograba meter el dedo en su boca sin dientes. Era la única forma de que no se resbalara por su piel mucilaginosa. En cuanto sujetaba uno lo metía en el saco e iba a por otro. Los perros también atacaron a los mixines, aunque su sistema era más rudimentario. Imposible como era para ellos el sujetar a los animales, simplemente mordían la cabeza con cuidado y los llevaban al hombre, que los metía deprisa en el saco. Si el perro clavaba demasiado los colmillos, el mixin dejaba de moverse. El Caimacán lo tiraba entonces con gesto de disgusto y el perro se alejaba con la cabeza baja, arrepentido de su torpeza. Cuando ya no hubo mixines por el suelo, el Caimacán se acercó al pez, metió la mano entre las tripas y buscó entre lo viscoso. Sacó tres veces el brazo empapado en sangre y con un mixin sujeto por la cabeza.

Tenían casi una docena de animales que se retorcían como culebras dentro del saco. En el suelo quedaban los restos del pez y cuatro mixines moribundos. A una señal, los perros saltaron sobre ellos y en pocos minutos apenas quedaron restos.

El hombre llamado Caimacán se limpió la sangre, se puso la chaqueta, tomó el puro del suelo, lo encendió de nuevo, cargó con el saco y rehízo el camino hasta el puerto. Saludó con un gesto a los pocos marineros de bajura que aún conservaban su oficio. Remendaban redes entre los barcos deportivos que cada vez ocupaban más muelles del puerto viejo. Empapó el saco en el agua por última vez y se introdujo entre las calles del casco viejo.

Difícilmente se podría seguir la pista a aquel grupo entre tantas callejuelas, esquinas, pasadizos, escaleras y patios reconvertidos. Los cinco se movían con la habilidad del que se conoce el terreno con los pies y con el olfato más que con la vista. Atravesaron un arco que se abría a un callejón sin salida. A los pocos metros, una escalera de piedra ascendía hasta un portón.

—¡Soy yo, Madre! —gritó el hombre.

—Te abro, mi querido Max.

Sonaron los cerrojos. Del interior salieron aromas extraños y una mujer madura, de corta estatura, pechos grandes y roja cabellera. Una catarata blanquecina le nublaba el ojo derecho. Aún conservaba una boca sensual.

—¿Trajiste los mixines?

—Los traje, Madre. —Mostró el saco que aún se movía.

—Dámelos. Rápido. Antes de que se ahoguen.

Cogió el saco y lo llevó hasta el interior. Atravesaron un pasillo y llegaron a una gran sala iluminada con tubos fluorescentes. Los laterales estaban ocupados por mesas y estanterías metálicas llenas de instrumentos de laboratorio: probetas, tubos de ensayo, alambiques, mecheros a gas, balanzas y matraces de numerosos tamaños. Una estantería sostenía una colección de animales en formol y otros ingredientes de lo más variado. En medio de la sala había una cuba de aluminio llena de agua. La mujer volcó allí el contenido del saco. Tras unos segundos de desconcierto los animales comenzaron a girar en la misma dirección.

—Veo que has traído suficientes. Perfecto.

Los perros contemplaban los movimientos circulares de los mixines como hipnotizados.

—Saca a los perros.

Tras un gesto del Caimacán, los perros negros obedecieron.

—Y la perra también. Si necesitas moverte, te agarras a mí.

El animal pareció entender y salió de allí. Antes de dejar la sala le soltó una mirada de súplica. La anciana cerró la puerta sin miramientos. Con ayuda del Caimacán puso la cuba sobre un infiernillo de gas. Lo encendió. Los mixines seguían nadando en círculos. Por algún motivo, cuando notaron que la temperatura subía cambiaron el sentido y tomaron más velocidad.

—No son muy inteligentes —dijo la mujer. Arrastraba un carrito con probetas y tubos de cristal—. ¿Sabías que tienen cráneo pero carecen de espina dorsal?

Al Caimacán no le importaba mucho que no tuvieran columna. Escuchó el chapoteo que hacían los animales, cada vez más angustioso según se calentaba el agua. La anciana comenzó a volcar el contenido de los botes en el balde. El efecto fue inmediato. El agua cambió de color a un violeta casi luminoso. La velocidad de los mixines creó un vacío en el centro, como un pequeño torbellino.

—Aléjate y no respires los aromas —dijo la anciana mientras se colocaba una máscara de gas. Subió el fuego y vació una última redoma sobre los animales.

En contacto con el líquido surgió una pequeña nube de humo y el agua sustituyó el color violáceo por un rojo oscuro. Parecía que los animales habían dejado de nadar, pero la inercia del agua mantenía la corriente circular.

—La sangre ya ha abandonado sus cuerpos y se une al agua salada —comentó la Madre. La voz se oía aún más cavernosa a través de la máscara. Apagó el fuego.

Contempló extasiada la espiral de rojo oscuro que comenzaba a fundirse con nubes más negras. Se crearon varios movimientos en el balde, como pequeñas corrientes del líquido que buscaba estabilizarse por oposición. De vez en cuando una pequeña nube de vapor oscurecía la superficie que con tanta atención miraba la mujer.

—Malos tiempos se acercan —comentó para sí—. Las ratas no estaban equivocadas. Ni las gaviotas —añadió tras una pausa—. Los gusanos están abandonando el gran cadáver. Son borradores conscientes de su existir. Han caído varios hijos menores. Hay uno que debemos salvar. Un primigenio.

El hombre llamado Caimacán se mantenía a una distancia prudencial. Escuchaba con un respetuoso silencio. La mujer mantenía la mirada en el líquido que cada vez tenía menos movimiento.

—El lagarto debe vivir. La rosa de los dos sexos será nuestra última aliada, pero como todas las de su especie tiene espinas agudas y retorcidas raíces. Pretenderá salvar al primer arcano, pero su destino está sellado. Esta noche dará cuentas de todo lo ingerido en vida. Tú salvarás al lagarto, Máximo Estrella.

El interior de la cuba apenas tenía ya movimiento. El negro

ocupaba casi toda la superficie. La anciana sujetó los bordes con las dos manos y se acercó todo lo que pudo a la superficie.

—Busca al lagarto, el lagarto está en el bosque. —Hizo un gesto de derrota y se separó del líquido. Se dirigió al Caimacán mientras se quitaba las gafas y la máscara.

—No se puede leer más. Max, ¿has comprendido?

—¿Pueden entrar ya los perros? —suplicó. La mujer accedió.

Aunque apenas habían estado un rato separados, los animales entraron animados por la alegría de volverse a encontrar con su amo. El Caimacán se agachó hacia ellos sonriente. Una vez que estuvieron todos besados y acariciados se volvió a la anciana.

—No he entendido apenas nada, Madre. Te pido consejo.

—Has de proteger al lagarto de los borradores que lo persiguen. Se trata de un primigenio.

—Eso ya lo he oído, Madre.

—Entonces no pierdas tiempo y marcha al bosque. Yo tengo mucho que hacer. Adiós mi querido.

Sin abandonar su desconcierto, el Caimacán llamó a los perros y salió de la casa. Bajó la escalera y comenzó a caminar sin rumbo fijo mientras meditaba las palabras de la mujer. Salió del laberinto de callejuelas del centro y tomó las grandes avenidas que se dirigían al barrio financiero. Lo más parecido a un bosque que había en la ciudad era el gran parque de la zona norte. Una inquietud interior le urgía a caminar más rápido. También los perros parecían intranquilos.

Desconocía lo que estaba sucediendo. Hasta aquel día, Madre Celeste había mantenido sus asuntos privados con discreción. Aquella llamada para pescar los mixines y las extrañas órdenes que estaba ejecutando en ese momento le hacían pensar en que algo grave sucedía. La falta de información le ofuscaba. Estaba acostumbrado a dirigir su propio destino, y ahora se veía actuando según los designios incomprensibles de aquella mujer. Como un ciego al que le indican el camino, pensó con sarcasmo.

Dobló una esquina y se metió en unos ultramarinos. Compró una botella del licor más barato y cuatro perritos calientes sin salsa. El dependiente le insistió en que se llevara las patatas por el mismo precio.

—Es una oferta —explicó—. ¿Las quiere con ketchup?

—Con mayonesa.

El dependiente ahogó las patatas en mayonesa. El Caimacán las vació en la bolsa de papel donde le habían dado la botella, se guardó el licor en un bolsillo de la chaqueta y salió con los perritos en la mano. Los perros, que esperaban fuera, saltaron con energía hasta que consiguieron las salchichas. Luego devoraron el pan que algún aroma a carne había dejado. El Caimacán les ofreció las patatas, pero las ignoraron. Las metió en una bolsa de plástico y continuaron avenida arriba.

El olor vegetal del parque invadía aquel extremo de la calle. Según caía la tarde, la zona del distrito financiero se despoblaba. Muchos de los edificios estaban en construcción y los ya terminados solo tenían uso como oficinas. La calle quedó pronto desierta de peatones, mientras que el olor a humedad, a hierba y a tierra crecía.

El Caimacán había conocido aquel parque en su juventud, cuando era un bosque real a las afueras de la ciudad. A pesar de haber sido reducido y acotado por altos edificios, conservaba mucho de paraje natural. Los árboles eran viejos y los animales salvajes aún no habían sido expulsados. De noche podía ser un lugar incluso peligroso.

Se adentraron con paso tranquilo. No sabía con claridad lo que debía hacer, por lo que decidió situarse en un lugar céntrico y esperar los acontecimientos. No le era nada cómodo caminar entre los árboles. Había muchas ramas y el suelo no era uniforme. Encontró un lugar despejado y allí se sentó. Encendió el medio puro que aún le quedaba y le dio un buen sorbo a la botella de licor.

Juzgó por la temperatura que acababa de anochecer. Los ruidos habían aumentado con la oscuridad, pero la mayor parte parecían propios de animales. El Caimacán tenía la mano en el lomo de la perra. Se sentía tranquilo y algo eufórico; tal vez el licor le había hecho más efecto del esperado. Nunca había pasado allí la noche, pero no le parecía un mal lugar para aquel periodo del año.

La perra se levantó súbitamente. El resto de los perros, alertados por su movimiento, levantaron la cabeza con atención. Un instante después el Caimacán escuchó unos pasos humanos entre la hojarasca. Se fió del instinto de sus animales, que aunque vigilantes no parecían alarmados. Dio una calada al cigarro y se acabó el licor.

Los pasos muy poco sutiles pero ligeros se acercaron hasta donde estaban. Quien fuera, los había visto y pretendía entablar contacto. A pocos metros se quedó quieto. El Caimacán le llamó y le preguntó el nombre. Lizard. Le pidió que se acercara para tocarle la cara. No era más que un chaval. Le dio un poco de lástima. Probablemente se había escapado de casa y llevaba todo el día sin comer. Le ofreció las patatas que no habían querido los perros. Prácticamente las devoró. Le avisó de lo peligroso que podía ser ese lugar y lo despidió sin muchos miramientos. No podía distraerse con ese niño cuando tenía una misión importante que cumplir.

Al punto perdió el sonido de sus pasos en la espesura. Recordó las palabras de Madre Celeste: «Protege al lagarto de los borradores». Una luz blanca iluminó su cara desde el cielo. Los perros se levantaron atónitos, pero no ladraron. En ese momento también se le iluminaron las ideas al Caimacán. Aquel chaval era a quien debía proteger. Se levantó dispuesto a buscarlo. Los perros mantenían la mirada en aquella luz, pero pronto los distrajo otra cosa. El Caimacán sintió el pelo encrespado del lomo de la hembra y el gruñido sordo del resto. Algo estaba pasando en el bosque que él no controlaba. Una presencia que repugnaba poderosamente la sensibilidad de los animales.

Con un gesto liberó a los perros, que corrieron furiosos hacia donde el niño había desaparecido. Los siguió junto con la perra, aunque a una velocidad mucho más razonable. Correr entre la espesura era una labor casi imposible para un ciego. Si tuviera ojos haría tiempo que los habría perdido en alguna rama. Aguantó aun así el dolor y apresuró el paso con la esperanza de que el lagarto siguiera con vida.

Llegó a lo que parecía ser el final del parque. Allí estaban los perros y el objeto de su nerviosismo. El Caimacán escuchó a alguien trepar por una verja metálica. A juzgar por el ruido podía ser el chico. Había alguien más a quien los perros habían rodeado. Ningún humano se atrevería a enfrentarse a cuatro perros de aquel tamaño, pero aquel hombre parecía no tenerles miedo. El ruido de sus movimientos denotaba un tamaño corporal muy por encima de lo común. Los perros tampoco se comportaban de una manera normal. El Caimacán distinguió un reflejo de miedo en aquellos gruñidos tan amenazantes. Dudó si darles la orden de atacar. Conocía la fidelidad de sus animales y sabía que no vacilarían un instante en arremeter contra alguien mucho más fuerte que ellos si él se lo pedía. No dudarían aun si les costara la vida.

Fue aquel hombre quien resolvió el dilema. Escuchó de nuevo el sonido de la valla metálica. Con una agilidad impropia de alguien tan pesado, saltó fuera del parque. Quien fuera había huido tras el chico. El Caimacán se maldijo por su falta de reflejos. Salió al claro y golpeó con los puños en la verja. Los perros no podían trepar por ahí.

Pensó para consolarse que al menos le había dado unos minutos al chico para que escapara. Con un poco de suerte seguía vivo. Cuando ya se vieron libres de la amenaza, los perros comenzaron a ladrar.

# Quesada

Salir una hora y media antes del trabajo era una novedad para él. Sonrió para sí mismo al ver la cara de sorpresa del portero, que miraba el reloj pensando que se le había estropeado. Quesada sintió un secreto regocijo al verlo tan desconcertado. Se despidió de él y salió a la calle hacia el lugar donde había aparcado el coche. A pesar de su gran altura, tenía un pequeñísimo utilitario. Casi no lo utilizaba más que para ir de su casa al trabajo. Admitía que era un poco incómodo, y con los años una incipiente artritis en las rodillas le había limitado el movimiento, pero apenas era media hora diaria la que tenía que pasar en esa posición. Dobló las rodillas y se introdujo en el asiento del conductor, situado en su posición más retrasada. Pierre le había propuesto eliminarlo para que se sentara directamente en el de atrás. Tal vez tendría que estirar un poco los brazos para llegar al volante pero las rodillas no sufrirían tanto. Él había rechazado la idea desde el principio, no era ningún monstruo de circo que necesitara un vehículo preparado.

Se dirigió a su casa. Desconocía el estado de las carreteras a esa hora de la tarde, pero no notó mucha diferencia. Uno de los argumentos que solía esgrimir para salir tarde de trabajar era que conseguía así evitar los atascos de la hora punta. Alguna vez había tenido la agobiante experiencia de sufrir un embotellamiento dentro de aquel automóvil y no la quería volver a repetir.

Llegó antes de lo previsto, y se alegró porque así podía merendar con los niños. El revuelo característico de la cocina le dio la razón. Los tres chiquillos estaban dando buena cuenta de unas magdalenas que empapaban en un gran bol de yogur líquido. Polita y Cañamón merendaban con gran algarabía de movimientos y peleas por el yogur. Pequeñine, por el contrario, se tomaba su bollo concentrado y en silencio. Zarza amamantaba al bebé mientras intentaba poner orden entre los dos mayores.

Los niños saltaron alrededor de Quesada en cuanto lo vieron entrar, pero al instante recuperaron la conciencia de la comida y volvieron a la mesa.

—Qué pronto viene hoy —le dijo Zarza.

—Tengo una cita y no quiero llegar tarde. —Miró con hambre el plato donde estaban desapareciendo las magdalenas—. Qué buena pinta tienen.

—¿Por qué no se sienta y merienda con nosotros? —dijo ella con una sonrisa—. Si estos salvajes le dejan algo, claro.

—¿Me dejáis un espacio? —preguntó con tono infantil.

—Claro que sí, señor Quesada —dijo Polita con su voz aguda. Le acercó una silla y le puso un bollo pringado de yogur. El otro se sentó con grandes ademanes.

—Muy rico. ¿Dónde está Pierre?

—Papá está arriba. Me está pintando con un vestido de hojas —dijo la niña mientras le manchaba la manga de la chaqueta con sus manos. Quesada sonrió y tomó nota mental de no acercarse a los niños una vez vestido de esmoquin.

—¡Con hojas! Estarás muy guapa.

—No sé. Cañamón dice que soy un árbol y que los árboles no son guapos ni feos.

—¡Es un árbol seco! —gritó el hermano con la boca llena de comida.

Zarza lo regañó y pareció calmarse durante unos segundos, pero enseguida le dijo algo en voz baja a Pequeñine, que se rió con timidez. Polita chilló que qué le decía y como ninguno de los niños abrió la boca, le tiró al mayor una magdalena medio comida. Cañamón respondió con el bol de yogur al que afortunadamente le quedaba poco. Quesada logró evitar la ola de pringue blanco que cayó sobre la mesa. Zarza les gritó inútilmente. El bebé soltó su pecho y comenzó a llorar. Solo Pequeñine estaba callado entre tanto barullo, comía su bollo y sonreía divertido. Quesada cogió otro bollo y salió de la cocina.

—¡Le he dejado la camisa sobre la cama! —gritó Zarza antes de que saliera.

Se lo agradeció con un gesto. Subió por la escalera principal hasta la segunda planta. Llamó a la puerta del taller. Abrió un hombre vestido únicamente con una paleta de óleos y un pincel. Tenía el cuerpo manchado de pintura de diferentes colores, como si fuera su propio lienzo.

—¿Cuántas veces tengo que decirle que se ponga algo cuando esté con gente? —dijo Quesada a modo de saludo—. Le he traído una magdalena que ha cocinado Zarza. Es lo único que he podido salvar de la batalla.

Pierre se puso una bata también de mil colores.

—Disculpe —dijo mientras mordía el bollo—. Pensaba que era algún niño. Estoy terminando un cuadro. ¿Quiere verlo?

Se trataba del cuadro para el que había servido Polita de modelo. La niña aparecía de perfil, con una corona de hiedra sobre la cabeza. Varias polillas pintadas con precisión fotográfica revoloteaban alrededor de su pequeña mano extendida. El fondo era un difuminado de colores malva y rosa.

—¿Cómo se llama?

—«Despertar» —dijo simplemente—. Me desperté con esa imagen, más o menos. Aunque no era mi hija, creo.

—Tiene suerte de tener una familia tan guapa. Con esos modelos es fácil que los dibujos salgan tan hermosos.

Miró significativamente los cuadros apoyados contra la pared. En la mayor parte de ellos figuraba Zarza, aunque también había un buen número con alguno de los pequeños.

—Demasiada suerte. A ver si vendo alguno y podemos pagarle, que no me olvido de todo lo que le debemos.

—Ya sabe que tengo una casa gigante que apenas utilizo. Así que no se preocupe. ¿Cómo va la tienda de Zarza?

—Debería dedicarle más tiempo. Pero los niños no le dan un minuto libre. Yo intento ocuparme de ellos, pero me pongo a pintar y me olvido de todo. Solo soy capaz de mantenerlos callados cuando los estoy dibujando. —Señaló varios bocetos de los tres en diferentes posiciones.

—¿Y míster Zoco? Se lleva muy bien con los niños.

—A Zarza no le gusta que suban al tejado. Dice que pueden coger cualquier enfermedad de las palomas. El otro día le encontró una garrapata a Pequeñine.

—Está bien —dijo Quesada con un suspiro—. Tendremos que pensar en algo diferente.

Miró la hora: ya se acercaban las siete de la tarde. Tenía el tiempo justo para cambiarse. Se despidió de Pierre y fue a su habitación. Sobre la cama estaba la camisa recién planchada. Pasó por alto un par de dobleces transversales que probablemente se disimularían con la chaqueta. Colgado del armario estaba su viejo esmoquin. Hacía décadas que no se lo ponía. Al probárselo se dio cuenta de cómo había cambiado su cuerpo en esos años. Pese a lo que solía ocurrir en estos casos, a él le quedaba bastante grande. Había pasado ya el tiempo en el que la apariencia le importara, y menos en el tipo de lugar al que se dirigía.

Se miró al espejo. Por unos instantes se recordó de joven, asistiendo a esas fiestas interminables. En esos momentos parecía una parodia de sí mismo; una versión desecada y envejecida, como una momia sin sustancia. Una sonrisa triste amaneció en su cara. «Ahora sí que eres tú mismo».

Cogió las llaves y salió de la habitación. En el asiento del copiloto llevaba la invitación. Suponía que había sido Rodrigo Vivar quien se la había enviado, pues no conocía ningún motivo por el que Catedral quisiera invitarlo a su casa. Agradeció tener la oportunidad de mirarlo a la cara y saludarlo en persona. Trabajar contra un nombre o una fotografía era muy diferente a enfrentarse a un ser de carne y hueso. Le extrañaba, sin embargo, que Vivar no le hubiera informado de la invitación cuando fue a visitarlo aquel día.

La primera impresión que tuvo al ver aparecer a su antiguo amigo por la puerta del despacho fue de desconcierto. Tardó varios segundos en reconocerlo y en ese intervalo de tiempo tuvo una desagradable sensación de extrañeza que luego reelaboraría como si se hubiera presentado ante un familiar lejano del que se hubiera hablado mucho en casa pero nunca se hubiera conocido. En esos veinte años, los kilos habían deformado el cuerpo antes fornido de Rodrigo. De su poderosa mandíbula solo quedaba una doble barbilla derramada sobre el cuello de la camisa, y el pecho musculado aparecía ahora recóndito tras la inmensa barriga. Únicamente los ojos y la voz mantenían el recuerdo de aquel hombre que conoció.

Subió al coche mientras rememoraba aquella tarde. El motivo por el que rompía el silencio de tanto tiempo le pareció gratuito. Le costó creer que sufriera un anhelo ético tras tantas tropelías cometidas. Y en el caso de que así fuera, tenía a su servicio un ejército de abogados mucho más eficientes y preparados que él. Tampoco le parecieron del todo convincentes sus explicaciones sobre las irregularidades cometidas por el marqués y su nuevo consejero. Las explicaciones de Vivar fueron cada vez más confusas ante la mirada escéptica del abogado. A pesar del tiempo transcurrido, seguían conociéndose muy bien y tras varios intentos fallidos de convencerlo se desmoronó sobre la mesa.

—Te voy a ser sincero —le había dicho finalmente—, no vengo aquí por gusto, pero no tengo a nadie más. Mi gente de confianza hace tiempo que se ha pasado al bando contrario. El nuevo delegado, Niebla, lo gobierna todo. Me atrevería a decir que el propio Catedral es un muñeco bajo sus cuerdas. Aún conservo mis acciones y mi firma, pero hasta eso… —y en ese momento Quesada recordó la voz entrecortada de Rodrigo— hasta eso me quieren quitar. Me presionaron mucho para que vendiera, y cuando comprobaron que nunca lo haría se me relegó a un plano apenas honorífico. Solo me avisan cuando mi presencia es necesaria y apenas me informan del desarrollo de la compañía. Estoy rodeado de caras complacientes que me sonríen como si fuera un viejo senil. —El empresario pareció crecer con el recuerdo de la humillación, Quesada volvió a ver al Vivar que conoció en su juventud—. Creo que pretenden declararme incapaz para inhabilitarme como socio. Es muy sospechosa la amabilidad con la que me tratan. Si me enfado me dan la razón como a los locos y el otro día apareció un psicólogo que de una manera muy poco sutil me preguntaba sobre mi falta de memoria y mis accesos de cólera.

La carretera de ascenso a la mansión tenía bastante pendiente. El pequeño coche de Quesada apenas podía enfrentarse a esas curvas en cuesta. Redujo la marcha y pisó el acelerador hasta el fondo. Otros coches le adelantaban sin apenas notar la inclinación del asfalto.

Se sorprendió sintiendo lástima hacia Vivar. Tal vez fue eso lo que le ayudó a decidirse, pues por ninguna otra circunstancia habría accedido a ayudarlo. Una vez más se rendía ante la miseria ajena, aunque quiso convencerse de que no había sido solo la compasión lo que le movió a defender a Rodrigo. Denunciar a Catedral era un manjar muy tentador. Era consciente de la tupida red que controlaba. Se podía decir que la ciudad no respiraba sin su conocimiento, pero allí exactamente estaba su debilidad. Había una fuerte clase social muy indulgente con los pecados financieros, pero intransigente con los morales. Si era verdad que el nuevo proyecto tenía implicaciones éticas y salía a la luz, las grandes familias, que hasta ahora simplemente lo habían tolerado, podrían enfrentarse a él.

Era una lástima que Rodrigo estuviera tan poco informado de los últimos avances de la empresa. Por fortuna, no era la primera vez que se adentraba en un gran conglomerado empresarial. Todo era cuestión de tiempo y con su ayuda sería más fácil. Le había preguntado sobre su relación con Catedral, si se metía en ese asunto quería estar seguro de que Vivar lo apoyaría hasta el final. No quería que luego se derritiera por antiguos sentimientos paternales. La respuesta eliminó toda duda. Rodrigo comenzó a insultar al marqués con furia desatada: ingrato, aprovechado e intrigante ocuparon buena parte del discurso. Cuando se le fue la mala sangre, admitió que el verdadero culpable era, una vez más, Niebla.

Quesada miró con alivio el fin de la última cuesta. El indicador de temperatura del motor estaba en la franja roja y no creía que pudiera soportar otro esfuerzo. El aparcacoches miró el auto con escepticismo mientras el abogado hacía esfuerzos por salir del habitáculo. Una vez fuera le dio las llaves con un gesto de disculpa. Había una pareja esperando a entrar en la mansión. La saludó con una inclinación de cabeza.

—Nos han dicho que tenemos que esperar a que sea nuestro turno —dijo el hombre antes de entrar. Un portero abría y cerraba la puerta guiado por invisibles indicaciones. A los pocos minutos permitió entrar a Quesada. Estaba en una sala alargada, con dos personas al final. Al principio pensó que serían otros empleados, pero según se acercó reconoció al marqués. Probablemente la persona a su lado fuera el doctor Niebla. Aún no se había informado sobre aquel hombre. Se alegró al poder saludar a los dos tan pronto. Poco más necesitaba hacer en esa fiesta que tan poco le agradaba.

—Todo un placer verle por aquí, señor Quesada.

Le dio una mano fría y sólida. Catedral era casi tan alto como él, pero mucho más fornido. Niebla se veía muy perjudicado por la comparación. Tenía la mano pequeña y nerviosa. Le dio la sensación de que su existencia se alimentaba de algún tipo de resentimiento infantil. Le pareció peligroso.

Ninguno de los dos parecía sorprendido de verlo allí.

—Muchas gracias, señor marqués, por su invitación. Pero permítame que le pregunte por el motivo de la misma. No nos conocemos de nada, no soy ninguna personalidad y si no estoy equivocado tampoco tenemos amistades en común.

El marqués no pareció sorprenderse por aquel comentario.

—Por favor... —dijo con una ancha sonrisa—, usted es demasiado humilde. Su labor de abogado ha trascendido más allá de los círculos profesionales. Y no me diga que no tenemos amistades en común. Sabe mejor que yo que aquí encontrará a Vivar. Otra cosa es que sea de su agrado.

Quesada sonrió con frialdad. Ya tenía la información que precisaba sobre la persona de Catedral. Quien le desconcertaba era Niebla. En ningún momento había roto su fina sonrisa y las insolentes gafas oscuras impedían verle los ojos.

—También a mí me gustaría preguntarle —continuó el marqués—. Si, a su entender, tan poco sentido tiene la invitación, ¿qué le ha movido a venir?

—Siempre es buen momento de retomar antiguas amistades —respondió secamente. Abrió la puerta sin esperar otro comentario y entró en el salón donde estaba el resto de los invitados.

Las aglomeraciones y el ruido lo aturdían. Buscó infructuosamente un lugar más tranquilo. Llegó una mujer que lo orientó un poco. Se presentó como Donatela Lequerne; Quesada apreció unos ojos tan hermosos como tristes. Le hubiera gustado poder hablar más con ella, pero quería saludar a Rodrigo cuanto antes. Si llevaba la misma vida de siempre, pronto se emborracharía y le sería del todo inútil. Afortunadamente aquella mujer sabía quién era. Estaba sentado en una esquina de la sala, con el cuello desabrochado y la cara roja. Se abanicaba con un pañuelo. Al verlo se incorporó con esfuerzo. Había bebido ya varias copas pero mantenía el juicio.

—Quesada —dijo con un fondo de suspicacia—. ¿Qué haces aquí? No sabía que fueras amigo del marqués.

—A ti quería preguntártelo, pero veo que sabes tanto como yo. La invitación me llegó la semana pasada. Pensé que habías tenido que ver.

—Es extraño —recapacitó Vivar mientras echaba una mirada a su alrededor—. Desconozco el sentido de esta fiesta, pero te aseguro que no está la gente habitual. Los más cercanos no faltamos, pero me llama la atención un buen número de personas que no conozco ni de vista. Muchos de ellos no se han puesto de etiqueta en la vida, a juzgar por cómo visten. Y discúlpame por incluirte entre ellos —añadió al ver el esmoquin de Quesada—. ¿Qué ha sido de tu estilo?

—Voló como tantas cosas. Pero no he venido a discutir mi indumentaria. ¿Qué sentido tiene esa presentación de Catedral y Niebla en la puerta? Parecía la entrada a un velatorio.

De forma inconsciente asoció la imagen de un funeral a la de Vivar, que seguía sentado junto a él con la mirada fija en un punto indeterminado de la sala. Lo miró con detenimiento. Intentaba inútilmente secarse el sudor de la frente con el pañuelo. Tenía la papada enrojecida del sofoco y el alcohol, y aun así seguía bebiendo whisky. A Quesada le llegó una imagen que había borrado hacía tiempo de su memoria. Rodrigo en una fiesta parecida, décadas atrás, agotado de tanto beber y bailar, pero con energía suficiente para aguantar otras tres fiestas seguidas. En ese momento, en cambio, apenas podía moverse. Si se estaba organizando un funeral, el fallecido era sin dudarlo Rodrigo Vivar. El abogado apretó los puños con una rabia muy poco común en él. Se alejó de allí sin decirle nada. Tampoco sintió que el otro le echara en falta.

Fue a los aseos. En la puerta se cruzó con Niebla, que lo saludó con una inclinación de la cabeza y una sonrisa. El reflejo de la luz en las lentes provocó un gesto sarcástico que lo irritó profundamente.

—¡Qué mira usted! —gritó el abogado. Ahogó un impulso de arrancarle las gafas de un manotazo. El otro no pareció escucharlo, o intentó provocarlo con más fuerza, pues no apartó la mirada. Todo sucedió en un instante. Había gente esperando y la corriente humana los separó. Ya en el lavabo se mojó la cara con agua fría. Nunca se había visto tan fuera de sí. No conocía esa rabia descontrolada y comenzó a temerla. Pensó que tal vez había bebido demasiado, pero apenas había tomado un par de sorbos de la copa de anís. No podía ser más que el recuerdo de Rodrigo y su imagen actual lo que le producía esos ataques. Se calmó relativamente y decidió ir a pedir disculpas al doctor Niebla. Que fueran a pleitear no significaba que no se trataran como personas educadas.

A pesar de su altura, era difícil localizar a alguien entre tanta gente. Por el contrario, él era un blanco fácil y así se lo demostró aquel detective cuando fue a saludarlo. Lang podría ser incluso guapo si se arreglara un poco la dentadura. A Quesada no le disgustaba, pese a su indomable deseo de conquistar hembras. Recordó que en tiempos estuvo o aparentó estar profundamente enamorado de Zarza y a poco llegó a las manos con Pierre. Resultó bufo que finalmente se fueran los dos a emborracharse juntos, pues descubrieron que ninguno de los dos había peleado antes y no tenían la menor curiosidad de tener esa experiencia.

Probablemente se hubiera colado en la fiesta tras alguna mujer de la alta sociedad, aunque también pudiera ser que estuviera trabajando. Había oído que, desde que su socio le dejó, sus casos se restringían a descubrir infidelidades o incluso a provocarlas para forzar divorcios lucrativos. A pesar de lo mucho que los separaba, se alegraba de ver a alguien conocido. Le contó su intención de rebuscar entre los trapos sucios del marqués. Aunque no era sensato desvelar esa información tan libremente, pensó que podría obtener algo a cambio. Los devaneos nocturnos del detective lo llevaban hasta lo más podrido de la sociedad, esos lugares donde los trapos sucios se clarean o se intercambian y era fácil descubrir la corrupción de los poderosos. Además, su indiscreción era proporcional a su vanidad. No dudaba en desvelar los más terribles secretos si con ello obtenía unos minutos de atención.

Sin embargo, en esa ocasión Lang estaba distraído. Apenas respondía a Quesada con monosílabos y el abogado se sorprendió llevando él mismo el peso de la conversación. Enseguida se despidió con una excusa y desapareció entre la gente. Al poco lo vio correr hacia la escalera que comunicaba con el jardín de la casa y desaparecer tras ella. ¿Es que acaso se había equivocado con Lang? Podría ser que estuviera trabajando en algún asunto serio. Recordaba que en sus inicios como detective había conseguido descubrir el paradero de unos huérfanos raptados por un médico desequilibrado que pretendía experimentar con ellos. El médico logró escapar, pero al menos liberó a los niños. Sin poder evitarlo le vinieron a la cabeza Polita, Cañamón y especialmente Pequeñine y el bebé. ¿Qué monstruo sería capaz de hacerles daño? Le entraron unos fuertes deseos de volver a casa a abrazarlos, pero antes debía disculparse ante el doctor Niebla.

Por indicación de los camareros, la gente había salido al jardín. Se aglomeraban alrededor de un pequeño pedestal al borde de la terraza. Desde allí se podía ver la cuenca de la ciudad y el mar. Los últimos rayos del sol habían creado una atmósfera violácea que contrastaba con la oscura silueta de una mujer que, apoyada en la balaustrada, miraba al mar como si no hubiera nadie más a su alrededor. Solamente Quesada parecía advertir aquel cuadro de profunda melancolía. El silencio se hizo mayor cuando el marqués subió al pedestal y comenzó a describir el interés del nuevo edificio que estaban inaugurando. El doctor Niebla permanecía a su lado como un guardián. Con su sonrisa de hielo parecía confirmar una a una las palabras de su jefe.

Quesada apenas escuchó aquel discurso hueco. La mujer seguía de espaldas al resto del mundo, ignorante del orador que tenía a pocos metros y de los cientos de personas que lo rodeaban. En un momento dado Catedral extendió el brazo hacia la ciudad y, de un modo muy teatral, se encendió un foco blanco en el extremo del edificio Alanka, buque insignia de la empresa.

Aquella luz y los aplausos consiguientes parecieron devolver el sentido de la realidad a la mujer, que se giró sorprendida de lo que tenía alrededor. Quesada reconoció a Donatela, que hacía no mucho tan bien se había portado con él. Le hubiera gustado haberle dicho algo. Que no estaba tan sola, por ejemplo. Intentó recordar el apellido, Lequerne. Donatela Lequerne. Afortunadamente para ella, los ojos de todos los invitados estaban puestos en el marqués, por lo que pudo desaparecer con facilidad entre la muchedumbre.

Terminado el discurso, Quesada fue hasta donde estaba Niebla. Tuvo que esperar a que terminara de darle la enhorabuena un buen grupo de flamantes admiradores.

—Perdone —dijo cuando la última persona se había marchado. El otro dirigió sus lentes hacia él. No comprendía cómo esas gafas podían ser tan insoportables.

—¿Sí? —dijo con tono neutro, como si no hubiera pasado nada. Quesada sintió cierto vértigo, pero continuó hablando.

—Quería disculparme por mi comportamiento anterior. Fue muy poco digno por mi parte.

Hizo una pausa que le sirviera al otro de pie para aceptar la excusa, pero Niebla no rompió el silencio, sino que lo mantuvo con frialdad. Fueron apenas unos segundos, pero lograron quebrantar una vez más la serenidad interior del abogado. Por suerte un hombre del personal los interrumpió con gestos de alarma. Se acercó a Niebla y le dijo algo al oído. Este pareció salir de un trance. Inclinó absurdamente la cabeza hacia Quesada y siguió con rapidez al hombre.

El abogado los vio alejarse. Algo grave había pasado en la fiesta a juzgar por el movimiento de personas que tomaban posiciones con disimulado nerviosismo. Tenían todo el aspecto de personal de seguridad oculto entre los invitados. A pesar de todo, nadie pareció percatarse del estado de alarma. La gente seguía hablando y bebiendo con animación. Niebla desapareció tras la escalera que rodeaba la casa. El mismo lugar por donde había subido Lang hacía un rato. El marqués, por el contrario, ejercía de anfitrión con total normalidad. Buscó a Rodrigo, pero no lo encontró por ninguna parte.

Sin pensarlo dos veces subió aquella escalera. Tal vez estaba siendo algo indiscreto, pero bien podría descubrir algo que le ayudara con el proceso. La escalera terminaba en la parte trasera de la casa. En la oscuridad había un buen grupo de personas que contemplaban algo en el suelo. Un mal presentimiento le incitó a acercarse. Del grupo salió el detective Lang. Tenía la camisa empapada en sangre y una espada ridículamente enganchada en el cinturón. Le sujetó del brazo.

—No se acerque —le dijo con firmeza al percatarse de quién era. Tenía el pelo empapado del viscoso líquido y los ojos desorbitados de quien ha pasado una situación límite. Con un movimiento brusco se liberó del detective y se abrió paso entre la gente. Tumbado boca arriba, con el vientre destrozado, estaba el cuerpo sin vida de Rodrigo.

Un vacío blanco ocupó la mente de Quesada. Intentó cerrar los ojos para eliminar esa imagen, pero se le había grabado en lo más profundo del alma. Notó que lo separaban del lugar pero seguía viendo aquella escena como una fotografía.

No supo cuánto tiempo duró eso. Sin intervalo se vio sentado junto a Lang, en un apartado banco del jardín.

—¿Está mejor? —le dijo el detective. Al verlo reaccionar le ofreció una botella de champán a medio beber. Echó un buen trago. Lang le dio unas palmadas en el hombro.

—Lo siento mucho —dijo sin más.

Quesada se sintió extrañamente confortado.

Mantuvieron los dos un largo silencio solo interrumpido por el cambio de mano de la botella.

—Me vuelvo a casa —dijo el abogado—. ¿Tiene cómo volver a la ciudad?

Lang negó con la cabeza. Tampoco se lo veía en su mejor estado. Aún no le había preguntado por las manchas de sangre, pero una inerte pasividad le impedía interpretar nada. Su cerebro había desconectado una parte de sí mismo y lo único que exigía en ese momento era descansar.

Sin decirse nada más, los dos se levantaron automáticamente. Bajaron la escalera y atravesaron la fiesta. El grado de euforia era máximo en aquel momento. Nadie parecía saber lo que había sucedido y ni siquiera se asombraron de las manchas de sangre de Lang. Estaban entrando en la casa cuando escucharon una voz de mujer. Se giraron y vieron a la marquesa correr hacia ellos.

—¡Lang! —gritó al ver la sangre—, ¿estás herido?

Le abrió la chaqueta. Se tranquilizó cuando vio que no era suya.

—¿Qué ha pasado?

Lang la miró a los ojos. Mantuvieron los dos una mirada tan intensa que logró ruborizar a Quesada.

—Cuídate —dijo ella. Parecía que iba a darle un beso, pero en su lugar se giró y volvió a la fiesta.

Atravesaron el recibidor de entrada, ahora vacío, y le pidieron el coche al portero.

Durante el trayecto apenas hablaron. Quesada aparcó junto a la casa de Lang.

—En fin —dijo este ya fuera del coche—. Gracias por acercarme. Si necesita cualquier cosa…

—¿Lleva algún caso en estos momentos? —lo interrumpió Quesada.

—Ahora mismo… podría decir que no.

—Me gustaría contratarle para que investigara lo que ha pasado esta noche. Quiero ver al asesino de Rodrigo en la cárcel.

—Esto está hecho. —El detective le guiñó un ojo cansadamente y cerró con fuerza la puerta del coche.

# SEGUNDA PARTE: JUEGOS DE LLAVES

# La casa de las palomas

Una sed espantosa liberó al detective Lang de un sueño pesado y sin memoria. Se levantó de la cama maldiciendo el champán de la víspera. Caminó con pasos mecánicos hasta el cuarto de baño, encendió la llave caliente de la ducha al máximo y se quedó bajo el chorro hasta que vació toda el agua del termo eléctrico. Los acontecimientos de la noche anterior le golpearon en el cerebro cuando vio la camisa manchada de sangre seca y la espada apoyada en la mesa del despacho. Ni siquiera se acercó a tocarla. Tomaría un café y luego analizaría los hechos con tranquilidad. Rebuscó entre la ropa la camisa menos arrugada, se puso unos vaqueros y salió al bar.

Sancho estaba tan fresco y sonriente como siempre. Lang le pidió un café mientras se preguntaba por su vida privada. ¿Qué haría al cerrar el bar? Intentó imaginárselo sirviendo cafés a una ristra de hijos gorditos, pero la imagen era demasiado grotesca para su estado de ánimo. Al camarero se lo veía con ganas de que le comentara la noche anterior. Cada poco le lanzaba miradas cómplices que en ningún momento fueron correspondidas por el detective, centrado en sus propias ideas. Le pidió un segundo café y al servírselo no pudo resistirse más.

—Menuda cara. Veo que la fiesta estuvo a la altura, ¿verdad?

—Y que lo diga —le concedió—. Fue una fiesta irrepetible.

—Ya me imaginaba yo. —Hizo una pausa para darle pie a que siguiera hablando, pero el detective no levantó la mirada del café. Contrariado, el camarero continuó.

—Por cierto, esta mañana ha venido una mujer preguntando por usted.

Lang levantó la cabeza.

—¿Buscándome a mí?

—Ya ve. No sabía que utilizaba el bar para citar a sus amigas.

—¿Y le dijo qué quería?

Sancho hizo un gesto de ignorancia con los hombros. Una vez captado el interés del detective, parecía menos propenso a proporcionar información sin recibir nada a cambio. Fue al lavabo a secar vasos de cerveza con el trapo que le colgaba del cinturón. Un gesto al que era muy aficionado y que Lang había asociado a algún tipo de terapia inconsciente.

—Me preguntó si usted había pasado por aquí esta mañana. No quería entrar en la oficina, siendo sábado.

—¿Y cómo se llamaba?

—Rosa. No me dio el apellido.

—Poca información es esa. ¿Cómo era?

—Pues cómo va a ser —dijo Sancho con risa glotona—. Pelirroja, bastante alta, con los ojos claros y grandes, como de gato. Un poco flaca para mi gusto.

Lang se preguntó cómo podría conocer aquella mujer tan bien sus hábitos. Pensó en alguna conocida, pero la descripción que le proporcionó el camarero no le recordó a nadie. De cualquier manera, tenía en la cabeza asuntos más importantes que un antiguo romance.

—Si vuelve a aparecer dígale que suba a mi oficina sin dudarlo.

—No se preocupe.

Dejó un par de monedas sobre la barra y salió a la calle. Pensó en su casa y se deprimió profundamente. Aquel lugar que no era ni oficina ni hogar no podía ayudarlo a trabajar en algo tan serio como un homicidio, y menos en aquel estado en el que se encontraba. Subió al ascensor mientras pensaba en una huida. El bar de Sancho era el único sitio que se le ocurría para trabajar, pero quedó descartado casi desde el principio. No le quedaba otra posibilidad que arreglar su casa y separar sus dos vidas. Abrió la puerta y se quedó bajo el dintel en horrorosa contemplación de la escena. Ordenar aquel caos aparentaba ser la tarea de un ejército. Además, la resaca entorpecía sus movimientos, por lo que la labor parecía aún más titánica.

Se acercó a la espada y la sujetó por la empuñadura. Jugueteó un poco con ella. Tenía manchas pardas, probablemente era la sangre seca del animal. La limpió y secó en el lavabo. Parecía antigua, pero el hierro brillaba como un espejo y el filo no tenía mella. La apoyó en la pared.

Se animó con aquel inicio. Necesitaba tener la mente en pleno rendimiento para enfrentarse a ese caso. Enumeró los acontecimientos de la víspera: una muerte violenta, un animal con mirada humana, un misterioso adolescente armado con una espada. Pero aquello no era todo. También tenía que valorar otros hechos aparentemente secundarios, como la presencia de Quesada y su interés en la muerte de Vivar o su propia invitación a aquella fiesta. Demasiados aspectos que cotejar. Sin embargo, el principal motivo para tomar en serio el trabajo era aquella intuición que había sentido la víspera y que lo llevó, si no a salvar a nadie, al menos a descubrir el cadáver. El café estaba actuando en su cerebro. Las ideas se articulaban con más facilidad y con ellas también volvió con fuerza la sensación de estar detrás de algo importante.

Se sintió fortalecido para realizar la difícil tarea de dividir oficina y hogar en dos mundos independientes. Comenzó con la ropa sucia. Para no perder tiempo cogió todas las prendas que flotaban por las habitaciones y las amontonó junto a la puerta. Más tarde las llevaría a la lavandería. Cuando ya no quedaba ningún calcetín escondido bajo los muebles formó un gran hatillo con la sábana.

Apenas había comenzado a limpiar y ya notaba la diferencia. El siguiente paso era, sin duda, el más complicado. Se trataba de agrupar y clasificar la documentación impresa que estaba desparramada por todas partes. Afortunadamente para él, la mayor parte eran facturas de los bancos, folletos publicitarios, revistas y prensa antigua, y referencias a algún caso más que archivado. Una bolsa de plástico fue engordando poco a poco. Encontró también más de un número de teléfono que creía perdido pero que en ese momento ya no le servía para nada.

Las pilas de papeles desvelaron todo un universo de pequeños objetos. Acumuló una buena colección de monedas de escaso valor, botones de diversos tamaños, bolígrafos, lápices, clips y por supuesto pelusas. También encontró algún billete, un gemelo de plata que creía perdido en algún bar y una llavecita dorada que no había visto antes. Estuvo pensando en su origen sin descubrirlo. Parecía propia de un costurero, o uno de los cajones de un secreter. Se la guardó en el bolsillo y prosiguió con la limpieza. Barrió las dos habitaciones y el zaguán, pero pronto comprobó que debía pasar también la fregona. El tercer cubo devolvió por fin el agua transparente. Repasó con un trapo el polvo de los muebles y aún encontró un último calcetín desparejado encima del armario.

Tocaba enfrentarse al reto más difícil: el cuarto de baño. A pesar de tratarse de una oficina, era completo. Al principio la presencia de la ducha les pareció una contrariedad, pues ocupaba espacio innecesariamente. Con el tiempo se utilizó para guardar los utensilios de limpieza y tras el último traslado de Lang volvió a su función original.

Armado con trapos, estropajos y diversos productos químicos arremetió la limpieza integral de aquel lugar. Mientras frotaba, limpiaba y desinfectaba pensó en lo práctico que suponía pasar las mañanas de resaca de aquella manera. El sufrimiento no venía a ser mayor que cuando se quedaba tumbado en el sillón durante horas, y los beneficios eran evidentes. Al cabo de un rato consiguió que brillara el suelo. Miró el fruto de su trabajo con complacencia. Volvió después a las habitaciones. Todo parecía limpio y ordenado, pero aún había algo que fallaba.

Pasó la mano por la mesa del despacho para constatar que no había pizca de polvo. Se trataba de uno de los pocos bienes valiosos que conservaba, pues estaba construida en haya maciza. La había comprado en un anticuario cuando el negocio marchaba y le parecía importante dar imagen de respetabilidad. Más tarde, cuando necesitó dinero, se dio cuenta de que no era fácil de revender por su tamaño y peso. Decidió quedársela como un recuerdo de los buenos tiempos. La madera estaba limpia y con el pulido característico, sin embargo no tenía el esplendor que recordaba. Descubrió que las ventanas también necesitaban una limpieza a fondo. Hacía meses que no limpiaba esos cristales que con el tiempo habían dejado de ser transparentes. Cuando terminó sintió que la oficina era otra. Pensó incluso en comprar una planta de interior para darle el toque final.

Salió con la ropa cargada a la espalda. La lavandería estaba a dos manzanas. Pagó el lavado y el planchado a la dependienta y volvió al bar de Sancho. Se merecía una buena comida, aunque fuera de menú.

Se sentó en su mesa habitual. Algo apartada, junto a la ventana. Sancho estaba ocupado con los otros clientes, por lo que pudo comer con tranquilidad. Debía organizar sus ideas para enfrentarse al «caso Alanka», como lo había bautizado. Reconocía que al ponerle ese nombre, aunque fuera para su fuero interno, estaba orientando el pensamiento hacia una vía de investigación, que si bien parecía la más evidente, no tenía por qué ser la única. Cualquier persona que estuviera al tanto de los últimos acontecimientos de la empresa sabía que Vivar era un socio incómodo y su desaparición beneficiaba principalmente al marqués. Pero Lang también sabía que no podía dejar de considerar cualquier otra posibilidad.

Daba por hecho que Vivar había sido asesinado, pero el presunto asesino había sido un animal salvaje, lo que complicaba bastante el crimen. Debía descubrir si existían allí animales de tal tamaño o si se había escapado de algún lugar. Incluso en ese caso podría interpretarse como un arriesgado pero efectivo encubrimiento: dejar que un ser irracional realice el trabajo sucio. Daba por hecho que aquello que había visto era un gran felino, pero aquella mirada le seguía torturando. Por otro lado le extrañaba que un chimpancé o incluso un gorila pudiera hacer tales destrozos en un hombre. Dados sus nulos conocimientos en la materia, tendría que aplazar cualquier tipo de conclusión sobre ese asunto.

Escribió en una servilleta de papel las palabras «Alanka», «Catedral» y «tigre?» alrededor de «VIVAR». Golpeó con el bolígrafo sobre la mesa. Había algo que no encajaba, alguna posibilidad que podía estar menospreciando. Repasó los acontecimientos de la noche y sin pensarlo mucho escribió la palabra

«Atreo». Al instante añadió dos signos de interrogación al final. Aquel joven constituía una incógnita casi tan misteriosa que la muerte de Vivar. El modo que tuvo de entablar conversación con él, su aparente interés y conocimiento de la vida del detective y sobre todo su encanto personal contrastaba demasiado con ese segundo Atreo, armado y furioso, y ese trato entre despectivo y paternalista que le propinó al encontrarlo en la parte trasera de la mansión; para finalmente darle la espada con aquellas misteriosas recomendaciones: que no dijera nada de él y que no se separara nunca del arma. Esa segunda indicación le parecía fuera de lugar. No podía andar por la ciudad con aquello: llamaría demasiado la atención y, por otro lado, una espada le parecía un arma muy poco práctica. Desde sus primeros tiempos como detective le habían urgido para que llevara revólver, como lo hacía su antiguo socio. Siempre se había negado y hasta ese momento nunca lo había echado de menos. Más bien le gustaba pensar que la pólvora llamaba a la pólvora, por lo que bastaba ir armado para encontrarse en una situación peligrosa.

Pidió el café y rechazó el chupito de licor que Sancho solía ponerle como regalo de la casa. Consideró las dos facetas de Atreo: desde el joven fascinante al impasible salvador. Tal binomio se podía cerrar con un tercer rol: el de asesino sangriento. No había ningún motivo para descartar que hubiera sido él el asesino de Vivar. A fin de cuentas, estaba en el lugar del crimen con un arma manchada de sangre. Lang maldijo haber limpiado la espada esa mañana. Había perdido una pista importante. Por otro lado, no le parecía que Atreo hubiera cometido la imprudencia de concederle aquella oportunidad de ser descubierto... A no ser que intentara incriminarle a él mismo.

Lang dibujó una circunferencia con el bolígrafo alrededor del nombre del joven. Cuando todo el mundo llegó al lugar del crimen lo único que vieron fue a él mismo con todo el cuerpo manchado de sangre y armado con una espada también sanguinolenta. También él había sido el único que había visto a la bestia salvaje. ¿Acaso ese fue el motivo de su invitación a la fiesta? Un detective fracasado, sin mucho que perder y relacionado con el mundo del crimen: un muñeco perfecto. El marqués contrata a Atreo para que organice el escenario contando con que Lang ejerciera su papel asignado. Terminó el café de un sorbo. Dejó el dinero sobre la mesa, tomó la servilleta llena de nombres y garabatos y salió del bar sin despedirse del camarero.

Reordenó las ideas mientras esperaba el ascensor de su casa. La policía podía perfectamente arrestarlo como sospechoso. Se fue alarmando según el ascensor subía. No podía permitir que lo detuvieran, porque si había dos cosas claras en todo ese asunto era que él no había cometido ningún crimen y que nadie se esforzaría en defenderlo. Debía abandonar el piso cuanto antes y descubrir al asesino como fuera. Esa sería su única coartada. La investigación comenzaba por la autopsia del cadáver. Era esencial descubrir si había sido un animal o un humano. Tenía que entrar en la morgue e intentar hablar con un forense.

Entró en su oficina. Daba gusto contemplar la armonía que había creado, aunque no fuera capaz de disfrutarla. Abrió una mochila y la llenó de la ropa que aún le quedaba. Se vistió con el único traje de verano que no había llevado al tinte. Era de color crema, apropiado para la época del año pero poco práctico si se pretendía pasar inadvertido. Echó una última mirada al despacho. La espada le deslumbró con un rápido reflejo. Dejarla allí significaba inculparse directamente. La envolvió en una tela y la metió en la mochila. Sobresalía la mitad del hierro, pero no llamaba especialmente la atención: podía confundirse con el mástil de un instrumento de cuerda.

Decidió ir en primer lugar a ver a Quesada. Necesitaba recopilar toda la información posible y el abogado parecía conocer bastante bien los entresijos de las empresas del marqués. También parecía haber tenido un trato muy cercano con Vivar, por lo que tal vez le contara algo antes de morir. Consideró la posibilidad de que el abogado fuera parte de la supuesta trama, pero ni extremando su manía conspiratoria pudo descubrir alguna doblez en Quesada. Le pidió que se encargara del caso con la intención real de descubrir al asesino de Vivar.

Pero no estaba tan convencido de que la confianza fuera mutua. Tal vez había reconsiderado los hechos del día anterior y con la tranquilidad de la distancia había constatado lo extraño que era que Lang estuviera armado y manchado de sangre. Al acercarle a casa en coche no le había dado más importancia al asunto, y de hecho le propuso el caso sin preguntarle nada sobre su vinculación con el mismo. De cualquier manera debía ser precavido cuando lo viera.

Tomó un taxi y le dio la dirección del despacho del abogado. Era consciente de que era sábado por la tarde, pero Quesada tenía fama de incansable trabajador y tras lo sucedido se lo imaginaba duplicando esfuerzos para terminar con Catedral. Por otra parte, desconocía dónde estaba su casa.

Llegó con facilidad a su destino. El portero le dijo que los sábados por la tarde nunca trabajaba. Le pidió su dirección pero el portero solo accedió a darle el teléfono. No le interesaba anunciar su llegada antes de cerciorarse de que Quesada confiaba en él. En caso contrario podía tenderle una trampa fácilmente.

El portero le apuntó el teléfono en un papel. Lang se lo agradeció y salió en busca de una cabina. Marcó el número. Una mujer respondió.

—Buenas tardes. ¿Es la casa del señor Alonso Quesada?

—Así es. ¿Desea hablar con él?

—No es necesario. Tengo un paquete para él, pero en su despacho solo me han dado el teléfono de su residencia. Si me da la dirección se lo llevo ahora mismo.

—Ya entiendo. No se preocupe entonces por traerlo. Supongo que lo podrá dejar en la portería.

—Se trata de material muy importante —improvisó—. Relacionado con los acontecimientos de anoche.

La mujer del teléfono guardó unos segundos de silencio. El detective intentó averiguar a quién le recordaba aquella voz. Finalmente accedió y le dio las señas. No estaba muy lejos de la oficina de Lang, pero desde allí debía tomar otro taxi. Le agradeció las indicaciones y colgó. ¿Acaso conocía a aquella mujer? Estaba convencido de que no era la primera vez que oía esa voz, muy femenina pero grave y a la vez lánguida y sensual.

Tomó otro taxi mientras apuntaba mentalmente otro motivo para visitar a Quesada. Necesitaba dinero con urgencia. Cualquier contratación de sus servicios comenzaba con un adelanto económico y pese a las peculiaridades del asunto en el que se encontraban el trato no iba a ser diferente. En otras ocasiones solía embolsarse el dinero para sus asuntos privados, pero el caso Alanka era diferente. Era probable que necesitara buenas cantidades para obtener información, pagar a algún soplón y sobornar a más de un policía. Quesada tenía fama de gozar de una vida económica más que saludable, aunque se desconocía la fuente de sus ingresos. Era el momento de saber si los rumores eran ciertos.

Llegó a la dirección que le había dado la mujer. Se trataba de una casa antigua, con un portal protegido por una gran puerta de madera. Llamó al último piso del telefonillo. Respondió la misma mujer. Mantuvo la farsa del paquete. Ya aclararía los hechos más adelante. Le abrió el portal.

Salió del ascensor con todos los sentidos atentos. Debía combinar la actitud natural del que no tiene nada que ocultar con la precaución de quien puede ser malinterpretado. Le tranquilizaba la ventaja de llevar la iniciativa. Solo necesitaba hablar con Quesada para convencerle de su inocencia en caso de que el abogado dudara de la misma. Llamó al timbre de la casa.

Una serie de gritos salieron de la puerta y alguien comenzó a golpearla. Lang dio un paso hacia atrás y se mantuvo expectante. Escuchó después más gritos y unos pasos que se acercaban. Se descorrieron los cerrojos y se abrió la puerta.

—¿Tú?

El detective no pudo ahogar la pregunta. Ante él se encontraba la última persona que podía imaginar y de la manera más insólita. Zarza la fatal, leyenda viva de la más negra noche de la ciudad, capaz de matar a un hombre a base de whiskys y de resucitarlo después con un beso, estaba frente a él con un bebé en los brazos y otros dos sujetos de su falda.

—¡Pero bueno, Lang! —exclamó ella con igual muestra de sorpresa—. Ya decía yo que me sonaba tu voz. ¿Te has metido a repartidor?

—Claro que no. Aún soy detective, pero estoy en un caso complicado y actúo de incógnito. —Lanzó una mirada significativa a los niños que se escondían tras la falda con gesto curioso—. ¿Y qué me dices de tu vida? Lo último que sé de ti es que te escapaste con aquel aprendiz de pintor.

—Se llama Pierre. Es el padre de mis hijos.

Lang reprimió cualquier comentario. Tenía que reconocer que los niños eran tan guapos como la madre. Un tercero apareció tras su falda, tenía los ojillos rasgados y una sonrisa que desmontó a Lang. Estiró la mano como una persona mayor.

—Este es Pequeñine, el mejor de todos.

El detective se agachó para estrecharle la mano, pero en ese momento los dos mayores perdieron la timidez y se abalanzaron sobre él.

—Señor, ¿es usted detective?, ¿tiene pistola? Yo quiero ver la pistola. Mamá, ¿es amigo de papá? ¿Qué es eso que sale de la mochila?, ¿lo puedo coger?

El detective se incorporó con premura. En lugar de dos parecían cuatro y con un terrible sexto sentido habían localizado la espada. Estaban empeñados en deshacer el envoltorio de tela que la escondía. Para llegar a la mochila le tiraban del pantalón y la chaqueta hacia abajo. Lang intentaba mantener la compostura de la mejor manera posible. La madre no parecía darle más importancia.

—Muy monos —comentó el detective por decir algo.

—¿Venías a ver al señor Quesada?

—Eso es, ¿está en casa?

—Claro. Los fines de semana los pasa siempre aquí. Creo que está en la azotea, con míster Zoco. Te acompaño.

Lang siguió aquella caravana de niños que habían vuelto a centrarse en su madre. Atravesaron un largo pasillo. La casa era muy grande. Anchos balcones iluminaban las habitaciones, con suelo de madera y techos altos. Sin embargo, todo tenía un tono de desgaste natural. La pintura se desprendía de las paredes en grandes placas y mostraba antiguos colores. Las molduras de los techos estaban descascarilladas y amenazaban con caer. La mayor parte de las salas apenas tenían muebles y se las veía poco usadas y menos barridas. Había un extraño olor a comida de gato por todas partes.

Subieron por una escalera de madera. Los viejos tablones chirriaban amenazantes ante sus pasos. Levantó la vista para evitar el vértigo. Había oído que los muchos partos añejaban el cuerpo de las mujeres, pero Zarza mantenía aquel culo que doblegaría a un dictador.

—Aquí tiene Pierre el estudio —dijo ella como adivinando sus pensamientos.

Lang omitió cualquier comentario. No tenía ningún interés en cruzarse con él. Estaba seguro de que aquel hombre estaba loco. En aquel primer encuentro consiguió salir ileso y no quería volver a arriesgar el físico innecesariamente. Cruzaron otro pasillo similar al de la planta de abajo. Se veía la mano del pintor en los descuidados brochazos de colores que lo atravesaban.

—Mi papá pinta allí —dijo la niña señalando una puerta entornada—. Me está dibujando como un árbol.

El detective miró disimuladamente: un hombre desnudo dibujaba con pasmosos movimientos convulsos sobre un pequeño lienzo. La niña iba a abrir la puerta pero Lang le hizo un gesto de silencio con el dedo y le señaló al resto de su familia, que avanzaba pasillo adelante. El camino terminaba en una escalera de caracol de hierro fundido.

—Sube tú —dijo Zarza—, los niños tienen prohibido cruzar esta línea.

Los dos mayores ya habían alcanzado el tercer escalón, por lo que la frase de su madre los paró en seco.

—¿Verdad que sí? —insistió ella.

Ambos afirmaron sin ningún convencimiento mientras bajaban con pretendida pereza los escalones. El detective le dio las gracias y se despidió de los niños.

Al final de la escalera había una puerta metálica que daba a la azotea del edificio. La luz de la tarde deslumbró al detective. Respiró la frescura de la brisa marina, que llegaba a aquellas alturas por desconocidas corrientes de aire. Había allí algo fuera de lo común. Al principio le pareció normal que hubiera palomas en una azotea, pero un segundo vistazo le demostró que su número era exagerado. Dio unos pasos más para comprobar que aquello era un verdadero refugio de aquellos animales tan poco agradables. Muchas de ellas volaban sobre la casa, otras caminaban por el suelo o estaban posadas en postes y cornisas.

Pegados a los muros y junto a las molduras del edificio había unos rudimentarios nidos hechos con ramitas y poblados con huevos y crías. El detective tuvo que ir con cuidado para no pisarlos. Lo más alarmante era, no obstante, la indiferencia con que aquellos animales lo miraban. No solo no se asustaban, sino que parecían incluso molestos por aquella torpe presencia y se apartaban de su camino con la indignación que suele suponer una visita no anunciada. El quejumbroso sonido que emitían comenzó a marearlo.

Atravesó un arco encalado no mucho más alto que una persona y entró en un pasillo formado por dos muros paralelos llenos de orificios del tamaño de un plato, como pequeños nichos. El lugar estaba al aire libre y gracias a eso pudo atravesarlo sin sufrir un ataque de claustrofobia, pues descubrió que en cada hueco había un nido de palomas. Las que había visto hasta ese momento eran las comunes de color gris, pero en ese pasillo las había de mil formas y colores: blancas inmaculadas y negras como cuervos, con colas en abanico o plumas lánguidas que caían como si fueran mechones de pelo; las había con los ojos rojos, con el cráneo desplumado, con melenas leonadas, de colores rosados, castaños y azulados. Lang no daba crédito a lo que estaba viendo. Llegó hasta una sala circular de la que salían varios pasillos similares al que acababa de cruzar. El suelo estaba poblado de pequeños palomos que le gritaban pidiendo comida. Giró sobre sí mismo intentando inútilmente descubrir un modo de salir de allí sin derramar sangre. Sintió los primeros síntomas de un ataque de pánico cuando vio una cagada en el hombro de su traje limpio. Apretó los puños y cerró los ojos en un vano intento de tranquilizarse.

—Señor detective, ¿está bien?

La hija de Zarza asomaba su cabecita desde el extremo del pasillo por donde Lang había entrado. Afortunadamente había desobedecido a su madre en lo concerniente a subir a aquel lugar. Lang se sintió ridículo. Intentó inventar una excusa apropiada para una niña de cinco años, pero solo logró emitir unos balbuceos sin sentido. Al comprobar que no reaccionaba con facilidad, la niña llegó hasta él con total naturalidad y le cogió la mano.

—¿Quieres ver a míster Zoco?

—Estaba buscando a Quesada.

—Entonces ven conmigo —continuó ella con mucha seriedad—. Es este el camino.

Lang la siguió dócilmente. Cogido de la mano por la niña aquel lugar no le parecía tan asfixiante como hacía un minuto. Tomaron otro de los pasillos y enseguida salieron a un lugar más espacioso. Lang respiró tranquilo.

—Yo me llamo Polita —dijo la niña.

—Un nombre muy bonito. Yo me llamo Lang.

La niña afirmó con seriedad. Se la veía satisfecha por repetir fielmente una conversación de adultos. Avanzaron hasta un chamizo con paredes de plástico y techo de uralita. La puerta se abrió antes de que pudiera llamar. Quesada estaba en el otro lado.

—Detective Lang. Qué apropiada su venida. Casi podría decirse que le estábamos esperando. Hola, Polita.

—Hola, señor Quesada —dijo la niña—. Hola, míster Zoco.

Del interior de la cabaña se escuchó una voz afónica. Un anciano salió a saludar a la niña y a Lang.

—Buenas tardes. —Enseñó la palma a modo de saludo—. Soy míster Zoco.

Había alcanzado esa edad que creaba seres con apariencia de atemporalidad. Su pequeño cuerpo transmitía vitalidad por sus movimientos rápidos y concretos. La consunción de los años le había dejado unas extremidades delgadas pero marcadas por unos afilados músculos que parecían resistentes como el alambre trenzado. Las manos sarmentosas junto con una pelada nariz aguileña le daban un aspecto de ave rapaz que poco debía de tranquilizar a las inocentes palomas.

—¿Me podría decir en qué consiste todo esto?

—Míster Zoco lleva este lugar desde hace años. Es un experto colombófilo —explicó Quesada con su habitual parsimonia—. Se trata del palomar más grande de toda la ciudad. Habrás visto que hay palomas de las variedades más extrañas. Muchas de ellas son únicas.

—Y me figuro que servirán para comer —sugirió.

—No —exclamó míster Zoco, ofendido—. Antes se cometían tropelías como cocinar los pichones junto con otros pajaritos, pero hoy en día tienen una función puramente estética además de ecológica: el guano que depositan es un fertilizante de la mejor calidad. Y no tenemos que olvidar su función como palomas mensajeras, aunque cada vez tenga menos uso.

El anciano se entusiasmaba con las bondades de las palomas. Su voz gastada sintonizaba con los arrullos. Lang descubrió con horror que las manchas blancas que estampaban su chaqueta de paño azul eran cagadas de los pájaros. Efectivamente, las más valientes pronto se posaron en sus hombros como si fueran charreteras vivas. Lang disimuló su aprensión con una mirada de falso interés que aumentó el entusiasmo del anciano. Le cogió con fuerza de la muñeca y lo arrastró hasta dentro del cobertizo.

La resistencia pasiva que Lang intentó no sirvió de nada. Tras él entraron Quesada y la niña.

—Aquí mantengo a los pichones que no hubieran sobrevivido solos y también practico mis pequeños cruces entre razas.

Lang se asomó a las cajas de cartón que se ordenaban en estanterías y vio con horror los mayores engendros. Había polluelos rosados como fetos, con los ojos hinchados y unos picos deformes. Los había más grandes y, si cabía, de mayor fealdad. Hasta adquirir el plumaje de adulto, aparecían unos cañones como espinas negras y el pico engordaba de una manera desigual. Todos movían inútilmente unas patas desproporcionadamente largas.

—Le estaba enseñando a Quesada el último logro. Mire esto.

Llevaba entre las manos otra cría de color negro. A Lang le recordó a un pollo carbonizado.

—Se trata de una coronada victoria. ¿Verdad que es hermosa?

La niña se abrió camino para ver aquella maravilla. El anciano se agachó y ella le acarició la cabeza con sus deditos. Lang salió discretamente de aquel lugar.

—Es envidiable el entusiasmo que tiene míster Zoco por su trabajo —comentó Quesada a sus espaldas.

—Verdaderamente envidiable —dijo Lang sin prestar atención—. ¿No le importa que entremos en la casa?

Había perdido todo temor a una traición de Quesada. Más bien mantenía el mismo tono especialmente afable de la víspera, alejado de ese fondo displicente con el que solía tratarlo.

—Tiene razón. Hablaremos con más tranquilidad dentro de casa. Voy a buscar a Polita. Si su madre se entera de que ha subido le puede caer una buena regañina.

Entró en el cobertizo de nuevo. El anciano le estaba dando de comer al pichón negro un puré pastoso con una pipeta. El animal engullía aquella masa con movimientos convulsos de su flaco cuello. Lang retiró la mirada con asco. Junto a la puerta había un cubo metálico lleno de algo brillante. Se acercó y comprobó que eran llavecitas doradas. Se agachó a coger una. La contempló pensativo. Le recordaba a algo que no supo adivinar en ese momento. Miró el resto de las llaves. Todas eran exactamente iguales. Fue a guardarse una en el bolsillo cuando descubrió por qué le habían llamado tanto la atención. En ese mismo lugar había guardado una llave muy parecida esa misma mañana, la que había encontrado mientras ordenaba su casa. Comparó las dos y descubrió que eran casi idénticas. Solo diferían en los dientes.

—A veces suceden estas cosas con las palomas —comentó míster Zoco al verlo tan concentrado con las llaves—. Encuentran algo que les llama la atención por cualquier motivo y lo traen aquí. Esta mañana les ha dado por las llavecitas doradas, como si fueran urracas preparando el nido. Ya podrían traer billetes.

—¿Me dice usted que las palomas han traído todas estas llaves?

—Eso es. Estaba yo limpiando los columbarios a primera hora cuando llegaron en tropel. Cada una con una llave en el pico. Las dejaron en el suelo y siguieron haciendo su vida.

El detective volcó el cubo.

—Todas parecen iguales. Ayudadme a comprobarlo.

Polita fue la primera en entusiasmarse con el improvisado juego. Pero no pareció entender bien el objetivo y encontraba llaves diferentes donde no las había. También se apuntó a la comparación alguna paloma distraída. Tras un rato llegaron a la conclusión de que todas eran copias exactas.

—¿Quién se dedicaría a copiar tantas llaves? —se preguntó Quesada.

—Es bien sencillo —argumentó míster Zoco—. Las palomas han volado hasta alguna fábrica de cajas de madera para guardar objetos sin valor, por lo que no es importante que las llaves difirieran. Les saldrá más barato hacer todas las cerraduras iguales.

—Pero eso no explica que yo haya encontrado esta misma mañana una llave exacta pero para otra cerradura —dijo Lang.

—Se tratará del modelo B —resolvió con total convicción.

—¿Y es normal que todas las palomas traigan el mismo objeto? —preguntó Quesada.

—Hasta ahora no había sucedido —recapacitó míster Zoco—. Pero no veo ningún motivo por el que no pudiera pasar.

Aquella lógica desarmó a Lang. Miró al palomar en busca de alguna respuesta. Las palomas le respondieron con su mirada vacía de inteligencia. Comparó las dos llaves. Aunque eran pequeñas, tenían un peso y un acabado que denotaba cierta calidad. No parecían destinadas a una caja de música o a un costurero barato. La suya tenía los dientes con forma de «uve» mientras que las de las palomas estaban formadas por un diente en «ele». Había demasiada diferencia para tratarse de un error de fábrica. En cambio, los ojos de ambas tenían la forma de un hexágono perfecto. Se las guardó en el bolsillo.

—Bajemos al salón —propuso Quesada sin darle más importancia al asunto—. Estaremos más tranquilos. Ven, Polita.

Lang cogió la mochila y siguió al abogado y a la niña. El anciano se quedó con sus animales. Bajaron la escalera en fila india. Rehicieron el mismo camino hasta la planta baja. El pintor había cerrado la puerta de su estudio, aunque se le oía silbar una canción. La niña pareció aburrirse de pronto y súbitamente desapareció tras el ruido que hacían sus hermanos dos puertas más allá.

Quesada invitó al detective a entrar en un amplio salón. Tenía sillones de cuero y cuadros antiguos. Las paredes estaban recubiertas de madera a media altura. Una chimenea apagada presidía la pared más ancha. Una primera impresión hacía pensar en la sala de fumar de algún exclusivo club social, pero una mirada más atenta demostraba el estado envejecido de la sala: el cuero de los muebles estaba cuarteado y descolorido por el sol, las maderas tenían marcas de carcoma y algún dibujo de los niños. La araña de cristal que colgaba del centro del techo tenía, además de polvo, numerosos cristales rotos o desaparecidos. Lang desplazó varios juguetes para poder sentarse.

—Supongo que querrá un whisky —dijo Quesada mientras se dirigía a lo que parecía un mueble bar.

—Muchas gracias, pero ahora mismo no me siento con ganas. Tal vez más adelante.

Quesada lo miró con la expresión de quien intenta resolver un enigma. Se sentó en una butaca frente a él. Tampoco se sirvió nada.

—Me parece que tenemos bastante información que compartir —dijo Lang.

Mantuvieron la mirada fija en una actitud de duelo improvisado. Quesada rompió el silencio.

—La información que yo poseo es breve e incompleta. Rodrigo Vivar y yo tuvimos una amistad intensa que se rompió hace muchos años por motivos que no vienen al caso. Hace unos días vino a mi despacho pidiendo ayuda. Estaba sufriendo una persecución en la compañía por parte de Niebla. Me habló del proyecto Alanka. Aunque no fue muy claro, insistió en que se cometían auténticas atrocidades éticas. Conozco a Rodrigo y le aseguro que es una persona con muy pocos escrúpulos morales. Perdón —rectificó al darse cuenta de que aún usaba el presente para referirse a él—, me refería a que lo era.

Dejó de hablar, atragantado por la última frase. A Lang le hubiera gustado indagar en la relación que ambos mantuvieron, pero a Quesada no se lo veía dispuesto. Por cómo hablaba del empresario demostraba que, pese al distanciamiento de tanto tiempo, su muerte le había afectado.

—Y su intención era descubrir ese asunto ilegal de Alanka para terminar con la alianza entre el marqués y Niebla —dijo Lang.

—Exacto. Pero los últimos acontecimientos nos obligan a cambiar la estrategia.

—Tal vez parezca un juicio demasiado superficial, pero el móvil del asesinato incrimina directamente al marqués. Si no estoy mal informado, Vivar puso muchos obstáculos al proyecto y tampoco pretendía vender sus acciones, por lo que se ponía en una posición muy incómoda.

—Estoy de acuerdo.

—Pero, sin embargo, su desaparición les facilita demasiado el camino.

—¿Demasiado?

—Es tan obvio que ellos son los asesinos que a fuerza de lógica no pueden serlo. Ni siquiera se han buscado una buena coartada para disimularlo: tanto Catedral como Niebla estaban en el lugar del crimen. Y aunque no fuera así, es tan poco probable que fueran ellos los actores materiales que cualquier justificación sería contraproducente para sus intereses.

—Entiendo lo que quiere decir. Es cierto que están en una situación delicada. No deben quedar impunes ante la ley sino ante la opinión pública. Para ellos es fácil evadir la investigación policial, pero no pueden cortar los dedos acusadores. Y no hay nada peor para una empresa que tener unos directivos con fama de mafiosos. Muy urgidos han debido de estar para correr tantos riesgos.

—Eso siempre que hayan sido ellos —le interrumpió Lang—. Nunca se ha de descartar la opción más inverosímil.

—Ni la más evidente. Y en este caso podrían coincidir. ¿Acaso no está descartada su autoría por ser demasiado evidente? Me recuerda a las excusas que ponen los niños cuando hacen algo mal. Las razonables suelen ser mentira, mientras que el motivo más asombroso hay que creerlo por eso mismo, por inverosímil.

—Está sugiriendo que forzaron la situación para crear una sospecha demasiado evidente como para ser verdad y así quedar ellos exculpados de toda culpa. Inteligente, pero ¿no le parece demasiado retorcido?

—¿No ha visto usted al doctor Niebla? Me parece que es la representación de lo sinuoso.

—Se me ocurren dos posibilidades más: que hayan sido ellos los inspiradores pero que intenten librarse de la condena pública de la manera más sencilla, que es inculpando a otro. La segunda posibilidad consiste en que directamente no hayan sido ellos. En ambos casos hay que considerar la posibilidad de una tercera persona.

Quesada miró detenidamente al detective, que estaba manteniendo una significativa pausa. Lang quería comprobar el grado de sospecha que despertaba en el abogado, pero no advirtió la más mínima sombra. Decidió entonces preguntarle directamente.

—No puedo creer que no haya sospechado de mí en ningún momento. Estaba en el lugar del crimen, armado y con la ropa empapada en sangre.

—Ahora entenderá lo que le decía antes —dijo Quesada con total naturalidad—. Parece tan evidente que usted estaba involucrado, que a fuerza tiene que ser inocente.

—Pero según su teoría pude forzar esa culpabilidad para salir airoso.

—Es cierto, pero algo me dice que no ha sido usted. Es una cuestión de piel. De todas formas, ya que estamos siendo sinceros, le tengo que decir que aprecié ayer un cambio en usted que me inclinó a contratarlo. Supongo que será consciente de que nunca me ha caído especialmente bien. Me parecía una persona que ocultaba su cobardía bajo una capa de superficialidad, aunque intuía que muy dentro había alguien mucho más generoso de lo que pretendía mostrar. Desconozco sus motivos y los acontecimientos que derivaron en esa actitud, pero ayer tuve la impresión de asistir al nacimiento de otra persona. Me pareció que había decidido salir finalmente de su letargo espiritual.

Hizo una pausa para comprobar la reacción del detective. Había hablado a la carrera. Las palabras habían salido de su boca casi como un pensamiento en voz alta.

—Disculpe si le he ofendido —añadió al ver el estado de confusión que había creado en Lang.

—No se preocupe. Puede que tenga razón. De todas formas, no es momento de confesiones. Le agradezco que opine de esa manera, pero dudo que las personas que me vieron cerca del cadáver opinen de una forma tan benévola. Me parece que alguien tiene la intención de incriminarme.

—Pero esto no aclararía el papel de Catedral y Niebla. Usted pudo ser el actor material, pero sin un motivo de peso no sería más que un asesino a sueldo de alguien.

—Es cierto, no soy capaz de encontrar ningún motivo. De hecho apenas conocía a Vivar. Pero si han sido capaces de colocarme en el lugar del crimen, con una espada cubierta de sangre en la mano, bien pueden inventar un móvil convincente.

Lang le contó, sin ocultar ningún detalle, cómo había encontrado el cuerpo de Vivar. Quesada le preguntó por el arma. Lang desenvolvió la tela y se la acercó. Apreció su fábrica con el mismo detenimiento del detective. Se lo veía valorar su forma con mirada mucho más experta de lo que hubiera parecido. Se levantó y comprobó el filo sobre uno de los sillones más viejos. Abrió sin demasiado esfuerzo las tripas del mueble a pesar de la dureza del cuero. Se la devolvió a Lang.

—Tal vez no sea más que una casualidad, pero creo que debería fijarse en la empuñadura.

El detective enseguida descubrió a qué se refería. Sin decir nada se llevó la mano al bolsillo del pantalón y sacó una de las llaves doradas. En la cruz del puño había grabado un hexágono perfecto, igual que el del ojo de las dos llaves.

—Creo que ahora sí que me voy a tomar un whisky.

# La sombra

Sintió una bofetada y abrió los ojos. Le deslumbró la luz del mediodía que entraba por la ventana abierta. Una sombra sin definir volvió a golpearle en la cara. Se incorporó de un salto. Sobre la cama había una gaviota que lo miraba sin miedo. Dio dos zancadas hasta situarse a pocos centímetros de él. Comenzó entonces una serie de movimientos con la cabeza. La movía de arriba abajo con el pico muy abierto y emitiendo unos ruidos guturales. Lizard comprendió que estaba forzando unas arcadas cuando vio regurgitar una masa de pececillos plateados sobre la colcha. El animal miró el vómito con curiosidad. Dedicó unos segundos a recuperar la compostura y escapó después por la ventana sin más dilación.

Lizard miró la habitación: se trataba del característico dormitorio de estudiante. Estaba ocupado apenas con una cama individual, una mesa de trabajo con un ordenador antiguo y una estantería vacía. Recordó cómo había llegado allí: Arlequín, el gigante de los cuatro brazos, el anciano de los perros, aquella mujer del taxi.

Recordó que se había dejado la ropa en el hotel. Solo tenía el pantalón y la camiseta de la víspera, rotos y manchados. No encontró más posibilidad que ponérselos.

Intentó limpiar el vómito de la gaviota con un papel. No quería que la mujer pensase que aquella porquería era suya. Sintió que tocaba algo duro cuando fue a tirarlo a la papelera. Entre las babas y los pececillos había una pequeña llave dorada.

Abrió la puerta de la habitación. Se encontró ante un pasillo con suelo de madera. Caminó con precaución, más que por pretender huir, por un incomprensible pudor que le provocaba pasar desapercibido. Las tablas del suelo crujían a cada paso que daba.

—Buenos días, Lizard —dijo una voz de mujer tras él. Era Dona. Salía de una de las puertas con la correspondencia del día en la mano—. ¿Has dormido bien?

—Sí. Muchas gracias por su ayuda.

—No te preocupes. Y no me llames de usted. ¿Te apetece desayunar?

Se dejó llevar hasta el comedor. Junto a un gran mirador cubierto de plantas había una mesa circular llena de comida. Se acordó de las patatas con mayonesa que había comido la víspera. Se sentó y comenzó a comer un trozo de bizcocho de la manera más educada que sabía. Aquello era demasiado formal como para disfrutar con la comida. Dona lo miraba sonriente mientras bebía su café.

—¿Te llamas Lizard de verdad? —preguntó sin más miramientos.

Aunque no era probable que asociara su alias digital con su persona real, algo le incitó a decirle la verdad. Le parecía ridículo que ella le llamara de esa manera.

—Bueno, en realidad me llamo Lázaro.

—Mucho más bonito. ¿Quieres zumo?

Lizard bebió el zumo con gusto. El hambre le ayudó a perder la timidez. Le disgustaba comer de aquella forma delante de ella, pero tenía verdadera necesidad y, por otro lado, Dona parecía encantada al verle saciar su hambre.

—Lázaro —añadió con cierto titubeo—. ¿Te puedo preguntar una cosa? ¿Tienes familia? Me refiero, si tienes padres, o abuelos, o algún familiar.

Lizard consideró la respuesta que le debía dar. Dona pareció adivinar su pensamiento.

—No me refiero a tu situación legal. Entiendo que tienes edad suficiente para decidir por ti mismo. Porque tendrás unos trece o catorce años, ¿verdad?

—Tengo ya dieciséis —dijo ofendido—. Soy huérfano y no tengo familia. Pero no quiero volver a ningún centro de acogida.

A Dona se le humedecieron los ojos. Lizard se sintió incómodo. Una mujer vestida de uniforme doméstico entró en el comedor.

—Señora, aquí le traigo lo que me pidió.

—Muchas gracias, María. Lázaro, ven a ver esto. Te hemos comprado un pantalón y una camiseta. Al menos para que hoy vayas con algo.

Se trataba de unos vaqueros y una camiseta negra de manga corta. La misma combinación que llevaba puesta.

—Como no conozco tus gustos, le he dicho a María que te trajera algo similar a lo que llevabas —dijo con orgullo.

Lizard lo agradeció. Parecía de su talla. Iba a ir a probárselo pero un hombre que entraba en la habitación le interrumpió el paso.

—Pero ¿qué tenemos aquí? —dijo con extrañeza y sorna.

—Buenos días —dijo Dona con sequedad mientras miraba

la hora. Le había cambiado hasta el tono de voz—. ¿Disfrutaste ayer? Te vi muy entretenido.

—No me hables de la noche —dijo el hombre con un bufido mientras se sentaba a la mesa—, resulta que un animal mató a Rodrigo Vivar.

—¿Cómo? —dijo Dona con un sobresalto.

El otro hizo un gesto de desconocimiento. Se sirvió el café con tranquilidad.

—Ni idea. Por lo visto estaba tan borracho que no pudo ni defenderse, ni pedir ayuda. Lo que no sé es qué hacía en la parte trasera de la casa. Y a todo esto, ¿quién es el chaval?

Lizard se había movido hasta un lugar apartado de la habitación. Iba a decir algo pero Dona se adelantó.

—Espera. ¿Dices que fue un animal?

—Sí. Un bicho salvaje tipo tigre o león. Dicen que si se escapó del zoo o de algún circo. El caso es que tenía el estómago abierto, como si se lo hubieran intentado merendar. ¿Te imaginas? Menos mal que no subí. Me dijeron que era muy desagradable.

Dona se lamentó por la suerte de Vivar. También lo sintió por Ana, pues el empresario era de las pocas personas del entorno del marqués con las que tenía un trato amigable. Debía llamarla cuanto antes.

—Ven aquí, chico —dijo el hombre.

Lizard no se movió.

—Déjalo en paz. Se llama Lázaro. No tenía dónde dormir y lo traje a casa. —Casi en un susurro, añadió—: No tiene familia.

—Muy bien —exclamó en tono triunfal, como si esa frase constatara sus temores—. Nada menos que un huérfano. ¿A qué me recuerda esto?

Dona guardaba silencio. Tenía los brazos cruzados y la mirada fija en el desayuno.

—No tiene por qué ser como la otra vez —murmuró reconcentrada.

—Claro, porque este viene con garantía de devolución, en caso de defecto ¿verdad?

—No tienes nada de gracia.

Lizard se había sentado en una esquina, como si estuviera castigado. Aunque la conversación parecía que giraba en torno a él mismo, no se sentía más que como un espectador forzoso. El hombre extendía grandes porciones de mantequilla sobre una tostada. Mantenía el tono sarcástico.

—¿Cómo se llamaba la ladrona? Marieta, Enriqueta...

—Julieta, y no era una ladrona.

—Eso díselo a mis relojes y gemelos. No me dejó ni uno, la muy...

Dona, que hasta ese momento jugaba con la cucharilla del café, como si la conversación no fuera con ella, levantó una mirada furiosa hacia el otro.

—¿Qué ibas a decir? ¿La muy puta?

—Pues mira —dijo algo inquieto, como si hubiera cruzado inconscientemente una línea mortal y pretendiera recular—, si lo dices tú... No era normal que vistiera de aquella manera con quince años.

Inmediatamente se dio cuenta de su error. Se incorporó de la silla dispuesto a salir de aquel embrollo, pero Dona lo paró en seco.

—Ahora te sientas —gritó.

El otro obedeció automáticamente. Lizard notó que algo había cambiado en la habitación. Dona se había transformado de repente en otra mujer: la mirada feroz y los músculos de la cara en total tensión le daban un aspecto de fiera salvaje.

—¡Cómo puedes ser tan cínico y tan tonto! Si Julieta se escapó esa noche fue por tu culpa. ¿Crees que no sabía lo que sucedía en esta casa? Eres tan cerdo que no puedes contenerte ni ante una niña.

Cada una de las palabras dichas por Dona eran como si le escupiera en la cara. Lizard se esquinó aún más. Tenía que salir de esa casa cuanto antes, pero se sentía clavado en el suelo. El hombre había enrojecido, entre humillado e histérico. Levantó un tembloroso índice hacia Dona.

—Cuidado con lo que dices —gruñó—. No quise decirte nada para no herirte. La niña esa se me insinuó desde el primer día. No te digo lo que me quería hacer porque está el chaval delante. Pero no era tonta. ¿Sabes lo que me decía? «Nos deshacemos de la vieja y nos quedamos con todo». ¿Que no sabías que te llamaba así? Lo de «mamaíta» era para las visitas.

Había una furia nueva en los ojos de Dona. El otro no parecía darse cuenta de lo que estaba creando. Toda la ira estaba contenida en la mirada y en la mano de la cucharilla. Lizard vio con asombro que la había doblado por la mitad como si fuera de aluminio.

—Y claro —continuó el otro, crecido por su discurso—. Me resisto a sus tentaciones. Se escapa por miedo a que hable y se venga de mí robándome mis objetos de valor. ¿Te das cuenta?

Se creó un silencio. Dona tiró la cuchara doblada sobre la mesa, como indicando que era su turno.

—Si al menos fueras un poco inteligente podrías permitirte el lujo de ser malo, pero no llegas a más. ¿Piensas que voy a creer esa mentira improvisada? Pobre imbécil.

Hizo una pausa. Estaba hablando con exagerada frialdad. A Lizard le pareció mucho más temible que los gritos del hombre, que se veía confundido tras las últimas palabras de ella.

—¿Crees que hablo incitada por los celos, o que proyecto

en ti mi sentimiento de culpa por su huida? Sé desde el primer día que querías algo con ella. No hacía falta más que ver cómo la mirabas.

Respiró profundamente, como si alejara esas imágenes de su cabeza.

—Tu problema es que piensas que la gente es tan simple como tú —continuó—. Tengo pruebas de que intentaste algo con ella. ¿O crees que la iba a dejar sola contigo? Aún conservo la grabación de aquel día que la fuiste a buscar al colegio en coche, la víspera de su fuga. No lo entiendo, si ya tenías tus putitas, tus secretarias y tus chicas de la limpieza. Siempre me he preguntado si alguna vez has intentado estar con alguien que no te hiciera sentir superior. Pero la respuesta es obvia. Ni yo misma te intimidaba, ¿verdad? La niña tonta educada a la antigua sin ánimo ni fuerza interior. Y tenías razón. Tonta debí de ser para permitirte eso y todo lo demás. Pero las cosas han cambiado. Esperaba darte la sorpresa en nuestro aniversario, pero todo se ha precipitado.

Se levantó resolutiva y salió de la habitación. Él hizo un gesto de seguirla pero una mirada de Dona lo sentó de golpe.

El hombre y Lizard se quedaron solos. Se miraron a la cara sin ánimo de romper el silencio. A Lizard se le quedó clavada aquella mirada enrojecida. Casi parecía pedirle ayuda antes de que volviera su mujer. Dona llegó con unos papeles que tiró encima de la mesa. Él la miró con impotencia. Ante un gesto se puso a leerlos.

—¿Qué es esto?

—¿No lo sabes? Es tu sentencia.

—Parecen análisis de sangre, ¿me has envenenado?

—No, querido. No eres tan interesante. Te mereces una caída tan miserable como tu vida. Son dos pruebas de fertilidad.

Aquella última palabra desató las pocas fuerzas que le quedaban. Inició una indignada protesta, pero la fatalidad de los hechos lo obligó a releer los papeles en busca de alguna conclusión.

—No te molestes —dijo ella—. Los resultados son definitivos y es la tercera clínica que coincide con el diagnóstico. Padeces azoospermia secretora. Siento decírtelo, pero tu acuario no tiene pececitos.

—¿De qué estás hablando? —preguntó él, claramente confundido.

—Que eres estéril y el único motivo de nuestra infecundidad. También me he hecho pruebas y estoy perfectamente. Entiendo que es un buen golpe a tu masculinidad, por eso lo he tenido que hacer por mi cuenta.

El otro mantenía una expresión de muda sorpresa.

—¿No te ha sorprendido tener una secretaria tan hermosa y tan enamorada de ti?

—¿Erika?

—Llámala como quieras. Ha sido ella quien me ha provisto de tan valioso material durante todo este tiempo.

—Vamos a ver —dijo el otro intentando recuperar la calma—. Me has hecho una prueba de fertilidad involuntariamente. Algo que seguro que es ilegal, pero no entiendo el motivo. ¿Es para echármelo en cara o para pedir el divorcio? Y otra cosa, ¿tiene que estar ese presente en esta conversación?

Lizard no pudo estar más de acuerdo con el último comentario, pero Dona no cedió.

—Lázaro se queda —dijo sin dar más explicaciones.

Se levantó de la mesa. Estaba más calmada, aunque parecía que no era más que fruto de la concentración por lo que iba a decir. Caminó alrededor de la mesa, como dictando una conferencia.

—Llevamos casi diez años casados. En este tiempo has tenido toda la libertad que has deseado. Como te acabo de dejar claro, no era la ignorancia lo que mantenía la paz en esta casa, sino mis complejos y un fuerte deseo de crear una familia. Aprendí a redirigir de una manera pacífica la furia que me producías. Mientras, me culpaba a mí misma por la falta de frutos. Con el tiempo decidí buscar otras vías y por ahí llegó Julieta, pero una vez más lo estropeaste todo. Aun así aguanté. Uno puede acostumbrarse a los peores infiernos, o incluso desearlos a fuerza de violentar la voluntad.

Se sentó de nuevo.

—Un día desperté y contemplé la posibilidad de que la culpa no fuera mía. Tal vez no eran tantos mis años, ni mis caderas tan anchas, ni mi vientre tan yermo. Así que ideé mi plan. Los pormenores carecen de interés y el resultado te lo acabo de contar. En resumen: descartada tu capacidad reproductiva, ya no me sirves para nada. Tú vida no me interesa.

—Y qué pretendes, ¿divorciarte?

—El divorcio está fuera de lugar. No tengo ningún interés en pagarte una pensión de por vida más un buen paquete de acciones de la compañía. Me consta que lo tienes todo preparado para que suceda, por lo que no caeré en la trampa. Siempre has pensado que era una niña incapaz de hacer nada más que gestionar la correspondencia para una fiesta u organizar el servicio de la casa. No te culpo. Mi padre también pensaba algo parecido y por eso se apresuró en casarnos. Era necesario que un varón tomara las riendas de la empresa por si él faltaba. Lo que no previó fue que el corazón le fallara tan pronto, y que su yerno tuviera tan poca habilidad para la gestión empresarial.

No le dejó tiempo a protestar.

—Sí, querido. Ya seguía secretamente la evolución de la compañía cuando la llevaba mi padre y contigo no iba a ser menos. La diferencia consistía en que con mi padre aprendía el mejor modo de dirigir una entidad, mientras que contigo sucedía lo contrario. Tuve incluso que enmendar más de una gestión absurda para que no termináramos en bancarrota. Me refiero a esos errores inesperados, a esos golpes de suerte de última hora y a esas inversiones que se retrasaron el tiempo justo para descubrir su poca rentabilidad. Pero es difícil gestionar desde la sombra, así que aproveché que tenía firma en alguna sociedad menor para recuperar el dinero que ibas perdiendo. Recordarás todas esas pequeñas ventas para refinanciar la empresa y maquillar las pérdidas. No fueron más que acciones compradas por mí a un precio más que razonable, pero me lo podía permitir. Reconozco que obtuve la ayuda de más de un colaborador, pero les iba el sueldo en ello. Si hubieras sido un poco más profesional te habrías dado cuenta, pero todos contábamos con tu ineptitud. Día a día fui tomando el control de las diferentes sociedades hasta recuperarlas todas. Siento decirte que llevas casi dos años dirigiendo una corporación fantasma.

El hombre guardó silencio. Ella prosiguió.

—Y lo mejor de todo es que podíamos haber continuado con esta farsa el resto de nuestra vida. Yo guardaba mi orgullo secreto de saber mantener la familia y poco me importaban tus fanfarronadas y tus infidelidades. Solo te pedía un hijo, pero no fuiste capaz.

»No pienso divorciarme de ti —continuó—. No permitiré que te cases con una ingenua adinerada para volver a repetir las mismas fechorías. Recibirás una pequeña pensión mientras seas mi marido. La cantidad suficiente para que no te plantees largarte, pero escasa para llevar la vida de lujo que te gusta. Tendrás que trabajar y a la vez ser mi marido. Vivirás en el apartamento que utilizas para tus aventuras. Sobra decir que no aparecerás por aquí nunca más, si no quieres verte en la calle.

Dona calló. El hombre guardó silencio durante un instante. Fue un silencio demasiado breve para anunciar la tormenta que se avecinaba. Comenzó dando pequeños golpes sobre la mesa con los dedos. Los platos tintineaban a ritmo de corazón acelerado. Cerró los ojos y continuó los golpes con el puño apretado y a un ritmo cada vez más intenso. En un momento dado logró que toda la mesa temblara. Dona lo miraba con los ojos entreabiertos. A Lizard le pareció que estaba esperando una señal precisa para dar el golpe mortal. Un último puñetazo puso fin a la ruidosa protesta.

—¡Cómo te atreves! —gritó. Repitió la frase varias veces con diferentes tonalidades hasta terminar de una manera llorosa y suplicante. A Lizard le dio vergüenza contemplar esa escena.

Dona mantenía la fría mirada en aquel hombre destrozado.

—¿Por qué me haces todo esto? —concluyó con un hilillo de voz.

—No sabría decirte. Soy incapaz de no hacerlo. De todas formas, sería complicado que me entendieras. Aunque todo estaba preparado, no me decidí hasta anoche. Las reacciones no son las mismas cuando cambian las motivaciones y no me gustó lo que pensé al verte ayer con esa mujer, en público y delante de mí. Me vi capaz de matarte, y me parece un gran inconveniente tener que pasar el resto de mi vida huyendo de la justicia.

»Por otro lado —continuó— me gustaría traer más niños a casa, como a Lázaro. La casa es grande, me sobra el dinero y ya sabes que padezco un patológico instinto maternal. Sobra decir que tu presencia aquí sería de lo más desagradable, así que creo que he tomado la mejor decisión para todos nosotros. Si no te importa, puedes retirar tus cosas de mi casa. Esta noche dormirás en tu nuevo hogar.

Se levantó con la misma tranquilidad con que había hablado. El marido estaba sumido en su catástrofe.

—Lázaro, coge la ropa. Vamos a ver cómo te sienta.

Lizard se levantó como con un resorte. Deseaba abandonar cuanto antes aquella habitación, aunque reconoció sentir cierto alivio al haber contemplado, por primera vez en su vida, una verdadera crisis desde una posición cómoda y segura.

Caminó detrás de Dona hasta el lugar donde había dormido. Le dejó la ropa sobre la cama.

—Dúchate si quieres. Te sentirás mejor.

Lizard se quitó la ropa y abrió la ducha. Mientras esperaba a que se calentara el agua encendió el ordenador de sobremesa. Fue una acción fruto de la inercia. No concebía un aparato informático apagado. Pensó en hacer alguna comprobación tras lavarse.

Se metió en la ducha. Se sintió reconfortado al sentir el agua caliente resbalar por su cuerpo. Se limpió concienzudamente. Incluso repasó los oídos con palillos de algodón que encontró junto al lavabo. Salió del baño y se sentó frente a la pantalla. Se trataba de un modelo antiguo con un sistema operativo casi obsoleto, pero había aprendido a sacar todo el provecho a aquellas máquinas, y en ocasiones casi prefería su primitiva flexibilidad a la rigidez de los sistemas más modernos. Se conectó a la Red y comenzó a navegar. Debía darse prisa para no levantar las sospechas de Dona. Había llegado a la conclusión de que se trataba de una persona en la que podía confiar, pero con quien debía mantener cierta distancia. Su sentido de la lealtad podía ser muy peligroso.

Fue hasta uno de los portales del Refugio que había escondido por la Red. Introdujo las contraseñas casi automáticamente. Todas sus claves eran variables, pero gozaba de una gran agilidad mental para averiguarlas. Multiplicó el día del mes en que estaba por el número que había asignado al signo del zodiaco por sus años. Introdujo la cifra más la letra que se correspondía al comprobante del mismo. Con un sencillo «ok» se abrió la puerta de su vida virtual.

Lizard había llamado «El Refugio» a esa pequeña porción del mundo virtual donde guardaba sus cosas. Con el tiempo, aquel nombre le pareció pueril, y más aún el logo de las puertas de entrada que había escondido en diferentes páginas de la Red, pues era el dibujo de una cabaña sobre las ramas de un árbol. A pesar de todo mantenía el nombre y el icono. Uno de sus sueños infantiles había sido disfrutar de una casa de ese tipo. Una atalaya donde poder simular batallas y un lugar donde poder esconderse, ver sin ser visto y guardar aquellos objetos que de niño se da tanta importancia.

El Refugio era lo más parecido a esa caseta que ya nunca tendría. Las estancias en los diferentes internados y su posterior vida fugitiva le habían enseñado a vivir con lo puesto. Si necesitaba algo, lo conseguía el tiempo que fuera necesario, luego se deshacía de él. Aquel espacio virtual era lo único permanente en su vida. Allí había almacenado sus posesiones casi con obsesión de coleccionista. En una carpeta de archivos personales guardaba el escáner de su acta de nacimiento, dibujos infantiles, fotografías, su primer programa informático y algunos textos suyos de los que se sentía o había sentido orgulloso. El resto de las carpetas estaban ocupadas por asuntos más prácticos. Una parte importante del espacio tenía función de taller. Allí programaba, probaba y reutilizaba segmentos de códigos fuente, binarios y demás generadores informáticos. También conservaba las herramientas de pirata cibernético: claves de acceso, decodificadores, bases de datos, todo tipo de virus... y sus pequeños botines: información reservada sobre importantes individuos de la ciudad, cuentas reales de grandes empresas, patentes sin explotar, prototipos y otros documentos secretos que no tenía previsto utilizar pero que conservaba por su potencial valor. En una carpeta oculta alojaba su posesión más valiosa. Se trataba de un navegador de Internet diseñado por él mismo. Lo llamaba la Sombra por su capacidad de introducirse en cualquier lugar sin ser detectado y salir de allí sin dejar huella. Estaba diseñado con unos sistemas de seguridad prácticamente inexpugnables y poseía una coraza de invisibilidad de la que Lizard se sentía muy orgulloso.

Abrió la Sombra. La interfaz era tan simple como una pantalla en negro con texto en gris para escribir los comandos. Tenía muy poco tiempo para descubrir las circunstancias que le habían llevado hasta ese lugar: las extrañas indicaciones de Arlequín, el anciano de los perros y, por supuesto, ese extraño hombre de la gabardina. Recordaba los acontecimientos del parque como imágenes dibujadas con la distorsión de una pesadilla. ¿Acaso existía el borrador o como se llamara? No cabía en ninguna cabeza sana que un hombre tuviera cuatro brazos. Probablemente había alucinado fruto del estado de sobreexcitación en el que estaba, o por las patatas que le había dado el mendigo. Tal vez la mayonesa estropeada fuera alucinógena o igual le habían añadido alguna droga que tuviera esos efectos.

Tuvo una extraña sensación al teclear el primer comando. No podía asegurar qué fallaba, pero había algo diferente en la Sombra. Tal vez se trataba del parpadeo del cursor, que parecía ligerísimamente más rápido de lo normal; el color o la tonalidad de la letra. Se introdujo en la intranet de la policía. Desde allí tenía acceso a todos sus informes, ficha y memorandos. Sintió cierta vergüenza al comprobar que «cuatro brazos» no daba ningún resultado. Escribió «homicidio en parque» pero no aparecía nada. Tecleo «anciano vagabundo perros» guiado más por la curiosidad que por el pensar que tuviera alguna relación con el resto. Aquel hombre sí aparecía. Había sido arrestado en un par de ocasiones por borracho. Entró en su ficha. Su nombre real era Máximo Estrella, aunque era conocido como el Maestro y Caimacán. Se trataba de un vagabundo inofensivo, conocido en la ciudad por estar siempre acompañado de cuatro perros. Uno de ellos le servía de lazarillo y el resto eran simples mascotas. Lizard releyó la última frase. Más adelante constató que era ciego. Recordó la frase que le había escrito Arlequín: «El hombre sin ojos te mostrará el camino».

Había intentado ajustar los acontecimientos del último día al prisma cartesiano con que regía su vida. Incluso había forzado razonables explicaciones a la deformidad del hombre de la gabardina o a la exhaustiva persecución de Arlequín, pero en ese momento se vio incapaz de interpretar racionalmente el vínculo de los dos sujetos con el tal Máximo. Solo se le ocurría que mediante la teoría de los juegos habían adivinado que terminaría en el parque y por eso colocaron allí al ciego, pero apenas tenía conocimiento de mecánica cuántica.

Escribió en la página de la policía «Arlequín». Ya había rastreado ese nombre en otras ocasiones. La policía apenas tenía datos certeros sobre su existencia y en sus archivos únicamente aparecían vaguedades y suposiciones. Sin embargo, en esa ocasión Lizard encontró un archivo que desconocía. La fecha de creación del documento era la de ese mismo día, apenas unas horas antes. El nombre no daba lugar a dudas: «Arlequinada». Parecía un archivo de texto normal. Llevado por la ansiedad, lo abrió sin molestarse en tomar ninguna medida de seguridad.

Se abrió la ventana con el texto. En un primer momento tenía la apariencia común de un documento: texto negro sobre fondo blanco. Únicamente había dos frases separadas por una línea en blanco: «Guarda la llave, abrirá alguna puerta» y «Sigue jugando».

Se acordó de la llavecita dorada que había vomitado la gaviota. La guardó en un bolsillo. Lizard no se sorprendió de que el mensaje pudiera referirse a él. Intentó copiarlo o incluso hacer una impresión de pantalla sin lograrlo. Como no podía ser de otra manera, no estaba ante un documento convencional. Las letras comenzaron a moverse para luego caer sobre la base de la pantalla, dejando una superficie en blanco.

Lizard golpeó la mesa con los puños. Estaba rojo de rabia e impotencia. Su papel siempre había sido el contrario: el del tipo listo que consigue salirse siempre con la suya tras engañar a todo el mundo; el pájaro burlón que humilla a la policía con sus sistemas informáticos ancestrales y apenas tiene que arriesgar para lograr las más admirables hazañas. Pero desde el día anterior, el tal Arlequín le mareaba como si fuera una marioneta. No solo le había demostrado que era mejor que él, sino que se permitía incluso mostrar ese tono de broma completamente innecesario.

Escuchó a alguien calzado con tacones que se acercaba por el pasillo hasta su habitación, se paró ante la puerta y golpeó ligeramente.

—Lázaro, ¿has terminado ya? —dijo Dona.

—Sí —respondió apresuradamente—. Ahora voy.

Salió de la Sombra y aseguró las claves del Refugio. Borró las posibles huellas del terminal con un barrido general y apagó el ordenador. Se terminó de vestir y abrió la puerta. Dona lo miró con cariño.

—¡Qué guapo estás!

—Muchas gracias por la ropa.

—No te preocupes por ello. ¿Te importa si paso?

La invitó a entrar como si realmente fuera su habitación. Ella buscó dónde sentarse. Solo había una silla, por lo que se sentó en el borde de la cama.

—Quería pedirte disculpas por el espectáculo que has visto. Sé que no es agradable, pero prefería que estuvieras delante.

Lizard la miró interrogante.

—No lo digo por mi marido, pobrecillo. Supongo que habrá ido a llorar a su abogado. Al menos le quedará claro que los hechos son irremediables. Tal vez haya sido un método algo contundente, pero quería que conocieras la realidad de mi vida antes de proponerte nada. Me parece que hay decisiones que han de tomarse valorando todas las circunstancias y al menos por mi parte he preferido ser muy sincera. Prefiero que te asustes ahora a que descubras dentro de unos meses algo diferente de lo que habías imaginado.

Hizo una pausa. Miró a la habitación en busca de las palabras apropiadas.

—Como le he dicho a mi marido, tengo la intención de adoptar a chicos y chicas como tú en mi casa. Entiendo que te reirías si te propusiera adoptarte. Aunque legalmente eres menor de edad, estoy convencida de que sabes valerte por ti mismo. Tampoco tendría sentido que ninguno de los dos se engañara creando lazos familiares de una manera tan artificial. Por otro lado, me parece que tu situación legal es bastante confusa.

Lizard apretó los puños. Lo último que esperaba de Dona era una amenaza velada. Ella pareció adivinar su pensamiento.

—No te preocupes por eso —añadió—, sé cómo son esos internados y no tengo ninguna intención de que vuelvas a uno de ellos. Mi propuesta es esta: te invito a que vivas aquí, sin ningún tipo de compromiso ni obligación. Cuando desees marcharte encontrarás la puerta abierta. Únicamente te pediría que cumplieras una serie de normas básicas de educación propias de cualquier hogar.

»Pensarás que estoy loca al proponerte esto —añadió con

una sonrisa y como hablando para sí—. Ofrecerle mi casa a un chico al que he encontrado por la noche, en plena huida de algo que desconozco y con la ropa destrozada. Si te digo la verdad, me estoy dejando llevar únicamente por el instinto. En cualquier caso, no creo que vayas a robarme más que mi marido... Eso sí, si necesitas contarme algo de lo que te pasó ayer, por si pudiera ayudarte, puedes contar conmigo.

Lo miró a los ojos. Lizard nunca se había visto ante una disyuntiva tan difícil sin una pantalla de ordenador por delante que lo protegiera. Hizo un esfuerzo por mantener la mirada. Dona parecía una persona fuera de lo común, inteligente y práctica, pero con una escondida tara que le daba al conjunto un aspecto amenazador. Se imaginó una bonita escultura que encerrara una bomba en su interior y tuviera un mecanismo de activación desconocido y fortuito. Vivir en esa casa con esas condiciones era algo perfecto para él, pero el carácter de la anfitriona le hacía dudar. Cualquier día, sin previa advertencia, podría sufrir un golpe tan mortal como el que acababa de contemplar. En esos pocos segundos tenía que tomar una decisión. Al menos temporalmente debía encontrar un lugar protegido. La experiencia de los últimos días inclinó la balanza. No se le pedía ningún contrato de permanencia, por lo que podría quedarse allí al menos hasta que las circunstancias fueran más favorables. Tenía cama, comida y acceso a Internet. Por otro lado, consideró que en ese caso le debía a Dona alguna explicación. Llevaba demasiado tiempo sin confiar su secreto y algo le pedía liberarse ante ella.

—Vale —dijo sin más—. Si me aceptas me quedaré encantado, aunque no sé por cuánto tiempo. Tú has querido que viera cómo eres en realidad, así que voy a hablarte de mí. Tal vez cambies de opinión al escucharme.

Hizo una pausa para tomar aire. No tenía facilidad para

las confidencias y menos para las confesiones. Dona lo miraba fijamente, aunque no parecía alarmada sino orgullosa de que confiara en ella. Lizard sospechó que podría contarle las peores fechorías que a ella no le importarían lo más mínimo.

—Me escapé del orfanato hace casi un año. Desde entonces he vivido gracias a la informática.

—¿Arreglando ordenadores? —preguntó sin convicción.

—Bueno, no ha sido eso exactamente. Hay mucho dinero en Internet que prácticamente no tiene dueño. Yo lo recogía para mí.

—Entiendo —lo interrumpió dando a entender que no necesitaba más detalles. No parecía muy sorprendida pero se la veía rondar una idea—. ¿Está relacionado con lo que te sucedió ayer?

—No lo sé —admitió.

Le habló de Arlequín, del anciano de los perros y del hombre de la gabardina. Se ahorró el detalle de los múltiples brazos y el de la gaviota que había entrado en la habitación esa mañana. Dona se quedó pensativa.

—Tengo que admitirte que no se me ocurre la manera de ayudarte. Te puedo ofrecer la protección de estas paredes, y este ordenador o incluso otro que tiene mi marido, pero no sé si será bastante.

—Con eso será más que suficiente.

—Baja entonces al despacho. Allí estarás más cómodo. Él se acaba de marchar y creo que estará el resto del día intentando rescatar algo de dinero. Ni siquiera ha sido lo suficientemente previsor como para llevarse el portátil.

Dona se levantó de la cama. Ya dejaba la habitación cuando Lizard la llamó.

—Muchas gracias por todo —dijo escuetamente. Ella sonrió mientras cerraba la puerta.

## Los restos del festín

El detective Lang le dio al taxista la dirección de la morgue. Pensó en el mejor modo de extraer la información al forense. Por su experiencia sabía que solían ser reacios a explicar los frutos de su trabajo incluso a la policía, y en los últimos tiempos enseñar la tarjeta de detective era hasta contraproducente. Recordó el tiempo en que Justina trabajaba allí como vigilante. El pasar días y noches rodeada de cadáveres le despertó una avaricia de vida que manifestaba, de una manera aparentemente contradictoria, poniéndose en constante riesgo. Tenía una atracción por el peligro que le había llevado a subir montañas siempre por la ladera más recóndita, saltar de puentes que asustaba incluso cruzarlos o conducir a velocidades increíbles. Un día le reconoció a Lang que se sentía atraída hacia él más que por otra cosa por el peligro que representaba. Cuando le preguntó si era por su profesión de detective, negó con la cabeza. Era porque de él se creía capaz incluso de enamorarse, y eso sería el fin. Lang lo había tomado por una exageración, pero fue cierto que al cerrar la relación duplicó sus extravagancias. Ir a verla al hospital se convirtió en un acto rutinario. Lo último que supo de ella fue que se había marchado para dar la vuelta al mundo en un velero.

Pagó al taxista al llegar a su destino. Decidió mantener su estrategia habitual: improvisar sobre la marcha. Entró en el depósito. Tenía la apariencia de un hospital, aunque con apenas trasiego. Lang se metió las manos en los bolsillos con aprensión. No quería tocar nada de allí. En el vestíbulo había una chica vestida de enfermera. Un pequeño cactus sobre el ordenador era la única decoración que disfrutaba la sala.

—Buenas tardes —saludó el detective con una sonrisa triste—. Venía a preguntar por mi tío, Rodrigo Vivar. Falleció ayer.

La chica le devolvió una solidaria pero segura mirada. Se la veía bien entrenada en el tratamiento de familiares destrozados. Lang se preguntó si tendría la misma necesidad de adrenalina que Justina.

—Dígame su nombre, por favor.

—Pedro. Pedro Vivar.

—Siga el pasillo y espere junto a la segunda puerta a la derecha. El doctor Palafox lo atenderá.

Lang mantuvo su sonrisa de una manera algo bobalicona y se sentó junto a la puerta mencionada como un niño aplicado. Al cabo de un rato apareció un hombre con bata y zuecos de goma. Tenía boca ancha y cuerpo de gran comedor. La imagen de verlo armado de pinzas y bisturí ante un cadáver sobre una camilla le pareció de lo más truculenta por su parecido a un gran banquete.

—Mi más sentido pésame, señor Vivar. —Se secó la mano con un pañuelo antes de ofrecérsela al detective. Lang no tuvo más remedio que aceptarla—. Su tío fue una figura importante en la ciudad. Es una lástima que nos haya dejado de esta manera. Pero pase a mi despacho.

El lugar no difería apenas de cualquier otro despacho médico: aséptico y neutro.

—¿Podría hacerme usted el favor de enseñarme su identificación? Es una mera formalidad, pero usted entenderá que es necesaria.

—Por supuesto —dijo Lang sin un asomo de duda. Comenzó entonces una representación que tenía muy bien aprendida. Consistía en buscar una hipotética cartera en todos los bolsillos mientras sonreía con una expresión cada vez más azorada. Vaciaba después los bolsillos mientras se dolía por su posible pérdida dado el valor tanto simbólico como económico que la cartera encerraba. En esta ocasión, al tener que representar el papel de un familiar con el ánimo hundido, la suma de emociones que debía simular era enorme. Cuando se quedó sin bolsillos que revisar, le dirigió una mirada de desconsolado fatalismo. La actuación le había parecido muy convincente, y esperaba que el forense obviara las rigideces legales. Sin embargo, el doctor Palafox no pareció tan convencido. Tal vez había caído en la sobreactuación. Una expresión de duda gobernó la cara del médico hasta que su voz rompió el silencio con un tono mucho más seco y formal que en la entrada.

—Lo siento mucho, señor Vivar. Usted ya sabe que es un asunto legal y sin su identificación no puedo entregarle el dossier del difunto. Entiendo lo que está pensando, pero le aseguro que no puedo hacer nada. Como dijo aquel, la ley es...

—No se preocupe —lo interrumpió Lang, forzando su capacidad improvisadora—. Yo no venía a por la información oficial. Para eso tenemos nuestros abogados. Simplemente quería preguntarle sobre su opinión personal. En la familia estamos conmocionados por el modo en que ha sucedido y nadie nos ha dicho si se ha tratado de un accidente o de algo peor. No nos gustaría enterarnos por la prensa.

El médico tamborileó con los dedos sobre la mesa. Una señal

positiva según la experiencia del detective. Tal vez no le creía del todo, pero si contaba algo podría quitárselo de encima sin mayores escenas ni insistencias. La duda siempre era favorable para él. Con forzada lentitud del que se resiste a lo inexorable, el médico simuló buscar algo en la carpeta. En ese momento sonó la puerta y apareció la enfermera.

—Viene otro familiar de Rodrigo Vivar —le dijo al doctor sin mirar a Lang. El detective cayó en el gesto de bochorno total al llevarse la mano a la base de la nariz y cerrar los ojos con fuerza. Cualquier cosa podía suceder en ese momento.

—Que pase —dijo el médico lleno de satisfacción. Demostró no haberse creído una sola de las palabras de Lang. Su ancha boca pareció salivar ante el trágico festín que se aproximaba.

Una voz de mujer agradeció la invitación. El médico se levantó al verla entrar. Lang ni siquiera giró la cabeza. Quería retrasar el momento de la verdad todo lo posible.

—Supongo que las presentaciones serán ociosas —dijo el doctor a sus espaldas. La ironía galopante de sus palabras hundió aún más a Lang, que se dio la vuelta asumiendo la fatalidad.

—Sí claro —dijo la mujer con tono seco—. ¿Qué haces aquí?

Ante el detective se alzaba, hermosa como siempre aunque sobria por la elegancia del luto, la marquesa de Catedral, Ana Ozores. Lang se levantó para darle la mano, pero una mirada dura de ella le paró en seco.

—No me has respondido, Lang.

El médico había perdido cualquier referencia. Lo que se anunciaba como un vodevil estaba convirtiéndose en un confuso drama psicológico. El detective aprovechó la perplejidad del médico para actuar.

—Si nos permite, doctor, tenemos que hablar en privado sobre un asunto familiar.

Se levantó del asiento y salió de la habitación con la inútil esperanza de que Ana le siguiera. Tuvo que girarse y cogerle con fuerza del brazo.

—Esto es serio, tenemos que hablar —susurró con su tono más grave.

Sorprendentemente, la marquesa le siguió hasta la puerta de la morgue. Evitaron el calor del asfalto refugiados bajo un pequeño olmo que crecía en medio del aparcamiento.

—Vamos a ver —comenzó el detective cargado de energía y con la intención de terminar cuanto antes—. Yo estoy aquí investigando un presunto asesinato y tengo que arreglármelas como pueda para obtener la información. Así que no me revientes el papel. Que yo recuerde tampoco eres familiar del muerto.

—Pero quién te has creído —exclamó la marquesa—. Soy consciente de la gravedad del asunto y por eso no quiero que lo estropees todo con tus manazas. Como supongo que sabrás, Rodrigo Vivar no tenía familia conocida. Esta mañana me ha llamado su notario. Aunque no es oficial hasta que se lea el testamento, me ha adelantado que en el último que firmó eliminó a mi marido como heredero universal y me ha puesto a mí. Por otro lado, es una de las pocas personas que me han tratado bien en los últimos años.

»Como entenderás —continuó tras una breve pausa—, yo sí que tengo motivos para querer conocer las circunstancias de su muerte.

Lang apuntó aquel nuevo y apasionante dato. Tenía mucho que hablar con Ana, aunque antes debía resolver el asunto del forense.

—¿Me estás diciendo que tenías la intención de investigar su muerte por tu cuenta? —preguntó con sarcasmo.

—No veo por qué no —repuso Ana con un punto de rubor

en la cara—. Algo aprendí sobre el oficio de detective hace unos años.

—Pero, querida, esto no es como ese juego de infidelidades e inocentes perversiones que practicábamos. Estamos hablando de homicidio.

—No me llames «querida» —exclamó ofendida—. Como si tu experiencia fuera mejor que la mía en estos asuntos. ¿En qué has trabajado en los últimos diez años?

—Está bien. Vamos a dejar de discutir. Los dos tenemos el mismo objetivo e información que el otro necesita. ¿Por qué no unimos las fuerzas?

—No sé qué información necesito de ti.

—Se ve que no has trabajado mucho en tu caso —añadió con retintín—. Si lo hubieras hecho habrías descubierto que fui yo quien encontró el cuerpo. Aun te diría más: es probable que la policía me esté buscando por ser el primer sospechoso. O el segundo, después de tu marido.

—No metas a Fermín en esto. En todo caso, habrá sido el baboso de Niebla.

El médico había salido del edificio. Se protegía del sol con la mano a modo de visera. Miraba hacia ellos con descaro.

—Si quieres, eso lo discutimos más tarde. Ahora necesitamos saber cómo murió, y si seguimos discutiendo no nos va a dar la información a ninguno de los dos.

—Eso lo dirás tú —dijo ella con decisión—, a ese tipo le saco yo hasta su número de cuenta corriente. Está bien, si me dejas actuar sola, compartiré la información del forense. Pero me tienes que contar después todo lo que sepas.

El otro seguía mirando. Lang accedió con un gesto que ella entendió perfectamente. Con paso seguro se dirigió hacia el depósito. Le dio la mano al médico, que sonrió de forma bobalicona mientras miraba hacia Lang. El detective no quiso pensar lo que le estaría diciendo. Fue hacia el que debía de ser el coche de Ana, un deportivo azul pálido, y se apoyo en la puerta con una señal de disgusto en la cara.

La entrada de Ana en escena no le auguraba nada bueno. La conocía demasiado como para saber que juntos no trabajaban bien. Él gastaría mucha fuerza tratando de dirigir su incontrolable energía. También perdía la habilidad y rapidez de un solo individuo. Tenía que considerar, además, la total falta de discreción que produciría moverse con aquella mujer por la ciudad, y eso que no consideraba la posibilidad de que fuera conocida como la marquesa de Catedral. Era completamente inadecuado en sus actuales posiciones de heredera y por lo tanto sospechosa.

Por otro lado, ella tenía acceso directo a Alanka y la información que podía recabar desde aquella posición era muy valiosa. También era cierto que había un perfil de personas, y en esto pensó en el médico, a las que sabía tratar mucho mejor que él. También reconoció que aunque no era una pensadora sistemática, tenía en ocasiones intuiciones geniales.

El detective miró el reloj. Llevaba en la morgue más de media hora. Demasiado tiempo le estaba costando conseguir el dossier. Pensó en lo fácil que habría sido si estuviera aún Justina. Inconscientemente dirigió la mirada hacia el mar oculto tras los edificios, como si esperara vislumbrar el velero donde partió hacía ya tanto tiempo. La pequeña sombra de algo que podría convertirse en un sentimiento de culpabilidad amenazó con aparecer en su cabeza. Con la experiencia de los años Lang rechazó aquella nube antes de que le creara ninguna desazón. Lo más probable era que la chica estuviera disfrutando de una vida placentera y tranquila en alguna isla paradisiaca, con sus deportes arriesgados y su cementerio local donde poder sentirse viva. Y si no era así, tampoco era su culpa.

Con Ana le pasaba algo parecido. Si iban a verse tan a menudo, tal vez sería mejor aclarar aquello que había pasado entre ambos. Lang odiaba ese tipo de conversaciones. A lo largo de su vida había realizado verdaderas proezas de mal gusto para evitarlas, pero en esta ocasión no tenía más remedio que enfrentarse a una discusión sobre sentimientos, madurez, confianza y demás tópicos.

La marquesa salió del depósito con una carpeta bajo el brazo y una sonrisa de orgullo en la cara. Abrió el coche y le hizo un gesto a Lang para que se subiera en el lugar del copiloto. El detective obedeció. El interior del coche había acumulado todo el calor de la tarde. Lang buscó la manera de abrir la ventanilla, pero el chorro de aire frío que salió del salpicadero lo serenó. Ana le pasó la carpeta y dirigió el coche a la salida del aparcamiento.

Lang la abrió. Lo primero que vio fueron varias fotografías del cuerpo de Vivar. La cerró con disgusto.

—¿Y no me puedes hacer un resumen?

—El pobre tuvo una muerte horrorosa. Le despedazaron el interior estando aún vivo. Le faltaba parte del bazo y del hígado. Pero no le tocaron el corazón ni los pulmones, por lo que tardó en morir. Se desangró poco a poco. Por lo visto luchó hasta el final. Algo muy propio de Rodrigo.

Lang recordó el rastro de sangre que tuvo que seguir hasta encontrar el cuerpo. Le sorprendió la frialdad con que Ana describía el contenido de la autopsia, pero casi al instante dos mansas lágrimas salieron de sus ojos.

—¿Qué clase de persona pudo hacerle eso? —preguntó Ana.

—Tal vez no haya sido una persona. Supongo que en la autopsia explicarán con qué tipo de arma se puede cometer un crimen así, en caso de que fuera un arma y no un animal.

—El doctor no ha sabido decirme con certeza cómo pudo ser. «Resultado no concluyente» ha dicho. Admite que ha encontrado saliva en las heridas y había marcas de dientes y uñas. Sin embargo, me ha dicho que en otras ocasiones ha analizado cuerpos atacados por animales y eran muy diferentes. Ni una manada de lobos es capaz de destrozar un cuerpo humano en tan poco tiempo. Su opinión personal es que alguien lo atacó en el estómago con un arma cortante y los perros de la finca hicieron el resto. Pero yo no me los imagino atacando a Rodrigo. Lo conocían y se llevaba bien con ellos.

—Y además —añadió Lang— la jaula estaba cerrada cuando todo esto sucedió.

—Eso me recuerda que tienes que cumplir tu parte del trato. Cuéntame lo que sabes.

—Por supuesto, pero mientras tanto vamos al zoo.

Durante el trayecto le contó lo que sabía. Al terminar, los dos guardaron silencio durante un tiempo.

—Tengo que enterarme de dónde sale ese tal Atreo —dijo ella—. Conmigo también fue encantador, pero ni siquiera se despidió. Me dijo que conocía al marqués del club deportivo.

—Eso será fácil de constatar, aunque dudo mucho que sea cierto. De todas formas, la fiesta contaba con fuertes medidas de seguridad y el propio marqués saludó personalmente a todos los invitados. Por fuerza tiene que conocer al joven.

—Pues más fácil aún —dijo ella con tranquilidad—: le pregunto a Fermín y ya está.

—¿Aún no eres consciente de que tu marido es el primer sospechoso?

—Te equivocas. El primer sospechoso eres tú —replicó con tono de burla.

Lang se replegó enfadado. Ni a Ana ni a Quesada se les había pasado por la cabeza la posibilidad de que él fuera el asesino y no sabía si esa seguridad era fruto de la confianza que tenían en él o del convencimiento de su incapacidad para cometer tal crimen.

—De todas formas —continuó— me gustaría que me aclararas el motivo de mi invitación a la fiesta. O el del propio Quesada, que pintaba tan poco como yo.

—No tengo nada que ver con la fiesta de ayer, aunque reconozco que fue diferente de las habituales. No conocía a la mayor parte de los invitados y me sorprendió un buen número de ellos que, como tú, hacía años que no veía y para nada tenía asociado a ese mundo.

—Gracias por lo que me toca —comentó Lang—, ¿y el motivo de la fiesta?

—Ya sabes, la inauguración del edificio Alanka, sede del proyecto empresarial más ambicioso de los últimos tiempos —dijo con la voz engolada de Catedral.

Lang tuvo que contener la risa ante la imitación. Le agradaba saber que aquel mundo no había matado su espontaneidad ni su buen humor.

—¿Sabes en qué consiste el proyecto? Vivar se enfrentó a él desde el principio.

—Según tengo entendido se trata de una nueva generación de cosméticos. Algo sensacional, absolutamente novedoso y revolucionario que va a mantener la piel joven para siempre. Ya sabes, la vieja historia de la eterna juventud.

—No se me ocurre qué complicaciones éticas puede tener una crema de cara. Como no sea que hayan utilizado grasa de focas bebés.

—Qué bestia eres, Lang. No creo que exista ninguna anormalidad. Más bien me parece que toda la investigación se ha dedicado al marketing del producto. Probablemente será la misma crema de siempre con algún exótico e inútil ingrediente.

—¿Y por qué Vivar lo criticó de esa manera?

—A mí me da que lo de Rodrigo fue algo más personal. Todo comenzó con la llegada de Niebla, que entusiasmó a mi marido como nadie lo había hecho antes. No me preguntes cómo lo logró, pero fue lo suficientemente hábil para descubrir alguna secreta tecla de Fermín que ni yo conozco y desde entonces nadie cuestiona las opiniones de Niebla. Comprenderás que Rodrigo se sintiera desplazado y negro de celos.

—¿Qué sabes de ese tipo?

—¿Niebla? Se hace llamar doctor, como sabes. No tengo ni idea si lo es en realidad. También Fermín es marqués y todos sabemos cómo consiguió el título. Le he preguntado pero creo que él tampoco sabe mucho de su vida anterior. Vive solo en un piso en el centro de la ciudad, no tiene familia conocida y se pasa la mayor parte del día en el laboratorio.

—¿El laboratorio?

—En las primeras plantas del edificio Alanka parece que investigan con los nuevos productos un buen número de médicos y científicos. Niebla dirige todo el laboratorio.

—Entonces habrá algo más que marketing en esas nuevas cremas.

La marquesa hizo un gesto de aburrido desinterés. Estaban llegando al zoo.

—Pensé que el edificio estaba en obras hasta esta semana —insistió Lang.

—Las plantas inferiores llevan unos meses en funcionamiento. Ya sabes que las inauguraciones no tienen por qué coincidir con la realidad. De todas formas, el laboratorio estaba antes en otro sitio, me suena algún comentario sobre una nave a las afueras de la ciudad.

Lang tenía que averiguar qué estaba pasando en ese edificio.

Con la ayuda de Ana no sería complicado entrar en él, pero antes debían averiguar qué animal fue el que vio la noche anterior.

El zoo estaba cerca de la costa. Así aprovechaba el agua de mar para los grandes acuarios de mamíferos marinos. En la entrada preguntaron por el director.

—¿Pueden decirme qué desean? —preguntó la encargada.

—Soy detective privado —se adelantó Lang con tono serio—. Ella es mi asistente. Estamos investigando un asesinato.

Lang sabía cuándo utilizar su profesión. Las personas poco o nada acostumbradas a tratar con detectives colaboraban más que si fuera policía. Lang tenía que agradecer al cine que hubieran creado esa imagen del oficio tan poco cercana de la real. Efectivamente, la chica llamó sin dilación por teléfono. En cuanto obtuvo respuesta les abrió la puerta indicándoles que la directora estaría encantada en ayudarlos en lo que pudiera.

—¿Cómo que asistente? —protestó Ana.

—Algo le tendré que decir. ¿O prefieres que te presente como la marquesa de Catedral?

Caminaron por una senda entre pequeños setos de boj. Se oían en la distancia sonidos extraños, como una velada amenaza de lo desconocido. Los animales salvajes, incluso encerrados, producían una sensación de desconcierto en el detective. Había algo en ellos que escapaba a su comprensión. No le pasaba lo mismo con los animales domésticos, pues conocían las claves del comportamiento humano. Incluso los pájaros de la ciudad sabían cómo debían comportarse frente a las personas y eso le tranquilizaba. En cambio, los animales salvajes veían al hombre como un animal más, depredador o pieza, por lo que jugaban en igualdad de condiciones, sin subordinación aparente. Lang no podía evitar un sentimiento de temor y fascinación ante la presencia de lo salvaje y el zoológico estaba cargado de la energía casi eléctrica.

Las oficinas tenían el aspecto de una pequeña urbanización en la periferia de la ciudad. Algún pavo real despistado daba señales de que se encontraban en otro lugar. Las indicaciones condujeron a una casita de una planta. Entraron sin llamar y una secretaria los invitó a sentarse mientras llegaba la directora.

Salió una mujer de mediana edad. Sus movimientos anunciaban un carácter brioso que no solía encajar con el de Lang. Confió en que Ana fuera más compatible.

—Buenos días. Soy Zelda Ros. —Les dio la mano con energía y los arrastró casi a la fuerza al exterior.

—Si no les importa podemos hablar caminando por el jardín. Paso la mayor parte del tiempo en el despacho y me parece una pena desaprovechar este tiempo tan estupendo.

Inició un caminar nervioso.

—Así que son detectives.

—Exacto —dijo Lang—. Detectives privados.

—¿Y cuál es el motivo de su visita?

—Estamos investigando una muerte y tenemos sospechas de que pudo ser algún animal salvaje. Queríamos preguntarle si le ha desaparecido algún tigre o león.

La mujer detuvo su marcha en seco y miró a Lang con expresión de sorpresa.

—¿Usted cree que los grandes felinos desaparecen así como así? No le digo que no pudiera suceder, pero hubiera aparecido en la prensa y se hubiera anunciado a la población. No estamos hablando de un gatito.

—Tenemos aquí el informe forense —intervino Ana—. ¿Sabría decirnos si realmente se trató de un animal?

Pareció encantada por la pregunta. Se giró hacia Ana con una sonrisa, ignorando completamente al detective.

—Da la casualidad de que soy especialista en grandes felinos.

Por supuesto que tenemos un veterinario y varios cuidadores, pero, y esto lo digo en confianza, yo sé más de esas maravillosas criaturas.

Con gesto decidido se desabrochó la blusa para enseñarle tres largas cicatrices paralelas en un vientre bien musculado.

—Solo era un cachorro de un año, y eso que estaba jugando —explicó con orgullo de madre.

Se abrochó la camisa y abrió la carpeta con decisión. No pareció muy escandalizada con las fotografías. Lang se alejó. Las cicatrices le revolvían el estómago y más aún las fotos del dossier. El asunto del cuerpo de Vivar había quedado desde el principio bajo el control de Ana y perfectamente podía continuar así. Ya le preguntaría luego sobre el animal que vio la noche anterior.

Bajo un arbusto, un poco apartada del camino, descubrió una jaula metálica. Se aproximó para ver si estaba ocupada. Apretado contra el fondo había un monito de grandes ojos. Lang le hizo gestos y el animal se acercó con pasos tímidos. Tenía la mirada triste. El detective rebuscó en los bolsillos algo para darle de comer. No encontró nada, por lo que arrancó una hoja cercana y se la tiro a la jaula. El mono la cogió con las manos, la olió y la tiró a un lado. Se acercó hasta el borde de la jaula. Lang sonrió ante esos ojos casi humanos que lo miraban sin parpadear y los comparó con los del animal de la víspera. El monito también tenía una mirada inteligente. Sin embargo, la del otro tenía un matiz distinto.

El monito sacó la mano de la jaula y le enseñó la palma abierta. Era muy parecida a la de Lang. Salvo por el tamaño y la longitud de los dedos podría decir que era humana. El detective sonrió ante la mirada de súplica que ponía. ¿Acaso quería comida? Le dio una hoja de otro árbol, pero también la tiró. Estiró la mano todo lo que los barrotes daban de sí. Lang acercó su mano y el monito dio saltitos de afirmación mientras abría y cerraba la suya. Lang entendió que buscaba calor vital y solo quería tomarlo de la mano. ¿Cómo podían tener encerrado a un ser tan cercano? Acercó su mano, que parecía inmensa al lado de la del monito. Este le sujetó el índice casi como un niño. En ese momento escuchó la voz de la directora.

—¡Apártese de ahí! —gritó.

Como una señal, el mono cambió la expresión de su cara. Agarró con sorprendente fuerza el dedo del detective y tiró de él, mientras abría la boca y enseñaba unos colmillos afilados. Todo fue tan rápido que Lang no pudo reaccionar. Afortunadamente los barrotes pararon la mano y pese a sus esfuerzos no pudo morderle el dedo. Con un tirón se liberó del animal, que comenzó a gritar y a dar saltos contra los barrotes de la jaula.

Ana se acercó corriendo para ver si le había pasado algo.

—Será… —gritó Lang. Fue hacia la jaula dispuesto a darle su merecido al animal, que había vuelto a su esquina con gesto atemorizado. Lang le gritó como si fuera una persona, pero calló cuando vio al mono acercarse de nuevo, con los ojos llenos de arrepentimiento. Agachó la cabeza en señal de sumisión y volvió a sacar la mano como si pretendiera hacer las paces mientras emitía lastimosos gemidos. El detective ya no sabía qué hacer.

—Veo que ha conocido a Pancho —dijo la directora—. ¿Ahora entiende por qué lo mantenemos encerrado? Siempre ha sido uno de los capuchinos más traviesos, pero últimamente no deja de morder. Está aquí castigado, y como no cambie su actitud no va a haber más remedio que enviarlo a la selva.

Lang lo miró con recelo. El otro seguía mostrando un gran sentimiento de culpa por su malvada acción. Miraba a Lang como buscando intercesión ante la jefa. En ese momento Lang descubrió la diferencia que había encontrado entre el monito y el animal del día anterior y entendió el terror que le había supuesto aquella mirada. La gran diferencia entre ambos estribaba en la maldad del segundo. El mono había estado a punto de arrancarle un dedo, pero Lang no podía enfadarse con él. Pasado el enfado tenía la sensación de castigar a un niño inocente. Ni siquiera en el momento de mayor agresividad había encontrado en el fondo de sus ojos esa oscura malicia que emanaba del otro. ¿Acaso la maldad era un atributo de la humanidad? La reconocía por haberla visto en otros ojos humanos y aquel ser de la víspera también la tenía.

—Déjalo en paz, no es más que un animal —dijo Ana como leyéndole el pensamiento—. No sabe lo que hace.

—Afortunadamente —añadió—. ¿Qué opina del ataque a Vivar?

—Estaba terminando de leer cuando te hemos visto haciendo el mono.

La directora había vuelto al dossier. Lo leía mientras caminaba en círculos por el césped. De vez en cuando levantaba la cabeza con expresión de recordar algún dato olvidado y luego volvía a sus paseos.

—¿Tú crees que habrá aprendido la lección? —preguntó Lang a Ana mientras señalaba al mono, que se balanceaba coquetamente ante ellos.

—Tú prueba y verás cómo te quedas sin dedo.

Lang no tuvo más ganas de investigar por su cuenta. Los dos esperaron en silencio a que la mujer terminara. Pareció haber tenido alguna idea, pues sustituyó el paseo circular por una rápida carrera en línea recta sin dirección precisa. Cuando creyeron que iba a golpearse contra un seto frenó en seco y se volvió hacia ellos.

—Creo que ya lo tengo —gritó. Se plantó ante ellos en dos zancadas.

—Es difícil obtener una conclusión precisa solo con esta información. En estos casos lo ideal es ver el cuerpo y sobre todo el lugar del suceso. Los animales dejan muchos restos identificables: huellas, pelo, rasguños, hasta el olor se puede detectar. Pero me parece que tengo una conclusión veraz.

Los otros dos la miraron con ansiedad. Consciente de la expectación que estaba creando, retardó unos instantes la respuesta.

—Mi conclusión es que no fue ni un felino ni un gran simio. Y no se me ocurren más animales conocidos que puedan infligir un daño similar.

—¿Está convencida? —preguntó Ana.

—Cualquier animal sabe cuál es el punto más débil del contrario: el cuello. Un felino hubiera saltado a morder allí y una vez muerto pasaría al estómago. Sería extraño que un gorila o un chimpancé atacara a un hombre salvo en caso de extrema defensa, pero incluso en esa situación atacaría también en el cuello o los brazos, nunca en el vientre.

—Estamos hablando de un hombre con una gran barriga —sugirió Lang.

—¿No se da cuenta de que la barriga no es práctica? —insistió la otra con un gesto nervioso—. No posee ningún punto vital y deja al atacante indefenso ante los brazos y puños de su víctima.

—Pero a Vivar lo mataron de esa manera.

—Había mil formas mucho más efectivas y menos dolorosas.

—Está diciendo que fue un maniaco.

—Los detectives son ustedes. Yo simplemente les digo que no ha sido un felino.

—¿Y otro tipo de animal? —insistió el detective.

La directora lo miró fijamente a los ojos.

—Si se refiere a que ha podido ser un hombre-lobo hambriento o un híbrido de orangután con hiena, pues ahí no sé qué decirle.

—Mire usted —dijo Lang con impaciencia—. Yo estuve muy cerca del lugar del homicidio y vi un ser con la boca llena de sangre. Andaba a cuatro patas y parecía un tigre. Saltaba y trepaba los árboles como un demonio. Tenía los ojos grandes y humanos, con una expresión malvada. Y no tenía hocico sino una boca ancha y con dientes pequeños y muy afilados.

Zelda parpadeó visiblemente. Se creó un extraño silencio. Lang intentó continuar, pero la expresión congelada de la mujer lo hizo enmudecer.

—No se preocupe —dijo Ana reconduciendo la conversación—. Al tratarse de un caso tan complicado estamos barajando múltiples posibilidades, y por eso nos surgen preguntas algo curiosas. Muchas gracias por su ayuda. Su información nos es extraordinariamente útil.

Cogió a Lang del brazo dispuesta a salir de allí cuanto antes. Zelda se quedó tras ellos, abstraída.

—Muy bien —dijo Ana—. Has logrado perder todo el crédito que habíamos obtenido. Ahora piensa que somos unos lunáticos.

—Ya no quedaba nada más que decir —se defendió Lang—. Y, además, si alguien era capaz de descubrir qué animal era, ¿no se supone que tiene que ser ella?

—Solo sé que más vale que nos marchemos cuanto antes. Yo en su lugar llamaría a la policía.

Escucharon a lo lejos los gritos de la directora.

—¿No te he dicho? —dijo Ana—. Vámonos cuanto antes.

Pero Lang paró y se dio la vuelta. Ella corría hacia ellos.

—Disculpen mi reacción. Ha sido un día complicado y tampoco sabía con qué información contaban ustedes. ¿Pueden venir conmigo? Hay algo que tienen que ver.

Salieron del camino de tierra hasta un paseo asfaltado. Se montaron en un coche eléctrico parecido a los que utilizan los golfistas para trasladarse entre hoyos. La carretera recorría el perímetro interior del parque. Tenía el aspecto de ser la vía por la que transportaban alimentos y desechos. Al ser la parte no visible al público, el cuidado era muy básico y desvelaba, como tras las bambalinas de un teatro viejo, el aspecto más sórdido de las instalaciones: apenas había vegetación, los barrotes oxidados eran mucho más evidentes y varias montañas de basura jalonaban el trayecto.

La directora se mantuvo callada en el asiento delantero. Parecía reconcentrada en lo que debía decirles o enseñarles. La marquesa desconfiaba de todo aquello y no soltaba el brazo de Lang. El detective olió su cuello casi instintivamente. El primer impacto de un perfume demasiado intenso se ablandó con el olor corporal de Ana, que despertó en él un vago sentimiento de nostalgia. Atravesaron en ese momento el área de los grandes mamíferos africanos. El olor de los elefantes, una mezcla de pasto seco y excrementos fermentados, se mezcló con el perfume y la piel de la marquesa y creó una tormenta sensual en el cerebro de Lang, que se hundió como en el mar entre ese pelo cobrizo.

—¿Qué haces? —preguntó Ana. Pero Lang parecía lejos de aquel lugar. Los ojos cerrados y una expresión de felicidad en los labios. Reapareció con un largo suspiro.

—¿Estás bien? —insistió.

—Estoy en la gloria —dijo en un lánguido susurro.

—Estás enfermo —dijo con enojo. Soltó su brazo y se adelantó para hablar con la conductora—. Perdone, ¿falta mucho?

—No se preocupe. El centro veterinario está al salir de esta curva.

Lang seguía ensimismado.

—Una pregunta —dijo como saliendo de un sueño—. ¿Ha

notado algo particular en los animales del parque en los últimos días?

—¿Algo particular?

—Por ejemplo, pájaros con pequeñas llaves metálicas en los picos.

—No tengo noticias —respondió. No pareció sorprenderse demasiado por la pregunta.

Aparcó junto a la puerta de un edificio de hechura barata. Varios desconchones de la fachada de cemento desvelaban el ladrillo de su construcción. Abrió la puerta de aluminio y los invitó a entrar a un pasillo iluminado con fluorescentes blancos. Saludó a algún empleado que trabajaba en una de las habitaciones que se abrían a los lados y siguió su camino. El olor a éter y orina era insoportable. Llegaron ante una puerta de dos hojas cerrada con una cadena enrollada en los picaportes. Abrió el candado como lamentando las condiciones de aquel lugar. Entraron en una sala iluminada por claraboyas de plástico. En medio había una camilla con un cuerpo cubierto por una sábana blanca.

—No tenía intención de enseñarles esto, pero su descripción de aquel ser que casi le ataca ha sido demasiado exacta como para dejarla pasar.

Se acercó a la mesa y descubrió la sábana. Sobre ella había un animal muerto. Tanto Lang como Ana se alejaron instintivamente, pero la directora los instó a que se acercaran a examinarlo.

Lo primero que vieron fue una inmensa cabeza redondeada y sin pelo, una gran boca mostraba una fila apretada de dientes afilados, como si todos fueran caninos. Una lengua blanda y oscura se derramaba entre ellos. La pequeña nariz, casi respingona, nacía impertinente sobre la boca. Tenía unos grandes ojos entornados, con la córnea ya blanquecina por la muerte. A pesar de estar muy separados entre sí mantenían la visión frontal gracias a la anchura de la cara. No tenía orejas sino unos pequeños orificios; apenas existía el cuello y ya comenzaba un cuerpo parecido al de una pantera aunque sin cola, cubierto de pelo color castaño con destellos verdosos.

—¿Le recuerda al animal que vio anoche?

Lang lo miró fijamente. Le dedicó un largo rato a la cabeza. Aquella boca, enorme y casi sonriente, aún conservaba restos de sangre. Un escalofrío recorrió la espalda del detective.

—Es el mismo. ¿Qué demonios hace aquí?

# El hilo del arlequín

El despacho de Lequerne consistía en una amplia habitación que daba a las dos calles con que hacía esquina el edificio. La decoración era más sobria y moderna que el resto de la casa. Apenas había dos cuadros abstractos y una lámpara con forma de columna griega. Lizard se sentía diminuto ante la enorme mesa de cristal. La superficie estaba dominada por una pantalla de plasma conectada a un reducido portátil último modelo y a unos pequeños altavoces que a todo volumen podrían romper el cristal de las ventanas. Un teclado y un ratón inalámbrico parecía que eran lo único que su dueño necesitaba para trabajar.

Lizard encendió el ordenador. En apenas un instante todo estaba en perfecto funcionamiento. A pesar de su efectividad y ligereza, prefería modelos más tangibles que permitieran personalizar su uso. De cualquier manera sería mejor que el viejo ordenador de su habitación. No pudo evitar husmear en el disco duro, pero se llevó una decepción con lo que encontró. El tal Lequerne realmente utilizaba el ordenador para poco. No tenía juegos, ni películas piratas, ni fotografías comprometedoras.

La memoria de Internet mostraba que en las últimas semanas apenas lo había utilizado para ver noticias económicas y escribir correos electrónicos. Un acceso a una tienda de ropa interior femenina y otra a una joyería, probables regalos para alguna de sus conquistas, era lo más arriesgado que había cometido. Hizo un intento de revisar su correo, pero desistió al minuto, profundamente aburrido por lo que encontró.

Buscó en la prensa digital alguna referencia al acontecimiento del que habían hablado esa mañana Dona y su marido. Tenía algo que ver con un animal que había matado a un amigo durante la noche. Se trataba de una noticia lo suficientemente morbosa para que ocupara media pantalla pero sin embargo apenas encontró una sencilla necrológica donde un periodista anónimo lamentaba la muerte de Rodrigo Vivar por un fallo cardiaco durante la mucho más noticiada fiesta de inauguración del edificio Alanka. Apenas se despachaban con cuatro líneas los logros de su carrera empresarial.

Con que hubiera aparecido una sencilla referencia a algún animal se hubiera dado por satisfecho, pero no pudo resistirse ante una ocultación tan evidente de las circunstancias de su muerte. Aunque tenía mucho que hacer, decidió dedicarle un tiempo a investigar ese asunto. Seguro que Dona se lo agradecía.

Entró en la Sombra. De nuevo tuvo esa extraña sensación de estar en un lugar diferente. Aun así siguió trabajando. Se introdujo en la página de la policía, pero allí no encontró ninguna referencia a la muerte. Esa ausencia lo alarmó más que la anterior. Podía ser razonable que la información apareciera filtrada a la prensa, pero todo llegaba a la policía. Su experiencia le había enseñado que a esas horas del día ya debería haber un primer informe del caso y probablemente varios correos electrónicos, dada la importancia del muerto. Rastreó en varias comisarías cercanas al lugar donde había sucedido el hecho pero los resultados fueron igual de frustrantes. Lo único que podía significar era que lo habían asumido como una muerte natural. Por otro lado, tal vez había sido así y el equivocado era el marido de Dona.

—Perdona. —En ese momento apareció ella tras la puerta, con su inicial timidez—. Te he traído zumo y galletas. Como hemos desayunado tan tarde, se ha ido la hora de la comida sin que nos diéramos cuenta.

Lizard agradeció el gesto.

—¿Es verdad lo de la muerte de tu amigo? —preguntó al terminar la merienda.

—¿A qué te refieres?

—Lo que dijo tu marido sobre que un animal lo había matado. En el periódico no dice nada de eso... —dijo para añadir, tras un segundo de duda— y la policía tampoco sabe nada.

—No sé si me gusta que sepas tanto de informática. Desgraciadamente es cierto. He hablado esta mañana con la anfitriona de la fiesta y me lo ha contado. No están seguros de que haya sido un animal, no obstante. ¿Dices que la policía no lo está investigando?

—Ni siquiera tienen la noticia. Lo tratan como si hubiera sido un ataque al corazón.

—No puedo creer que Catedral tenga tanto poder —dijo para sí misma—. ¿Conoces lo que investiga la policía en cada momento?

—Puedo meterme en su intranet y a través de allí en casi todos los ordenadores. De hecho puedo introducirme en la mayor parte de los ordenadores del mundo —concluyó hinchado de orgullo.

—Tu encuentro parece que haya sido más que providencial. Y me parece que la vida hace mucho que te arrebató la inocencia, por lo que no creo que te asustes con esto —dijo con ojos tristes—. ¿Podrías ayudarnos?

Lizard asintió sin dudarlo. Cualquier trabajo informático que tuviera algo de reto le entusiasmaba y además quería ayudar a Dona.

—Quien me ha llamado esta mañana ha sido Ana Ozores, la mujer del marqués de Catedral. Era muy cercana a Rodrigo Vivar, el difunto. Yo también lo conocía, aunque no estábamos tan unidos. Me ha dicho Ana que no cree que su muerte haya sido accidental y se ha propuesto investigar por su cuenta. No sé nada de ella desde esta mañana pero, conociéndola, seguro que algo descubre. Bueno o malo. Pienso que tal vez puedas echarnos una mano.

Le sujetó la mano con cariño. Lizard la retiró instintivamente, pero luego se arrepintió y tomó él mismo la de Dona. No recordaba que nadie le hubiera pedido antes un favor y casi se sintió agradecido, tras toda la generosidad recibida en las últimas horas. Con gesto profesional se puso al teclado y comenzó a apuntar todos los datos que Dona le suministró. Pronto aparecieron, como en una nube de palabras, los nombres de Niebla, Catedral y Alanka seguidos de otras empresas vinculadas y referencias económicas que Dona obtenía de una agenda encuadernada en cuero.

—Como puedes ver, hay motivos suficientes para encerrar al marqués: soborno, fraude fiscal y extorsión han sido prácticas habituales, pero ningún juez va a acceder por esas nimiedades. Por otro lado, también Vivar tenía mucho que ver en esto, por lo que se supone que debe de haber algo más. Alanka debe de comportar algún crimen serio.

Lizard la miró con asombro. Volvió a pensar que podría ser muy mala enemiga.

—Es información secundaria que tuve que recabar cuando comencé a desvincular a mi marido de la empresa —explicó.

—¿Él ya no vendrá más? —preguntó con cierta esperanza. No quería que le descubriera trabajando en su mesa y con su ordenador.

—La verdad es que me sorprende que no aparezca. Voy a cumplir todas mis amenazas, pero no pensé que las aceptara con tanta facilidad. Ni siquiera se ha llevado su ropa.

Lizard descubrió un aire de desengaño en su mirada. Incluso parecía preocupada por el paradero de su marido.

—Me gustaría resolver antes el problema que tengo con Arlequín. Si es verdad lo que creo, es capaz de seguirme los pasos por todo el ciberespacio y así poco puedo hacer para ayudarte.

—Hazlo como creas conveniente, Lázaro. Yo estaré por casa, así que avísame si descubres cualquier cosa o necesitas algo.

Lizard volvió a la Sombra. Rastreó los últimos movimientos que él mismo había realizado, pero encontró el caché digital vacío. Era como si alguien los hubiera borrado o realmente no hubiera sucedido ningún cambio. Estudió todas las posibilidades sin encontrar una solución razonable. Había alguien con él. Un fantasma más oscuro que la Sombra. Tal vez si miraba desde otra perspectiva podía descubrir algo. Construyó un alias con su misma identidad. Una especie de muñeco de trapo digital que se dedicó a jugar mecánicamente al tetris. Él, por su parte, salió de la Sombra. Confiaba en que si Arlequín estaba allí, pensaría que el muñeco era el propio Lizard, por lo que andaría descuidado. Afortunadamente, tanto el Refugio como la Sombra tenían salidas y entradas de emergencia. Entraría por una de ellas y tal vez podría incluso descubrir el rastro de Arlequín.

Salió del Refugio dejando la puerta abierta. Virtualmente seguía allí. Entró con nuevas claves por las puertas traseras y contempló la Sombra desde el otro lado. Parpadeó con incredulidad y rastreó cadenas de archivos inútilmente. Aquello no podía ser posible. No solo no encontró ningún rastro de Arlequín, sino que tampoco estaba el muñeco que acababa de dejar. Y además, la interfaz había vuelto a la familiaridad de siempre. Ya no tenía esa sensación de estar en otro lugar. Y tal vez eso se debiera a que efectivamente había estado en otro lugar. Deambuló libremente por el Refugio sin descubrir nada extraño. Tentó a Arlequín, pero no dio señales de vida. Desde la Sombra se volvió a introducir en la intranet de la policía. Aquello estaba como lo había dejado horas antes. No había mayores referencias a Vivar, pero tampoco encontró rastro alguno del archivo llamado «Arlequinada», ni referencias a que fuera borrado. De nuevo, era como si estuviera en otro lugar.

Si estaba en el Refugio real, ¿en qué lugar acababa de dejar a su muñeco? La única posibilidad era que Arlequín hubiera construido un espejo y hubiera intercambiado las puertas. Eso explicaría todos los hechos. Él había caído en la trampa sin darse cuenta y lo que parecía una interferencia de Arlequín en su mundo no era más que él moviéndose inconscientemente en la escenografía que le habían preparado. No se había introducido en el Refugio sino que había creado uno exactamente igual.

Construir un espejo no era un trabajo demasiado complicado. Él mismo había utilizado esa estrategia para desviar fondos de cuentas bancarias. Al mantener una imagen congelada, nadie se percataba de que allí estaba saliendo capital, aunque fuera temporalmente. Luego lo devolvía sin los intereses que había obtenido por su cuenta y eliminaba el espejo.

Pero en este caso no se trataba de una sencilla copia del Refugio, sino que el espejo se había extendido a toda la Red. Era lo único que podía explicar que apareciera aquel documento sobre

Arlequín. A través de la Sombra falsa había estado navegando por una versión reflejada del mundo digital igual en todo lo que su creador, Arlequín, deseara. Pensó en el modo de copiar toda esa información. Inmediatamente le llegó a la mente el mítico golpe de Arlequín cuando consiguió colapsar todos los ordenadores durante esas horas. Lo que parecía una simple demostración de conocimientos informáticos había sido un volcado de información global. Probablemente aprovechó para esconder reflectores en los grandes nodos, con lo que se aseguraba recoger los cambios producidos a partir de ese momento. Pensó en los procesadores necesarios para gestionar tanta información, por no decir el espacio físico que debía ocupar el almacenamiento de todos aquellos datos.

Lizard sonrió para sí. Había logrado descubrir el secreto de Arlequín y no tardaría en localizar su paradero. Aquello era un asunto personal y en ese duelo Lizard ya había sido tocado pero no herido. Ahora le llegaba su turno y tenía el flanco débil de su contrincante desnudo y expuesto. Una vez más la balanza se inclinaba hacia él. Pero no quiso precipitarse; Arlequín no era ningún aficionado y estaba seguro de que tenía previsto cualquier tipo de intromisión. La única posibilidad que tenía de rastrearlo era a través del espejo del Refugio. Volvió a él y sustituyó el alias que seguía jugando al tetris. Cualquiera sospecharía de alguien que le dedicara tanto tiempo a ese juego.

Subió al dormitorio y desenchufó el viejo ordenador. Una chica del servicio lo vio bajándolo hasta el despacho, pero debía de estar avisada porque actuó como si no lo viera. Lo puso sobre la mesa. Con ayuda de unas tijeras abrió la carcasa metálica y dejó el esqueleto a la vista. Arrancó el cable del teléfono que estaba sobre la mesa y lo enganchó en un entrante de una de las placas que acababa de dejar al descubierto. Enchufó la pantalla de plasma y abrió el portátil. Encendió los dos ordenadores y contempló su obra con satisfacción. Estaba preparado para enfrentarse a Arlequín con sus mismas armas. Trabajaría con dos imágenes de sí mismo en los dos mundos a los que tenía acceso. Desde un ordenador sería el Lizard engañado mientras que el real trabajaría desde el otro.

Necesitaba que Arlequín lo contactara de nuevo, pero desde la víspera no había dado señales de vida. Pensó en alguna manera de tentarlo. Apenas sabía sobre él más que su extraño interés en él mismo y sus extraordinarias aptitudes informáticas. Antes que perder el tiempo con juegos de inteligencia prefirió volver al asunto de Vivar desde el ordenador del espejo. Con el movimiento tal vez aparecía. Desde el otro computador preparó la trampa. Se trataba de un perseguidor que se activaría en el momento en el que entrara en escena cualquier tipo de actuación externa al espejo. Confiaba en que al menos le diera la situación fija desde donde actuaba. Toda esa información precisaba una montaña de discos duros, por lo que no lo veía a Arlequín actuando desde un lugar móvil como él había hecho siempre.

Casi como una superstición de la infancia, se obligó a no pensar en Arlequín para que así apareciera. Debía centrarse en Vivar y en el Alanka. Localizó aquella luz blanca que tanto le llamó la atención cuando la víspera paseaba por el parque. Por el natural cruce de experiencias pensó en si podría haber alguna relación entre el edificio y lo que a él le estaba sucediendo. En la prensa no encontró apenas referencias al tipo de empresa que albergaría. Todo el mundo daba por hecho de que se trataba de algún asunto estrictamente financiero, pero según le había dicho Dona estaba relacionado con artículos de belleza. Hizo un rastreo por las revistas del sector, pero no había ninguna relación con Alanka o el marqués. Como último recurso dentro de la legalidad, buscó alguna referencia sobre el doctor Niebla. Con tan poca información era probable que no encontrara nada sobre él, como así fue. Era evidente que el nombre era falso y se apreciaba, por la descripción que Dona le había dado, que era una persona con un pasado oscuro y con ganas de mantenerlo de esa misma manera. En su época de tránsfuga había conocido a muchas personas así y a pesar de todo le parecían una opción más valiente que los que se mantenían enquistados en su negro pasado aunque, eso sí, a cara descubierta.

Había apurado las opciones más o menos legales sin descubrir nada. Su insistencia en la moralidad siempre le respondía con iguales conclusiones: la opción B siempre era más rápida y eficiente. De todas formas, estaba navegando por el espejo y no estaba seguro de que aquello funcionase como una reflexión total del mundo exterior. Sobre todo le preocupaba que le escamotearan datos o que le dieran información anticuada, pues desconocía cada cuánto tiempo los reflectores cotejaban los cambios, y el acontecimiento que rastreaba era demasiado cercano en el tiempo para arriesgarse a contemplar una copia antigua. Por otro lado, no se le ocurría otro modo de llamar la atención de Arlequín. Entraría en el Alanka del espejo como si fuera un banco de pruebas y según el resultado abordaría el sistema real.

Lo primero que tenía que encontrar era la puerta. El pirateo informático se reducía en última instancia a la búsqueda de la puerta apropiada. Conociéndola poco importaba la llave, pues se podía construir con muchos materiales. Ni siquiera intentó buscar la entrada a la red interna en la página de Alanka. Como mucho encontraría el correo de atención al público, sin ningún interés, y el de alguna secretaria. Debía entrar a través del correo personal de Catedral. Descubrirlo fue sencillo gracias a tener el correo de su mujer que le había dado Dona. Entró en el de la marquesa sin problemas y allí lo encontró. Se trataba de un correo gratuito, probablemente sin información confidencial, pero era un primer paso. Entró sin esfuerzo alguno. Una vez allí apreció el orden de aquel hombre. Todos los mensajes estaban borrados y eliminados de la papelera salvo los de aquel mismo día que aún no había abierto. Apenas tenía correo basura. Encontró agradecimientos por haberlos invitado a la fiesta de la víspera, con obligadas referencias al triste acontecimiento con que concluyó y poco más. Eso le aseguró a Lizard que la última copia del espejo se había producido al menos esa misma mañana.

No era un problema que todos los mensajes previos hubieran sido eliminados. Afortunadamente, ese tipo de servicios de correo siempre almacenaba en otro lugar los mensajes borrados por los usuarios. Se trataba de información valiosa si se pretendía elaborar estudios de mercado o bases de datos de potenciales clientes. Fue para allá sin demasiados problemas y contempló la larga correspondencia. Tecleó en su buscador de sitios la palabra «Niebla», pero no obtuvo resultados. «Alanka» aparecía en varias ocasiones, pero ninguna con interés. Lo mismo sucedía con la palabra «Vivar». Rastreó alguna otra dirección de correo del marqués que le permitiera continuar la búsqueda. Confió en que su vanidad le traicionara al incluir su nombre en la dirección. Tras varios intentos en los que combinó el nombre, el apellido, el marquesado y el nombre de la empresa junto con fechas importantes en su vida obtuvo el correo personal: fdepas@catedral.com.

Localizar el portal de acceso a esa dirección no fue tan sencillo. Al ser privada se podía jugar con los nombres y cambiarlos a placer. Todo dependía del interés del informático que hubiera construido el acceso. De nuevo se trataba de encontrar la puerta apropiada. Tras varios intentos logró encontrar la página, que por supuesto no tenía nada que ver con lo anterior.

El correo privado del marqués tenía el mismo orden, pero había más contenido. Se notaba que era el que utilizaba para sus asuntos profesionales. Localizó la dirección de Niebla, nivola@catedral.com, y la de otros directivos. Había varias referencias a Vivar, aunque no aparecía por su nombre sino como RV. Desafortunadamente ninguna de ellas era incriminatoria aunque sí demostraba lo molestos que estaban con su enfrentamiento al nuevo proyecto. Algún directivo defendía una jubilación anticipada por senilidad, pero poco más. Niebla apenas hacía uso del correo. Su carpeta estaba prácticamente vacía. Inició el rastreo de la dirección IP del servidor desde donde solía acceder.

Miró la pantalla con ansiedad mientras las líneas de comandos se sucedían a velocidad de vértigo. Aparecieron doce cifras separadas por puntos. Buscó la ubicación física y soltó un grito de alegría cuando el plano le señaló el edificio Alanka. Ya tenía localizada la puerta y no necesitaba más que abrirla.

El resto del trabajo era mucho menos creativo, pero también debía hacerlo. Tenía muy mecanizado el aprendizaje de protocolos privados por todas las redes que había hackeado. Por otro lado, al estar navegando en la versión reflejada por Arlequín, no tenía miedo de que lo descubrieran.

En cuanto levantó la tapa de la intranet y entró en Alanka, la pantalla comenzó a comportarse de una manera extraña. Lizard, que ya comenzaba a reconocer el estilo de Arlequín, accionó el perseguidor del ordenador de sobremesa. Mientras tanto, la otra pantalla comenzó a ondularse como si el cristal fuera realmente líquido y con oleajes. El efecto, como siempre, estaba muy bien conseguido. Las letras flotaban sobre la superficie. El oleaje fue reduciéndose, como si la pantalla se acercara a la orilla y estuviera en la playa. Una suave corriente de tinta virtual empujó un papel hasta la arena hecha con letras. El movimiento pendular no permitía leer el contenido. Miró la otra pantalla. El perseguidor se había activado y rastreó esa intromisión externa.

«El amanecer está cerca. ¿Has abierto ya los ojos?»

Como arrastrado por la brisa, otro papel apareció por el margen derecho de la pantalla y se posó junto al primero. Era más estrecho y tenía una simple frase:

«Todo está en los libros».

Sonrió esta vez ante aquellas misteriosas frases. Ahora que estaba a punto de descubrir al famoso hacker, sus oscuras alusiones le parecían pueriles. Como en las otras ocasiones, los papeles no tardaron en desaparecer de la pantalla. El anzuelo estaba en la boca del pez y no tenía más que tirar de la caña para pescarlo.

Mientras el perseguidor daba con el paradero de Arlequín, Lizard entró en Alanka. Enseguida encontró la terminal que utilizaba Niebla. Ya solo le quedaba volcar el contenido del disco para poder luego examinarlo con tranquilidad.

Lizard miró el pequeño portátil, moderno pero con poca capacidad y el enorme disco duro que emitía sonidos lastimeros entre las tripas del otro ordenador. Ni siquiera juntos podrían acoger el contenido del disco duro del doctor Niebla. Tendría que descargar una cuidada selección de material.

Lo primero que hizo fue buscar carpetas ocultas. La forma más rápida de encontrar algo escondido consistía en buscar en los lugares más recónditos y seguros. Lizard lo tenía claro y cuando quería mantener algo fuera de la vista simplemente lo enterraba entre varias subcarpetas llenas de material inútil. Activó la opción de visualizar carpetas invisibles y apareció solo una con el nombre de Planos.

Abrió la carpeta. Como su nombre expresaba contenía fotografías de mapas o planos de superficie. Se trataba de escáneres de dibujos antiguos, con el papel amarillento por los años.

Parecía que eran diferentes versiones del mismo lugar, como si marcaran el crecimiento del mismo.

Ya tendría tiempo más adelante de examinarlas con más detenimiento. La dejó descargando en el disco duro y siguió buscando entre las carpetas del doctor. Abrió una carpeta llamada «Proyecto Alanka», examinó una subcarpeta «Resultados_LNK», dentro había documentos con fórmulas químicas, cadenas de ADN y fotografías de animales mutilados, operados y cicatrizados: desde pequeños ratones de laboratorio hasta chimpancés. Las fotos eran muy desagradables. Lo que parecía seguro era que Alanka constituía una línea de cosméticos bastante novedosa, y que durante la investigación habían testado en todo tipo de animales. Se preguntó si habían ensayado también en seres humanos. Otra carpeta se llamaba «Cadena_LNK», tenía más cadenas de ADN. Hacía falta ser un experto para entender todos esos documentos. Los descargó todos. Hasta entonces no había encontrado ninguna referencia a Vivar y ningún delito importante. Tampoco tenía mucho más espacio en el disco duro.

Mientras se descargaban los archivos volvió al otro ordenador. El perseguidor seguía a Arlequín a través de numerosos recovecos. Para despistar a posibles rastreadores cambiaba de identidad cada poco. Cualquier otro rastreador se hubiera quedado con la sede de la compañía telefónica o la central nuclear, pero esos disfraces eran fáciles de descubrir si se conocen.

El hilo del Arlequín cada vez era más corto. Mientras esperaba, casi como quien examina su correo para hacer tiempo, se metió en la red policial por si habían decidido investigar al fin el caso Vivar. Vio un correo de última hora donde aparecía el apellido de Dona. Lo abrió y leyó rápidamente. Volvió a leerlo por si se había equivocado pero no había posibilidad de confusión. El coche de su marido había atravesado la mediana en una autopista a las afueras de la ciudad y había impactado contra un camión que marchaba en sentido contrario. No había supervivientes.

Se estaba levantando para anunciarle a Dona la terrible noticia cuando la pantalla de plasma comenzó a parpadear, casi como pidiendo auxilio. El perseguidor había dado con el último escondite de la presa, pero estaba bien protegida y al primer contacto lo había infectado mortalmente. Lizard luchó por todos los medios para salvar el ordenador. Inyectó todas las vacunas y cortafuegos de que disponía, pero el ataque era demasiado fuerte. Las barreras caían con facilidad bajo el empuje de aquel virus que no había visto en su vida. Parecía algo orgánico, conformado por cientos o miles de virus diferentes y en constante mutación. Tenía que admitir que Arlequín era realmente el mejor.

Para intentar salvar algo abrió la caja negra del perseguidor donde grabó los últimos movimientos que había efectuado. Sobre negro aparecían numerosos comandos en texto blanco. Sabía que el ordenador iba a estallar, por lo que la única manera de guardar esos datos era extrayéndolos de una manera completamente aséptica. Cualquier disco físico o digital conectado con cable o inalámbricamente terminaría quemado. Recurrió a métodos tradicionales aunque poco ortodoxos. Tomó el portátil, que por fortuna tenía cámara incorporada, y activó el vídeo. Dirigió el objetivo hacia la pantalla grande y desplazó el texto lentamente para que grabara toda la información. Momentos antes de terminar, la pantalla se puso en negro. Acto seguido se quebró el cristal y el disco duro comenzó a echar humo.

Como quien tiene la lección bien aprendida, Lizard desenchufó el portátil y le quitó la batería en un solo movimiento. Abrió después la ventana y tiró por ella el esqueleto humeante del ordenador de sobremesa. Cayó sobre el asfalto y rebotó hecha pedazos. Lizard pensó en la cantidad de máquinas que había destrozado a lo largo de su vida. Tal vez por eso tenía tan poco apego hacia la parte física de la informática. El portátil seguía inocente sobre la mesa de cristal, sin cables ni energía que pudiera hacerle daño y con una información valiosísima en su interior. Lo miró orgulloso. Sabía de alguien que debía de estar furioso por lo que acababa de suceder. Le encantaba cabrear.

Salió de la habitación corriendo. En el pasillo casi se choca con Dona.

—¿Cuál es la habitación con menos cobertura de Red de toda la casa? —le preguntó a bocajarro.

—Pues no sé —respondió ella, confundida—. En general hay buena cobertura. Tal vez en los pisos más bajos. O en la carbonera, que está bajo la casa.

—¿Podemos ir allí? Es importante. —Las palabras se le amontonaban en la boca.

—Supongo que sí. El portero tendrá la llave.

Bajaron hasta el portal. El portero asintió al requerimiento de Dona, aunque se le veía disconforme con ceder su territorio a un extraño. Fueron hasta el patio interior y allí abrieron una puerta que daba a una escalera metálica. El portero encendió una bombilla desnuda que iluminó una habitación apenas ocupada por una montaña de carbón en una de las esquinas, un par de palas y varios sacos de arpillera. Paredes y suelo estaban manchados con el polvo negro del mineral.

—Tal vez necesite una silla limpia. ¿No tendrá una por aquí?

Sin decir nada, el portero salió de la habitación para volver a aparecer con una silla plegable que abrió donde se encontraba Lizard. Apenas le miró en todo el proceso.

—Muchas gracias —dijo Dona.

—Que cuando termine me avise, y así cierro —comentó el portero antes de marcharse.

—¿Todo va bien? He visto que el ordenador ha volado por la ventana.

—He tenido un problema con un virus, pero lo demás va estupendamente. Bueno —añadió con un súbito temblor—. He olvidado decirte una cosa.

—¿Qué pasa?

—No estoy seguro, pero al mirar en la página de la policía he leído que acababa de suceder un accidente en la autopista.

Dona lo miró en silencio. Parecía adivinar lo que le iba a decir. Lizard no supo continuar.

—Mi marido —dijo escuetamente.

Lizard miró al suelo en doble señal de asentimiento y pésame.

—Gracias —dijo Dona—. Voy a subir a casa. Aunque tal vez salga a la calle. No sé.

Una sensación de culpabilidad invadió a Lizard, como si al transmitir el mensaje hubiera participado en su muerte. O tal vez era por haber sentido un regusto de alegría al enterarse de la noticia. En cualquier caso aquel hombre le había aguado la inminente victoria contra Arlequín.

En ese lugar tan escondido no tenía peligro de ser asediado por redes u ondas. Se imaginaba a millones de virus, programas cazadores y ciberdrones peinando la ciudad en su búsqueda. El más sutil acceso a Internet, o incluso a la red eléctrica, podría desencadenar todas las maldiciones digitales que pudiera imaginar. Introdujo la batería en el portátil, que se acopló con un limpio «clic». Accionó el botón de encendido y con un suave sonido electrónico se puso en marcha. A los pocos segundos ya tenía el sistema funcionando correctamente. Desde allí no tenía acceso al Refugio, por lo que debía trabajar con las herramientas que dispusiera en su propia cabeza. Observó el vídeo que había tomado de los últimos comandos de la caja negra del perseguidor. La calidad era suficiente para entender los caracteres. Escribió las últimas direcciones de protocolo marcadas y en especial el lugar donde sufrió el ataque junto con sus coordenadas geográficas. Si no estaba equivocado, correspondía a un lugar localizado en la propia ciudad, aunque necesitaría un plano donde poder contrastarlo.

Recordó que había tomado del disco duro de Niebla unos planos que tal vez fueran de la ciudad. Abrió el primero de ellos. Las coordenadas geográficas estaban marcadas en los márgenes y efectivamente correspondían, pero Lizard no reconoció apenas nada. Tal vez se trataba de planos históricos, dibujados antes de que se construyeran la mayor parte de las calles o cuando estas eran diferentes, como podía comprobar por muchas líneas en rojo que contrastaban con el negro rectangular de edificios principales. Le parecía sospechoso que Niebla escondiera aquellos mapas incluso a la gente de su empresa. El mayor interés que parecía tener era el meramente histórico, pero al tratarse de fotografías del original, ni eso valía.

Buscó en el mapa las coordenadas obtenidas en el momento en que el virus atacó a su perseguidor. Estaban emplazadas en el casco antiguo de la ciudad, coincidían exactamente con un gran edificio dibujado con forma de hexágono en el mapa. El tamaño y la forma contrastaban con el resto de los edificios de aquella zona, de calles estrechas y angulosas, aunque no sabría decir si en ese momento los edificios se representaban como en el plano en negro o en las rayas señaladas en rojo. Una letra en cursiva «b» estaba marcada en medio del hexágono. En la leyenda lateral esa letra estaba seguida por la palabra «Biblioteca». Con toda la tecnología a sus pies, había sido un mapa de hacía siglos el que le había solucionado el problema. Casi por una cuestión de orgullo pensó que el mapa le llegaba gracias a su digitalización, por lo que el mundo moderno seguía teniendo su sentido.

Se fijó en aquel lugar que marcaba el mapa. En su búsqueda de accesos móviles a Internet, Lizard había frecuentado numerosas bibliotecas públicas, aunque admitía que nunca había pasado de la sala de informática. Esa biblioteca que indicaba el mapa le era, sin embargo, del todo desconocida. También era cierto que el centro de la ciudad era una zona que siempre había evitado instintivamente. No era segura y la cercanía al puerto le daba un olor desagradable. Aun así, una biblioteca de tal tamaño no podía pasar desapercibida. Tal vez se trataba de una biblioteca abandonada hacía tiempo y en los últimos años la había ocupado Arlequín para albergar los enormes computadores y discos de almacenaje que precisaba para sus desconocidos fines. Recordó su último mensaje: «Todo está en los libros».

Lizard consideró la posibilidad de romper la barrera digital en la que se sentía tan protegido e ir a la biblioteca en persona. Desde los acontecimientos de la noche anterior había perdido mucho respeto hacia el mundo real y, por otro lado, ni el mismo Arlequín sabía cómo era él físicamente. Aunque desconocía cuáles eran sus intenciones, sospechaba que en un cara a cara no sería tan peligroso. Nunca antes se había visto capaz de tomar ese tipo de decisiones.

Escuchó un ruido sutil en la puerta, como el roce de unas uñas. Dirigió la mirada y vio con cierta alarma cómo se abría ligeramente. Pensó que quizá el portero le estaba metiendo prisa. Debía de ser ya tarde y probablemente querría cerrar la carbonera. Se levantó balbuceando una excusa pero no oyó nada en el otro extremo. Agachó la mirada y vio el morro negro de un animal sobresalir por el hueco. Sin pensarlo, agarró una pala de cargar el carbón que tenía a mano, dispuesto a descargarlo sobre cualquier persona o animal que le atacara.

Se acercó lentamente hasta la puerta y la abrió. Vio algo oscuro pasar por debajo y descargó la pala. Sin embargo, algo paró el golpe y con una fuerza sorprendente le devolvió el impacto de tal manera que la pala rebotó y le dio en la cara. Comenzó a sangrar por la nariz, soltó la pala y se apartó de la puerta. Mientras buscaba la otra pala, vio al primer perro que había entrado y tres más que le siguieron. Aunque no le gruñían, lo tenían rodeado y no le quitaban la mirada de encima. Tras ellos apareció el ciego del bosque.

—Así que estabas aquí —dijo con tranquilidad—. Nos ha costado todo el día encontrarte.

—¿Quién eres? —gritó Lizard.

—Ya te lo dije. Yo soy el Caimacán. Y tú vienes conmigo. No tenemos tiempo.

—No iré a ningún sitio si no me explicas qué quieres.

—Vamos a un sitio seguro. Por algún motivo hay que protegerte. —Hizo una pausa teatral, para luego añadir—: Se supone que es por tu bien.

Lizard sabía perfectamente lo que era por su bien, y nunca coincidía con lo que los adultos opinaban. Saltó hacia la segunda pala. El ciego silbó y Lizard, que ya la tenía casi en la mano, notó un tirón en el pantalón que le hizo perder el equilibrio. Cayó plano sobre el vientre y levantó una ligera polvareda negra. Dos perros le mordían con fuerza los zapatos. Los otros dos lo engancharon por las muñecas. Intentó zafarse pero los movimientos de los brazos solo conseguían que el dolor aumentase.

—Pequeño lagarto —dijo el ciego con la misma tranquilidad—. Aquí las cosas se pueden lograr de varias maneras. Veo que has elegido el camino del dolor y la humillación.

Un golpe certero en el cogote fue lo último que recordó antes de que sus ojos se nublaran en un negro más oscuro que el carbón que le llenaba la boca.

# Baile en el puerto

El detective Lang miró al animal muerto sobre la camilla.

—Una persona lo trajo esta mañana —explicó la directora del zoo.

—¿Cree que fue quien mató a Rodrigo Vivar? —preguntó Lang aún fascinado por el animal.

—Fue lo primero que pensé cuando vi las fotos que me enseñaron. Pero no quise decir nada para evitar levantar sospechas. Hay mucho que trabajar en él antes de que su existencia salga a la luz.

—¿A qué se refiere?

—¿No se dan cuenta de que es un animal desconocido por la ciencia? —dijo en un nuevo espasmo—. Hace siglos que no se descubre un nuevo mamífero de este tamaño.

—¿Nos está diciendo que no sabe de qué animal se trata? —preguntó Ana.

—Tengo mis opiniones, pero lo que es seguro es que la ciencia no conoce su existencia, o al menos la ha olvidado. Miren esto. —Con un bolígrafo separó los dedos de la extremidad superior—. No se trata de una garra de predador. A pesar de las uñas poderosas, los dedos son largos y prensiles. ¿No les parece increíble?

Los dos la miraron con cara de interrogación. Al descubrir su falta total de entusiasmo, cubrió al animal con la sábana y los invitó a salir del lugar.

—Vamos fuera. Tengo que mantener la temperatura lo más fresca posible para retrasar la corrupción del cuerpo. Desafortunadamente no disponemos de cámaras de ese tamaño y no lo puedo mover por la ciudad como si fuera una res muerta. Finalmente he optado por una bañera llena de éter. Está al llegar.

El detective agradeció el aire libre del exterior. Volvieron a tomar el vehículo eléctrico.

—Les he enseñado la mano —continuó la directora— para que vean las huellas dactilares. Significa que no está emparentado con los felinos, ni con los cánidos, sino más bien con los simios o incluso con los humanos. Al menos en cuestión de inteligencia, tiene casi la misma capacidad craneal que nosotros y por la estructura de la lengua y las cuerdas vocales podría incluso hablar. Como si fuera un león mezclado con hombre. A este tipo de híbridos se los llamaba quimera.

—Quimera —repitió Lang.

—Aunque existe un ser mucho más parecido —continuó con nuevas muestras de entusiasmo—. Pondría la mano en el fuego de que lo que les acabo de enseñar es lo que los antiguos persas conocían como la mantícora. Un ser con cabeza de hombre, cuerpo de león y cola de escorpión. Aunque esto último parece ser una exageración de la época.

—Está diciendo que se trata de un ser mitológico.

—No es la primera vez que se descubre que esos animales son más reales de lo que aparentan. ¿No son los dinosaurios versiones del famoso dragón?, o me va a decir en qué se diferencia el rinoceronte del unicornio. Casi es más fantástico el primero, ¿no cree?

—Usted sabe más. Pero ¿no le parece un poco extraño que aparezca de repente en medio de la ciudad? —preguntó Lang.

—Dijo que lo había traído una persona. ¿Podría describirla? —interrumpió Ana.

—Era un joven bastante atractivo, con el pelo rubio y unos ojos extraños. Tenía un nombre poco común. Lo tengo apuntado en el despacho.

—No es necesario —interrumpió Lang—. Seguro que se trataba de Atreo.

—Exactamente —dijo ella—. Martín Atreo. No me digan que lo conocen.

—No sabemos mucho sobre él, pero creemos que está involucrado en la muerte de Vivar.

—Con lo que se cierra el círculo. Lo trajo en el maletero de un todoterreno negro.

Lang se alejó de las dos mujeres para aclarar sus ideas. El sentimiento gemelo al que tuvo en el caso de la Luna Llena persistía desde la víspera aunque algo atenuado, o más bien agazapado y amenazante. Aquella vez fue una intuición inmediata lo que le llevó hasta los niños raptados. La mayoría de las claves se abrieron simultánea e inconscientemente por su parte. Pero la situación era muy diferente. En lugar de buscar las llaves tenía que buscar los candados o las cerraduras. Se mantenía la intuición, pero con tantos enigmas que podría terminar varios puzles con las piezas que poseía y todos ellos resultar falsos pero coherentes. Con la reaparición de Atreo, más que cerrarse el círculo parecía que este se convertía en espiral. La figura de ese chaval distorsionaba el resto de las piezas. Debían de ocupar un lugar pero no encajaba en ninguna parte, y sin embargo sabía que podía ser la clave final.

Pensó en el cadáver del monstruo que acababa de ver. Atreo lo estaba persiguiendo la víspera, y parecía incluso que lo había herido. Probablemente continuara la cacería durante el resto de la noche y obtuviera al fin su pieza. Seguía sin entender el sentido de enviarlo al zoo, a no ser que quisiera demostrar algo. Aunque apenas se percibía, creyó entrever una pequeña luz en esa última idea. En ese momento se acercó la directora con intención de preguntarle algo. Llevaba bloc de notas y grabadora.

—Me gustaría que me contara con todo detalle su experiencia con la mantícora —dijo ella—. Usted es de las pocas personas que lo han visto con vida y su información puede ser esencial para el futuro de la ciencia.

Lang accedió con desgana a su petición. Se sentaron en un banco y estuvieron hablando durante bastante tiempo. Ros insistía en que le contara cada pormenor varias veces mientras preguntaba por detalles cada vez más ridículos. Al detective le recordó a un interrogatorio policial. Cuando vio que no recordaba ni creía recordar nada más dio por terminada la entrevista.

—Me gustaría preguntarle algo a usted ahora —dijo Lang—. ¿Podría ser la mantícora un producto de laboratorio? Le tengo que reconocer que no sé nada de genética, por eso le pregunto. ¿Podría el hombre crear ese animal?

La doctora Ros pensó bien su respuesta, que administró con lentas palabras.

—Técnicamente se podría clonar a un ser extinguido, siempre y cuando se poseyera una cadena completa y sana de su ADN. Le digo que técnicamente porque aunque se está intentando nadie lo ha logrado aún.

—O nadie lo ha anunciado —perfiló el detective.

—Exacto. Pero no sé adónde quiere ir. ¿Cree que es fácil encontrar ADN de mantícora? Por otro lado, y siguiendo su razonamiento, probablemente esté pensando en que se haya unido el ADN de varios animales para crear este. Sería razonable debido al parecido que tiene entre un león y un hombre o un orangután.

Lang asintió agradecido y expectante. Una respuesta afirmativa resolvería tanto la presencia de aquel ser en la ciudad como el tipo de empresa que se estaba desarrollando en Alanka, y de golpe se vincularían ambos hechos, con lo que el caso quedaría resuelto al menos en un plano teórico.

—Pues lo siento mucho, pero eso es un sinsentido aún mayor. Los cromosomas no son como las fichas de un juego de construcción, que se pueden mover a voluntad. Sería difícil hacerlo entre animales taxonómicamente cercanos, pero imposible en algo tan distante como un hombre y un león. Me atrevería incluso a decir que obtener animales híbridos ni siquiera es cuestión de tiempo.

Lang se cruzó de brazos, frustrado.

—Lo bueno que tiene ser una mujer de ciencia —continuó— es que descubres sus límites y aunque suene paradójico te planteas otras posibilidades. Hoy en día me parece que lo más científico es pensar que se trata realmente del animal descrito por los persas. La frase «esto no existe» es la más anticientífica que conozco. Dígame cómo se puede demostrar la inexistencia de un ser.

Lang no había venido a hablar de metafísica sino a resolver la muerte de una persona. Asumió que aquel animal no era una invención del doctor Niebla. Tendrían que buscar otras posibilidades. Se despidieron de la directora con la promesa de enviarle toda la información que pudieran obtener.

—¿Cómo lo ves? —preguntó Ana mientras encendía el motor.

—Cuanta más información obtenemos, más confuso me siento. Afortunadamente aún nos queda trabajo por hacer, pero mañana. ¿Y si te invito a cenar?

—¿No estarás pretendiendo algo?

—Parece mentira, marquesa, que pienses así a estas alturas.

—No me llames marquesa. Está bien —añadió con determinación—, pero elijo yo el sitio.

—No me llevarás a un restaurante lujoso. Ya sabes lo poco que gana un detective.

Ana le sonrió con pretendida cara de mala mientras cambiaba de calle con un volantazo. Lang se tranquilizó al comprobar que se dirigían al centro de la ciudad, pero miró a Ana con inquietud al ver que lo atravesaba sin pestañear. Más allá solo estaba el barrio del puerto, un lugar muy poco seguro cuando se ponía el sol.

—No pretenderás que vayamos allí...

—Ya que estamos, había pensado en ver a algún viejo amigo.

Lang temió lo peor. Las sombras del pasado asomaron amenazadoramente. Por pura inconsciencia se había creado su propia trampa. Tal vez había confiado demasiado en el aburguesamiento de Ana, pero en ese momento la intuía más imprudente que nunca y, lo que era peor, con ganas de demostrarlo. Como un consuelo pensó que si pretendía resolver el desencuentro entre ambos, recuperar la piel de esos antiguos sentimientos podía facilitar las cosas.

Aparcó en el puerto viejo. Lang dudó en dejar la mochila con la espada en el coche. Un acto instintivo le forzó a llevarla. Entraron a una paralela a través de una calle estrecha. Él había frecuentado el barrio hacía ya tiempo, pero la situación había empeorado mucho desde que la policía patrullaba la zona. Desconocía si Ana era consciente de aquello. Caminaba como si estuviera en uno de sus salones y las prostitutas fueran sus invitadas. Lang intentó aparentar la misma naturalidad, pero inconscientemente se protegía tras el costado de la marquesa.

Entraron en un bar restaurante con ventilador en el techo, barra de chapa y suelo de aglomerado artificial. Se sentaron en una mesa de aluminio protegida por un mantel de papel y decorada con un pequeño florero que sostenía una rosa de plástico. La clientela estaba formada por un comensal que devoraba un gran pescado sobre bandeja de zinc y dos hombres que bebían cerveza apoyados en la barra. Las miradas hacia la nueva pareja carecieron de la mínima discreción. Lang se sintió ridículo con su traje claro, aunque destacaba tanto como el traje de luto de su compañera. Una camarera madura salió de la barra y con el paso firme de los tacones bien llevados se acercó hasta ellos. Tenía la pinta de haber estado trabajando en la calle hasta hacía muy pocos años. Un cigarro encendido se mantenía imperturbable entre sus labios de carmín mientras mascaba chicle. Ignoró al detective y se dirigió a Ana secamente.

—Qué te sirvo.

—Ensalada verde y el pescado del día para los dos. Y vino blanco de la casa.

—Menú para dos personas —resumió perezosamente.

—¿Está Samuel? —preguntó la marquesa con una sonrisa humilde.

La camarera no respondió. Volvió a la barra moviendo las caderas y gritó el menú a través de una ventana que parecía comunicar con la cocina. También avisó de que había alguien para verlo. Un vozarrón afirmativo se escuchó desde allí.

—Menudo lugar —dijo Lang—. ¿Conoces a la camarera?

—Como habrás notado, la conozco bastante bien —ironizó Ana—. Pero hoy no tiene un buen día.

Trajo dos vasos pequeños y una botella abierta y sin etiqueta. Lang sirvió el vino. Los dos hombres de la barra le preguntaron algo a la mujer, pero no escuchó la respuesta.

—Por los viejos tiempos —dijo Ana mientras levantaba el vaso.

Lang hizo lo propio. El vino era bueno o estaba lo suficientemente frío como para aparentarlo. Se sirvió otro vaso.

—Así que venías aquí a menudo.

—Soy amiga del cocinero. No son platos muy elaborados, pero de una calidad insuperable y a un precio de risa. Él mismo los pesca de madrugada.

La camarera trajo un plato hondo con una ensalada sencilla y dos tenedores. En la otra mano llevaba las vinagreras. Ana le acercó su vaso de vino. Ella lo tomó y lo vació de un trago. Dejó el vaso manchado con el carmín.

—Gracias, guapa —dijo antes de irse. Lang la miró interrogante.

—Solo bebe de lo que se le ofrece. Si se le ofrece una botella, se la bebe entera.

Limpió la marca roja del vaso y lo llenó de nuevo. Aliñó la ensalada con generosidad y comenzó a comerla. Lang la imitó. Aunque lo verde nunca le había fascinado y en aquel lugar no parecían obsesionarse por la limpieza, llevaba hambre atrasada y comió con gusto. Llevaba un rato meditando sobre el modo de comenzar la conversación que tenían pendiente. En un principio pensó que sería Ana la que rompiera aquel muro de silencio, pero superadas las iniciales objeciones parecía muy cómoda en aquella situación. En cambio, Lang cada vez sentía más urgencia en hablar de ello.

Miró a Ana tomar la ensalada con una delicadeza nueva en ella. En otros tiempos hubiera pinchado un buen trozo de lechuga con el tenedor y no contenta con ello hubiera insistido en atacar el tomate, después lo hubiera empapado bien en el aceite del plato para a continuación introducirlo en su boca abierta al límite. En ese momento, en cambio, incluso cortaba los trozos de tomate para no tener que enseñar los dientes al comer. Entre bocado y bocado la miraba en silencio.

—Como sigas mirándome de esa manera te vas a ganar la pregunta que más odias —le dijo a Lang con una sonrisa.

—Estaba pensando en cómo han cambiado las cosas.

—Estabas pensando, más bien, en cómo han cambiado las personas.

—Personas y cosas.

—Tú, por ejemplo. ¿Qué te ha sucedido en este tiempo? Probablemente ni te hayas dado cuenta, pero estás más tranquilo. Aún estoy sorprendida de que no me hayas contado tu última conquista.

—Igual es porque tú vas a ser la última —dijo Lang bromeando, aunque ni él mismo se rió—. Tienes razón en que algo ha pasado, pero no ha sido una evolución lenta. Creo que todo comenzó en la fiesta.

—¿Insinúas que todo comenzó al verme de nuevo?

Lang la miró socarronamente.

—Eso te gustaría. —Hizo una pausa que devolvió la seriedad a la mesa—. Siendo sincero creo que fue la suma de todos los acontecimientos. Y si es así, te admito que eres una de las cosas que me sucedieron ayer.

—Sí que estás cambiado. Nunca te había visto admitir el más mínimo sentimiento hacia alguien.

Lang inició una protesta, pero en ese momento salía de la cocina un camarero con gran alboroto. Traía un pescado emplatado en cada mano de tal forma que mostraba perfectamente los tatuajes que cubrían sus musculosos brazos. Ana se levantó a abrazarlo y apenas le dio tiempo para que dejara la comida sobre la mesa. Lang contempló la escena con displicencia. Le pareció, en cambio, mucho más interesante el contenido de las bandejas: sendos besugos de buen tamaño, cocinados a la plancha y con patatitas horneadas. Entendió los comentarios de Ana sobre aquel lugar.

Se volvió hacia Ana, que seguía abrazada al cocinero. No pudo negar que hacían una buena pareja: dos animales excepcionales, sanos y en la edad perfecta. Si fuera necesario buscar a una pareja para repoblar la Tierra, claramente serían los elegidos. Ana se giró para presentarlos. Lang se levantó y le adelantó la mano. El otro le miró con algo de insistencia pero sin asomo de doblez. Les deseó que disfrutaran de la comida y prometió volver cuando terminara su trabajo.

—Es fantástico —dijo Ana aún con la cara iluminada—. Fíjate qué pescado.

—Ya he visto que os tenéis mucho cariño.

—Me ayudó mucho hace tiempo, y como has visto, es de los pocos que no me guardan rencor porque lleve meses o años sin dar señales de vida.

—Así que admites que eres tú quien desaparece —escupió Lang. Al punto se arrepintió de lo dicho, pero ya no podía echarse atrás.

—¿Qué quieres decir?

—Desde que nos vimos ayer me has estado recriminando lo malo que fui contigo, lo cruel y egoísta por haberme largado.

—¿Cuándo te he dicho eso?

—No me lo has dicho con palabras, pero así lo he entendido. Explícame si no cómo te comportaste ayer al verme.

Lang estaba cayendo en el discurso victimista y recriminatorio que tanto odiaba. Sin embargo, se sentía incapaz de salir de allí. Intentó centrarse en el pescado y cerrar la boca, pero con aquella conversación la comida le estaba sabiendo a demonios. Por otro lado, Ana ya estaba encendida.

—Vamos a ver —comenzó a decir ella—. ¿No eras tú el que se llenaba la boca hablando de libertad y sentido común? Aún te recuerdo hablando «Ese no es mi estilo, nena», «yo soy como soy y no puedo cambiar» y tu frase favorita «nunca te enamores de mí». Y mientras tanto, no me dejabas ni a sol ni a sombra y aunque quisiera evitarte te me hacías inevitable y un día descubro que no puedo estar sin ti. Que te tengo más dentro que mi propia vida. Pero tú con tus frasecitas y tus miedos. ¿Y encima me acusas de poner trabas? ¿Cómo iba a protegerme de ti?

Ana dijo las últimas frases con lágrimas en los ojos. La servilleta de papel con la que intentó secarse lo único que logró fue correrle el rímel. Lang le dejó su pañuelo mientras sonreía al resto de los clientes que contemplaban la conversación con fría curiosidad. La camarera parecía más involucrada; tras sus ojos cansados había una mirada que Lang evitó con miedo. Ana cogió el pañuelo y lo tiró al suelo.

—En el fondo me das pena —continuó algo más calmada—. Ni siquiera eres capaz de llamarte por tu propio nombre. Y no me vengas con la excusa de tu trabajo. Eres un cobarde, Lang.

El aludido recogió el pañuelo del suelo, lo sacudió ligeramente y lo devolvió al bolsillo. Conocía a la perfección ese discurso y no le interesaba continuar por allí. Con forzada tranquilidad tomó los cubiertos y comenzó a separar piel y espinas de la carne del besugo. En cuestión de pescados era muy metódico y hasta que no tenía lo comestible alejado del resto no comenzaba a comer.

—Cómo te odio —resumió la marquesa al ver su indiferencia. Para demostrarlo atacó al besugo como si fuera a matarlo con los cubiertos. Para su sorpresa escuchó algo metálico en su interior. Con un exabrupto de sorpresa rebuscó entre las tripas. Sacó el tenedor con una pequeña llave dorada enganchada entre los dientes.

La cara de Lang se descompuso completamente. La pelea quedó congelada en ese momento. La propia Ana pareció olvidar todo lo dicho cuando el detective sacó de su bolsillo otras dos llaves iguales a la suya.

—¿Qué significa esto? —preguntó casi enfadada.

—No tengo ni idea. Encontré una en mi despacho. La otra es una de las muchas que llevaron las palomas de Quesada. Parecen iguales pero abren diferentes cerraduras. Y por lo que veo la tuya también es diferente.

—¿Y por qué no me habías dicho nada?

—¿Me hubieras creído?

—Pues igual sí. Lo que está claro es que añade una nueva dimensión al caso.

Lang la miró interrogante.

—¡La dimensión sobrenatural! —dijo entusiasmada. De la conversación previa solo parecía quedar el rímel corrido alrededor de unos ojos que parecían así aún más misteriosos.

—¿A qué te refieres?

—Animales mitológicos, llaves en picos de pájaro o en tripas de pez. Y todo alrededor de nosotros. No sé si serán fantasmas, mundos paralelos o extraterrestres, pero ¿no crees que todo esto se aleja de lo natural?

—Que no conozcamos la respuesta no significa que sea sobrenatural. Se me ocurren mil posibilidades de explicar los hechos mediante razonamientos.

Ana cortó a Lang y con un gesto llamó a la camarera.

—¿Algún problema con tu amigo? —preguntó secamente

—Qué va. Quería preguntarte de dónde han salido los peces.

—Los ha pescado Samuel, como siempre. ¿Hay algún problema?

—Ninguno, están buenísimos. Pero nos hemos encontrado una llave entre las tripas y nos preguntábamos cómo ha podido terminar allí.

Mantuvo su mirada indiferente en los ojos de Ana.

—Pero si se retira, se puede comer, ¿verdad?

—Sí, claro.

—Entonces no veo el problema. ¿El otro tiene también una llave?

Lang rebuscó en el suyo, pero no encontró más que tripas.

—Sin problema entonces —concluyó la camarera antes de irse.

Ana y Lang se miraron con cierta confusión.

—¿Y no ha podido alguien colarse en la cocina y meter la llave en el pez antes de que lo asaran? —dijo Lang poco convencido.

—Siempre se puede encontrar un argumento aún más enrevesado.

—En cambio, tu versión de los hechos es sencillísima. ¿Nos quedamos con el ángel exterminador o con el dios Neptuno?

Ana obvió el último comentario y comparó las tres llaves.

—¿Significará algo el hexágono?

—No lo sé, pero se parece mucho al que tiene la espada que me dio Atreo.

—¿Qué otra información me has escondido?

—Creo que te conté lo de la espada —repuso a la defensiva—. Y lo del hexágono lo descubrió Quesada esta tarde.

—¿Puedo verla?

—No creo que sea el lugar más apropiado. Si quieres vamos luego a mi casa y allí te la enseño.

—Buen intento, Lang. ¿Sabes lo que me apetece ahora? Un poco de baile. La vida en la mansión no es muy entretenida y, además, Samuel es un gran bailarín.

Se levantó de la mesa y fue a la cocina. La camarera la miró con poco interés y siguió fumando. Lang vació la botella con la sensación de haber vivido esa escena antes. Odiaba bailar y además lo hacía endiabladamente mal, por lo que en esas ocasiones solía terminar recostado en la barra mirando a la gente con cara de malas pulgas. Se guardó las llaves y esperó pacientemente.

Al cabo de un rato apareció Ana agarrada de su amigo y de otra botella de vino. Había cambiado el uniforme de cocinero por una camiseta ajustada y unos vaqueros cortos. El olor a pescado no le había abandonado pero resultaba extrañamente apropiado en él. Lang los siguió con apatía.

El sitio al que se dirigían no estaba lejos de allí. Ana y su amigo lo eligieron por ese motivo, pero Lang lamentó no salir de aquel barrio. Entraron en un solar creado por el derrumbe de una casa hacía ya años. Limpio de escombros y decorado con bombillas de colores se convertía en sala de fiesta durante esos meses de calor. A pesar de su ubicación en medio de la ciudad, aquello tenía el aspecto de una verbena rural.

Ana y Samuel ocuparon el centro de la zona de baile y demostraron ampliamente sus habilidades. Se creó un espacio alrededor y solo alguna pareja aguerrida osaba acercarse. Lang los contempló en la distancia. Pensó en la incapacidad que Ana tenía de ser discreta y en lo que opinaría el marqués si la viera bailando con aquel pescador. No era la primera vez que estaba con Ana y en un momento ella se desentendía de él por otro hombre. Guardaba malos recuerdos de aquellos antiguos amigos que aparecían de repente y desaparecían también de repente pero con ella. Al día siguiente todo quedaba en un malentendido más o menos doloroso. Llegó a considerar ese comportamiento como parte de la naturaleza de Ana e intentó llevarlo con naturalidad, aunque pocas veces lo lograba y se dejaba devorar por celos más o menos abstractos.

Miró hacia una barra improvisada en uno de los laterales. Inclinada sobre ella había una chica con una leonina melena pelirroja. Vestía un vaquero con peto varias tallas mayor que ella y apenas un sujetador deportivo en la parte de arriba. Todo el conjunto revelaba un cuerpo atlético y esbelto: una chica demasiado apolínea para el detective, pero estaba sola y él también.

Se acercó a la barra y apoyó la mano a una distancia razonable de la mujer. Miró discretamente hacia ella y descubrió en el hombro un pequeño tatuaje con forma de hexágono. Con una sacudida de la cabeza se quitó aquella figura de la cabeza. Aquel caso le estaba sentando muy mal.

—¿Me pone un whisky? —pidió al camarero.

—Aquí no tenemos de eso.

—¿Y qué tiene entonces?

El camarero le mostró un cartel descolorido con fotos y precios de cócteles caribeños.

—También tenemos cerveza —añadió con sarcasmo.

—Muchas gracias. ¿Me puede poner un vaso solo con ron?

Estaba pagando cuando se giró la mujer hacia él.

—Veo que eres un clásico.

—Por el contrario, puedo ser un gran innovador —respondió con la inercia de la costumbre. Aquella mujer era hermosa. Aunque sus estilos eran muy diferentes, podría compararse con Ana sin riesgo alguno. Lang sonrió a esos ojos de aguamarina.

—Nos conocemos, ¿verdad? —preguntó el detective—. Y siento que sea una pregunta tan tópica, pero tengo la sensación de haberte visto hace no mucho.

—Suelen confundirme habitualmente. Tal vez tenga una cara muy vulgar.

—Nada de eso —dijo Lang con exagerada impostura—. ¿No serás actriz?

—Qué va. Me gusta actuar, pero siempre lo he restringido a un ámbito particular. Por cierto, me llamo Rosa.

—Bonito nombre. Yo soy Lang. —Una idea le llegó galopante a la cabeza. ¿No había oído ese nombre antes? Fue a decir algo pero ella se adelantó a besarlo en la mejilla. El perfume que llevaba le hizo olvidar todo lo demás.

—¿Y a qué te dedicas tú? —preguntó ella—. Espera, voy a adivinarlo. Déjame tres intentos. Suelo tener buena intuición.

Miró al detective con detenimiento. La cara primero y luego el resto del cuerpo. Sonrió al ver la mochila con la espada que asomaba envuelta en telas.

—¿Qué llevas ahí?

—Es parte de lo que tienes que adivinar.

—Vamos a ver. Tocas en una orquesta de jazz. ¿Frío o caliente?

—Helado.

—Periodista.

—Templado. Pero dime qué tendría que ver con lo que llevo en la mochila.

Rosa iba a responder, pero en ese momento llegó Ana. La piel le brillaba de tanto baile. Miró a Rosa con curiosidad. La otra le devolvió una mirada juguetona. Nunca Lang había visto batallar dos ejércitos tan bellos. Detuvo aquella competición de estrellas e hizo las presentaciones pertinentes. Las dos parecían encantadas de conocerse.

—¿Dónde está tu amigo? —le preguntó a Ana.

—Sigue en la pista. No hay manera de cansarlo. ¿Vosotros no bailáis?

—Nadie me lo ha pedido —dijo Rosa con intención.

Lang no hizo ningún esfuerzo en darse por aludido y fue a beber de su ron, pero Rosa no parecía satisfecha con su falta de interés. Con hábiles movimientos le quitó la copa y se la dejó en la barra, le cogió del brazo y lo arrastró hasta la pista. Lang miró a Ana pidiendo auxilio, pero ella parecía estar en otro lugar.

De repente se vio en medio de la pista imitando con torpes movimientos lo que veía a su alrededor. En un esfuerzo por salvar las apariencias tomó a Rosa por la cintura e inició un penduleo que fue difícilmente correspondido por su pareja. La mujer lo miraba con los ojos de quien intenta resolver la clave de un acertijo imposible.

—¿Escuchas la música? —preguntó ella con un punto de nerviosismo.

Lang la miró como si no entendiera. Pensó en dar por concluida aquella exhibición de mediocridad cuando notó un cambio en los ojos de Rosa. Camaleónicamente habían cambiado de pálido aguamarina a negro carbón. Parecía como si el color se correspondiera con su estado de ánimo. Le lanzó una mirada de furia y luego se pegó a él, metió su pierna entre las de Lang y acercó su boca al oído del detective.

—Recuerda que eres don Juan —susurró con voz ronca. Pasó una fría lengua por el lóbulo y se volvió a separar de otro tirón. Pero esta vez Lang la tenía sujeta por la mano y no la dejó distanciarse. Un sudor frío empapó la espalda del detective. Estaba experimentando algo mucho más intenso que la pasión. Tiró del brazo y como un muelle Rosa volvió a unirse a él. Fue a decirle algo, pero en su lugar le mordió en la base del cuello mientras le salía natural un pase de baile que no conocía pero que resultaba perfectamente apropiado. De repente, la música se hizo visible y casi física. Su cuerpo se amoldó a aquel flujo y tras él llegó el cuerpo de Rosa, que seguía sus movimientos con la docilidad del aire. Más que bailar, tenía la sensación de estar nadando en un fluido más ligero que el agua. Los ojos de Rosa habían vuelto a su verde pálido y aunque intentaba mantener esa mirada pasional, un punto de sorpresa e incluso de temor se anunciaba sin que pudiera evitarlo. Lang disfrutó con ese cambio de juego. Era Rosa la que parecía sofocada en ese momento. Las vueltas, giros y roces le habían encendido los pómulos y entrecortaban su respiración. Hacía esfuerzos por soltarse, pero el detective sentía como si su cuerpo fuera un imán y ella estuviera fabricada en puro metal. No entendía lo que estaba pasando, pero le gustaba.

Tenía la intención de alargar aquello todo lo que fuera posible, pero, en otro enfrentamiento visual, Rosa volvió a sufrir una alteración que le hizo perder el ritmo. No fue nada descriptible ni físico, sino una impresión o simplemente un espejismo. La mujer que tenía enfrente dejó de ser la que acababa de conocer para convertirse en otra persona completamente diferente. No fue más que un instante, pero la confusión que provocó rompió toda la inercia que llevaba. Confundido, paró el baile en seco. Rosa volvió a ser la de antes.

—Tienes que controlar tus fuerzas para otras batallas —le dijo ella aun jadeante. Salieron de la pista como si no hubiera sucedido nada. Lang vio que a su alrededor la gente lo miraba con envidia, ira y deseo.

—¿Qué significa ese tatuaje? —le preguntó.

—Es el símbolo de la biblioteca —respondió más serena.

En la barra seguía Ana. Al verlos tomó la mochila de Lang y se dirigió a ellos con pasos rápidos. Rosa intentó escabullirse. En un acto reflejo, Lang la sujetó por la muñeca.

—Y ¿qué más cosas sabes tú? —preguntó con un tono serio.

Rosa sonrió retadoramente a Lang y miró de refilón a Ana.

—Que eres detective —susurró al oído— y que en la mochila llevas algo que vas a necesitar ahora mismo.

Con un movimiento hábil liberó su muñeca y giró sobre sí misma. Dio una patada a un hombre que estaba de espaldas. La fuerza del golpe casi lo tira al suelo. En ese momento llegó Ana. Fue hacia ella. Parecía que iban a colisionar, pero Rosa la esquivó con un quiebro y cogió la espada de la mochila. En un movimiento rápido desenvolvió las telas y le tiró el arma desnuda a Lang, que la sujetó por la empuñadura instintivamente.

El detective corrió hacia donde Rosa desaparecía, pero un grito de Ana lo detuvo. El hombre que había recibido la patada se había incorporado y pretendía limpiar su humillación con él. Dirigió el puño hacia su cara. Gracias a un movimiento rápido logró esquivarlo. Se separó un paso de él y enarboló la espada con la intención de apaciguarlo.

Se creó un silencio profundo. El hombre, al verlo armado, abrió una navaja que llevaba en el bolsillo. La diferencia entre ambas armas era notoria, pero aquel hombre parecía dominar la suya, mientras que Lang nunca había manejado nada parecido. Pensó en huir, pues dar explicaciones en ese momento era ridículo, pero algo le incitaba a luchar, como un deseo inconsciente de recuperar lo perdido. Ana estaba en la primera fila del círculo que se había creado alrededor de ellos. De Rosa no se sabía nada.

—Te voy a matar —gruñó el hombre. Comenzó a moverse alrededor de Lang con la intención de encontrar un flanco desprotegido. El detective hizo lo propio. A pesar de que apenas había cogido una espada, notaba que la blandía con cierta naturalidad. El puño se ajustaba a su mano; el peso y el tamaño eran perfectos para él. Mientras retaba al contrario con la mirada, batía el filo en cortos y rápidos movimientos. Lo que parecía un gesto intimidatorio era en realidad un intento de controlar el arma lo antes posible. Sintió un picor en los dedos que le instaba a apretarlos contra el cuero de la empuñadura; era una sensación casi eléctrica que se transmitía hasta la punta del metal. Con cada movimiento la espada se hacía más suya, más parte de su cuerpo. Pensó con sorna en la ventaja que estaba perdiendo aquel hombre con cada segundo que retrasaba su ataque. Tampoco él pensaba atacar, pues lo único que se le ocurría era ir directamente con el hierro al corazón y tampoco le parecía el mejor modo de solucionar aquello. Tal vez si el otro tomaba la iniciativa podría improvisar una defensa que además lo desarmase. Le hizo un gesto con la mano, pero el otro mantenía su prudencia. Para provocarlo, alejó el filo de su posición y expuso medio cuerpo. Pareció que el otro llevaba tiempo esperando encontrar un hueco así, pues al instante saltó hacia él con el brazo armado extendido.

A punto estuvo Lang de perder en ese momento la vida, pero logró esquivar la navaja con un quiebro que ni él mismo se creyó. Los dos se giraron con la inercia y estando el otro de espaldas, Lang giró su arma hasta que la punta rozó la nuca de su agresor. Apenas hizo algo de presión para que el otro fuera consciente de su precaria situación y, efectivamente, en cuanto se sintió amenazado de aquella manera levantó las manos y dejó caer la navaja al suelo.

—Muy bien hecho —dijo el detective con alivio. A pesar de que se sentía inspirado, no se veía con fuerzas para continuar con aquel juego de esgrima.

El público que los rodeaba, cuando vio que aquello terminaba de esa manera tan pacífica, se alejó ligeramente defraudado. Lang se quedó de pronto abstraído. Entre Ana y Samuel lo sacaron de aquel lugar y lo llevaron hasta el coche. Ana intentó que reaccionara con gritos, pero no salió de su ensimismamiento hasta que Samuel le dio una buena bofetada.

—¿Qué me ha pasado? —exclamó mirando a su alrededor.

—Eso me gustaría saber —dijo Ana. Abrió el coche—. Esa mujer te ha hechizado.

—Y que lo digas, qué extraño ha sido todo.

La marquesa encendió el motor y sacó el coche del puerto.

—Y lo más extraño es que ya la conocías.

—Eso pensé, pero me acordaría de alguien así. ¿Sabes que le cambia el color de los ojos?

—No te enteras, Lang. Esa tal Rosa era Atreo disfrazado, o al revés, vamos. Te lo iba a decir cuando comenzó la pelea.

En ese momento, el detective recordó el momento durante el baile en el que ella sufrió aquella extraña transformación. A quien había visto por unos instantes en su lugar fue al joven de la fiesta. Una vez más aparecía la pieza que conglomeraba el resto, pero que también rompía todos los órdenes creados.

Ana iba a decir algo más, pero tuvo que dar un fuerte volantazo para evitar un coche que se había saltado la mediana e iba contra ellos. Logró esquivarlo y frenó unos metros más adelante. El otro coche seguía en sentido contrario pero no tuvo la misma suerte al encontrarse un camión de frente. Una explosión iluminó toda la carretera.

# Entreacto

Lequerne pulsó el botón del ascensor con la mirada centrada en la puerta de su casa. Se había vestido con su traje de ejecutivo. Mucho más aburrido y gastado que los habituales pero denotante de seriedad y eficiencia. También había abandonado el casual peinado con cera por un anticuado cepillado a gomina. Estaba en un momento crucial de su vida y cualquier detalle debía ser pensado con total detenimiento.

Subió al ascensor aliviado por no haberse encontrado con Dona. No se sentía con fuerzas para mantenerle la mirada y necesitaba recuperar el aplomo que tanto le caracterizaba. Llamó a su importante abogado desde el coche. Lo notó cordial, tal vez demasiado cordial y falsamente amable aunque dispuesto a tener una reunión de urgencia. Aparcó junto al bufete y subió la escalera hasta el primer piso. La puerta estaba abierta y tanto la secretaria como el gran abogado parecían esperarlo con ansiedad. Las sonrisas fueron amables y tal vez un poco burlonas. Lequerne sospechó que estaban enterados de lo sucedido y que en secreto se habían rifado su reacción. No les concedió ningún titular. Estaba en su gran momento e iba a demostrarles que no era una cara guapa sin más. Agravó el tono con profesionalidad para saludar al abogado y corresponder a la secretaria. El apretón de manos fue seco y enérgico, sin pizca de calidez. No pudo evitar que el conocido abogado paternalmente le pusiera la mano en la espalda para invitarlo a entrar en su despacho. Le ofreció una silla que a Lequerne le pareció más incómoda de lo habitual, como si tuviera inclinado el respaldo hacia adelante en exceso. En ese estado no podía mantener una posición desenfadada pero atenta. Incluso notó que tenía que inclinar ligeramente el cuello para estar cómodo, por lo que daba una innegable imagen de sumisión.

El prestigioso abogado se frotó las manos mientras mantenía su sonrisa, ahora lastimera o incluso piadosa. Le preguntó lleno de amabilidad por su vida, por su mujer y por la familia. Lequerne tenía la intención de ser directo y acabar cuanto antes con los prolegómenos, pero ante las amables y rutinarias palabras del influyente abogado tuvo que doblegarse y responder con palabras aún más amables y rutinarias e incluso falsas. En un esfuerzo por romper aquella inercia y dar además muestras de energía y aplomo consiguió sacar los puños dobles de las mangas de la chaqueta. Dejó a la vista unos valiosos pero sobrios gemelos de oro. El eminente abogado no pareció percatarse del gesto, más bien parecía esperar a que le dijera el motivo de la visita. Lequerne se desabotonó la chaqueta para abotonársela al instante. Con este último movimiento ya se veía preparado para entrar en materia. Le preguntó si tenía noticias de algún cambio en su relación laboral con la empresa de su mujer.

El poderoso abogado no dejó de sonreír, pero el fondo de sus labios transmitía ahora dureza y fatalidad. Le dijo a Lequerne que conocía el asunto del que le hablaba, que lo había meditado con todo el cariño que sentía hacia él, pero que desgraciadamente no había manera de encontrar una situación favorable. Le invitó a dejar pasar la tormenta y le reconvino con su característica educación a que no hiciera ninguna tontería para evitar males mayores.

Lequerne inició un gesto de protesta, pero el destacado abogado ya se había levantado del sillón y caminaba con paso firme hacia la puerta del despacho. Con una última y amabilísima sonrisa le dio otro apretón de manos y dejó que fuera la secretaria quien le acompañara hasta la puerta.

Ya en la calle, la afabilidad con que había transcurrido el encuentro le revolvió el intestino. Sufrió la terrible novedad del pánico en su vida, mareos y una delirante sensación de estar en la cornisa de un rascacielos. Compró whisky en una bodega cercana, se metió en el coche y abrió la botella. El dolor se atenuó con el tercer trago. Con la media botella bebida recuperó la confianza en sí mismo. Aún no había dado toda la guerra que podía. Era en los momentos más difíciles cuando aparecía su verdadera astucia. Tenía que conservar el valor y pensar en una solución. Encendió la radio. Estaba sincronizado el canal económico y en ese momento hablaban de los logros empresariales que Rodrigo Vivar había obtenido a lo largo de su vida. Lequerne maldijo a aquel hombre, pero en ese momento se acordó de la tarjeta que le había dado el marqués sobre la reunión de inversores. Buscó en el salpicadero y entre los asientos. La encontró en el cenicero que nunca utilizaba. En la tarjeta estaba apuntada una hora y el nombre de un hotel. Jugueteó con el tapón de la botella. Le dio otro gran trago. Miró el reloj. Aún le quedaba una hora. Nadie tenía por qué saber que había perdido todo el poder en la empresa y en ese margen de tiempo tal vez podría lograr algún puesto en otro lugar. Si el proyecto iba a ser tan extraordinario, necesitarían personas con experiencia para llevarlo a cabo y seguro que el marqués tenía una buena opinión de él. Con un poco de suerte, incluso podría simular el cambio de empresa como un sacrificio empresarial, con los beneficios económicos que eso suponía.

Se entretuvo durante los siguientes minutos fantaseando con el nuevo sueldo. Terminó la botella y encendió el motor del coche. Se imaginó la cara de su mujer y del excelente abogado cuando se enteraran de su astucia. Puso rumbo al hotel con una sonrisa de satisfacción.

* * *

—Vengo a una reunión convocada por el marqués de Catedral.

—Acompáñeme, por favor. Aún no han venido todos los convocados, pero mientras espera puede tomar algo de beber. No dude en preguntarle al camarero.

—Muchas gracias. ¿Y esa cesta?

—Bueno..., no sé si le han informado correctamente. En este tipo de reuniones es costumbre dejar la tarjeta de crédito. A fin de cuentas todos ustedes son caballeros y saben a lo que vienen. Pero si tiene algún problema, puedo consultar su situación con el señor marqués.

—No se preocupe. No sé en qué estaba yo pensando. Aquí le dejo mi tarjeta. Por ahí viene el marqués. Voy a saludarlo.

—Muchas gracias. Que la reunión sea productiva.

—Lequerne, que alegría me da que se haya decidido a venir. Le aseguro que no se va a arrepentir. Como puede ver ha venido lo más selecto del mundo empresarial. Me atrevería a decir que usted aún tiene que dar más de sí, pero me cae bien, y no quería dejarle fuera de esto. Además, usted hace el número catorce, imprescindible para tranquilizar a los supersticiosos.

—Muy bien visto, señor marqués. Por mi parte, le agradezco que me haya invitado, ya sabe que estoy aquí para lo que haga falta.

—Muy bien, muy bien. Ahora, si me permite, vamos a comenzar. Supongo que no necesitará que le presente a nadie.

—Por favor.

—Buenas tardes, señores. Háganme el favor de servirse los estupendos licores que nos ofrecen los camareros antes de que abandonen la sala. Cuando lo deseen les ruego que tomen asiento alrededor de la mesa. Si me permite, señor Lequerne, preferiría que nos dejara la presidencia de la mesa al doctor Niebla y a mí. Facilitará mucho la reunión.

»Ahora que estamos todos cómodos voy a comenzar con la exposición general. Mi socio y alma máter del proyecto, el doctor Niebla al que todos conocen, nos explicará los asuntos más técnicos y finalmente entraremos en materia financiera. ¿Están conformes? Muchas gracias.

»Todos ustedes saben que estamos reunidos en torno al sector de la cosmética. Es probable que ninguno haya consumido productos relacionados con este mercado, pero estoy convencido de que lo conocen perfectamente por el entorno femenino que los rodea.

»Como sabrán, el objetivo principal consiste en la preservación de la juventud el mayor tiempo posible. Piensen que utilizo la palabra juventud con toda la intención, pues se habrán dado cuenta de cómo tenemos asociada la edad a la belleza. Primer punto que debemos recordar: Alanka aspira a la eterna juventud.

»Tal vez vinieron aquí pensando en que les vamos a mostrar algún tipo de crema milagrosa. Algún tipo de loción superhidratante con enzimas regeneradoras. Nada más alejado de la realidad. La juventud no está en la piel sino en todo el cuerpo: desde el cerebro hasta los huesos. Alanka actúa en todo el físico, por lo que podemos decir que está a medio camino entre la cosmética, la estética y la cirugía.

»Por último. He comenzado mi entrada hablando de las mujeres como el principal objetivo empresarial. Nada más alejado de la verdad. Como no hablamos de belleza sino de juventud, les aseguro que Alanka fascinará tanto a mujeres como a hombres. ¿O es que no han deseado nunca volver a disfrutar de los veinte años?

»Soy consciente de que he creado muchas más dudas que aclaraciones, pero solamente quería encuadrar el asunto. Estoy convencido de que todas las cuestiones se van a resolver en pocos minutos. Les voy a dejar en manos de la ciencia. El doctor Niebla les explicará el funcionamiento desde un punto de vista teórico y con una demostración práctica que no olvidarán. Doctor...

—Muchas gracias. Intentaré ser breve y conciso. Entiendo que los detalles científicos no les interesan demasiado y no pretendo distraerlos de lo principal. Si me permiten, verán que en esta jaula tenemos una gallina común. Podrán apreciar que no tiene ningún tipo de deformidad o carencia. Fíjense bien, por favor. Ahora voy a proceder a la amputación de un dedo. No se preocupen. Apenas sentirá dolor. Ya está. Depositaré el dedo en este platito. Ahora taparé la jaula con esta tela y la dejaré encima de la mesa. Más adelante entenderán el sentido de todo esto.

»Llevo gran parte de mi vida pensando en la eternidad y la libertad. Creemos que somos libres y aspiramos a ser eternos, como dos aspiraciones independientes y no somos conscientes de lo relacionados que están. Díganme para qué sirve la inmortalidad si envejecemos, enfermamos o no somos dueños de nuestros propios actos. El ansia última del hombre no solo es ser eterno sino también libre.

»Los hombres sucumbimos ante nuestro destino de forma inviolable. Cualquiera de ustedes podrá decirme que falleceremos por accidente o por enfermedad. Y tendrán razón. Pero yo pregunto: ¿Qué sucedería si no sufriéramos ningún accidente mortal y logramos la cura de todas las enfermedades?

»Si no tuviéramos accidentes ni enfermedades también acabaríamos en la tumba, con perdón. Nuestras células se reproducen continuamente. Envejecen, mueren y otras ocupan su lugar. Pero en cada regeneración pierden algo de juventud. Los genes del núcleo poco a poco se desactivan y pierden capacidad reproductora. Nuestros tejidos envejecen hasta que son vulnerables a cualquier agresión exterior. Y si no la hubiera, terminarían sucumbiendo por desgaste general, por un fallo sistemático de todos los órganos vitales.

»¿Para qué investigamos entonces en salud?, se preguntarán muchos. Todos podríamos cumplir el siglo de vida pero en un estado de decrepitud total, y en el mejor de los casos nunca superaríamos los ciento cuarenta años. El problema no es encontrar una cura a las enfermedades, sino mantenernos jóvenes para no padecerlas. Lograr que las células sean siempre como recién nacidas.

»En los laboratorios de la compañía hemos logrado sintetizar el genoma de los equinodermos, una familia animal capaz de regenerar cualquier miembro. ¿Sabían ustedes que si se le corta un brazo a una estrella de mar, no solo le crece otro nuevo, sino que del brazo extirpado nace otra estrella? Tras investigar el genoma, hemos localizado los genes encargados de la asombrosa capacidad regenerativa de estos animales. Con un novedoso y original método los hemos encapsulado en una envoltura proteica. Básicamente, hemos creado el virus de la vida eterna.

»Un virus, un ser sin vida, con capacidad y necesidad de infectar las células para reproducirse. Sin embargo, este virus no mata como el resto, sino que da la vida: al contagiar a una célula, le transmite los genes regeneradores de los equinodermos y a su vez provoca nuevos virus que infectan a otras células. En poco tiempo está todo el organismo infectado de vida. El virus activa de nuevo los genes adormecidos por los años, de modo que se convierten en células recién nacidas. Es más, conseguimos células plenipotenciarias, capaces de especializarse en cualquier tipo de tejido; y con memoria embrionaria, por lo que reconstruyen los fallos y ausencias del sistema. Esto es Alanka.

»Esta gallina ha sido infectada con el virus. Fíjense en cómo ha reaccionado su cuerpo ante la amputación del dedo a la que acaban de asistir. Verán que se le ha regenerado completamente. Aún le falta el color del resto, pues la melanina necesita de luz solar para tomar color.

»Las personas que hayan recibido el tratamiento no sufrirán ataques al corazón, pues su organismo se encargará de reconstruir uno nuevo si el original es defectuoso. Tampoco perderán la vida en accidentes de tráfico, pues sus células se encargarán de cortar la hemorragia y regenerar los órganos dañados. Sobra decir que la piel y los músculos tendrán siempre la tersura y firmeza de los veinte años.

—Muchas gracias, doctor. Su explicación ha sido de lo más clarificadora. Imagínense las posibilidades que el proyecto conlleva. No solo me refiero a un punto de vista personal, sino también al económico. Si vamos a ser eternos, por lo menos disfrutemos de todo ese tiempo con el dinero suficiente, ¿no les parece?

»Piensen lo que pagará la gente por gozar de la eterna juventud. Mujeres que gocen de sus gloriosos veinticinco años durante toda su vida, varones con músculos siempre perfectos. Una sociedad de rostros sin arrugas, de miradas frescas, con sonrisas y dentaduras espectaculares sin intervenciones quirúrgicas.

»Sin embargo, antes de comercializar nuestro producto tenemos que solventar un problema. Las neocélulas, como prefiero llamar a los virus del doctor Niebla, obtenidas en la actualidad son puramente experimentales. La tecnología de reproducción genética aún no está desarrollada y el encoframiento proteico apenas se ha inventado. El producto es definitivo, pero el modo de producción es demasiado caro.

»La comercialización al precio actual quedaría reducida a unas decenas de privilegiados, y aun así obtendríamos un margen exiguo. Innovando el proceso de producción reduciríamos los costes entre un veinte y un treinta por ciento, con lo que los márgenes se dispararían y podríamos venderlo a un precio mucho más razonable. Tendríamos más clientes y mayores beneficios. ¿Me comprenden?

»Señores. Los invito a participar en el negocio definitivo. Mediante una ampliación de capital lograríamos desarrollar la tecnología para la producción de neocélulas en cadena, y ustedes son los primeros invitados a ello. Un treinta por ciento de la acciones está en venta. Si excluimos el pequeño porcentaje que acaban de comprar por acudir a la reunión nos sale que aún hay un veinticuatro por ciento disponible.

* * *

Lequerne había asistido a la presentación con la seriedad y atención dignas del alumno más aventajado. Aquel proyecto tenía mucha más proyección de lo que había pensado en su momento. Si conseguía formar parte de aquel equipo, cualquiera de sus aspiraciones previas quedaban en ridículos deseos infantiles. Ni se le ocurrió la posibilidad de reunir el dinero que se le pedía. Contempló con envidia cómo todos los asistentes se peleaban por las acciones que se estaban subastando en ese momento. En pocos minutos no quedaría nada del pastel. Lo único que podía ofrecer era su propia capacidad de trabajo y una dilatada experiencia empresarial. En los últimos años no había cosechado demasiados éxitos, pero siempre había echado la culpa a la mala gestión de su suegro, que le había dejado una empresa en apariencia boyante pero con un engranaje financiero completamente obsoleto. Pese a lo que pensaba Dona, bastante había hecho manteniendo aquella vieja embarcación a flote. Estaba seguro de que el marqués entendería perfectamente su punto de vista y podría concederle aquel medio por ciento que llevaba su nombre más un sueldo propio de su condición.

Se levantó de la mesa con energía mientras pensaba que podría ser un excelente director de marketing. El marqués estaba ocupado con la subasta, por lo que fue a ver al doctor Niebla, que estaba apartado del resto. Lequerne hubiera preferido tratar directamente con Catedral, pero tenía miedo de que con la confusión se vendieran sus acciones. Por otro lado, no era una mala estrategia el acercamiento lateral. Si era verdad, como parecía, que Niebla tenía tanta influencia sobre el marqués, ganarlo para su causa le parecía una táctica bastante aguda.

Lequerne se acercó sonriente. Niebla le dirigió una sonrisa tal vez sarcástica mientras le extendía la mano y se la apretaba suavemente. Le dio la enhorabuena por la instructiva y excelente presentación y por el invento tan práctico que había creado. Con tacto procedió a explicarle sus circunstancias personales y la excelente oportunidad que tenían de beneficiarse mutuamente. El doctor parecía no entender el asunto concreto al que se refería, por lo que le expuso de una manera menos sutil el delicado escenario financiero en el que se movía en esos momentos.

La sonrisa del doctor desapareció con un gesto de desconcierto y una firme decisión de aclarar sus dudas. A Lequerne le pareció demasiado brusca su pregunta sobre su disposición de fondos, pero se dio cuenta de que el estilo de Niebla era muy poco elaborado y no tuvo más remedio que responderle de una manera directa. La reacción del doctor le pareció a todas luces desproporcionada. Se había expuesto en aquella sala material secreto con la única intención de involucrar económicamente a los asistentes. Y su presencia gratuita rompía con todas las leyes de decencia empresarial.

Lequerne se sintió desconcertado por tan graves palabras, pero aguantó el golpe con estoicismo. Afortunadamente nadie pareció percatarse de aquel desencuentro. En una pausa llena de preocupación, tomó la palabra y ya que estaban hablando a cara descubierta, le propuso de una manera convincente el mejor modo de solucionar aquella situación tan confusa. No tuvo oportunidad de manifestarle la importancia que estaba adquiriendo el marketing y la comunicación en aquellos tiempos, pues Niebla pareció complacido ante su generosa disponibilidad y su cara de preocupación se transformó en decidida determinación e incluso alegría cuando escuchó que lo daría todo por aquel proyecto.

Niebla le explicó la necesidad de encontrarse en un lugar más discreto donde le podría mostrar con tranquilidad algunos aspectos de Alanka que a buen seguro le iban a interesar. Le indicó una dirección y una hora donde continuar con aquella conversación. Estaba convencido de que sería una persona digna de confianza, por lo que le encarecía que guardara toda la cautela posible sobre aquella cita. Le aseguró que lo que vería no le iba a dejar indiferente. Lequerne agradeció con toda su alma la decisión que acababa de tomar. Entendía perfectamente que dadas las circunstancias debería guardar toda la discreción como muestra de lealtad a su nueva empresa. El doctor Niebla pareció muy complacido con aquellas palabras. Lequerne recibió una mano que insistía en su blandura. En un gesto tal vez algo forzado le preguntó sobre aquel paquete de acciones del que se había hablado, no fuera a ser que en un descuido fueran subastadas junto con el resto. Niebla le respondió con una enigmática sonrisa del que le quita importancia a un asunto tan nimio cuando había tanto en juego. Con claras muestras de favoritismo hacia él, dejó al resto de los convocados y le acompañó hasta la entrada del hotel. Le abrió la puerta del coche y le citó para dos horas más tarde en el sitio convenido.

Lequerne se despidió de él con la mano mientras se alejaba del hotel. Avanzó unas cuantas calles y cuando se sintió seguro aparcó el coche, hundió la cabeza en el volante y respiró profundamente. A pesar de su sangre fría, sentía cómo su cuerpo temblaba de nerviosismo. Acababa de pasar la prueba más difícil de su vida e intuyó que había sacado muy buena nota. Buscó la botella de whisky en el suelo del copiloto. La inclinó sobre su boca pero apenas cayeron un par de gotas del licor.

Aún tenía dos horas para la cita. Dirigió el coche hacia un buen restaurante. Se extrañó que no hubiera nadie en la puerta, por lo que tuvo que aparcar el coche él mismo. Con buena educación, el maître le indicó que las cocinas no abrían hasta la hora de la cena. Lequerne le razonó que si pagaba los precios de aquel lugar bien se merecía una cena a la hora que le diese la gana, pero el maître fue inflexible. Como no quería dar un espectáculo se marchó de allí. Como contrapropina le anunció desde la distancia que acababan de perder como cliente a un importante director de marketing. Fue a un bar cercano y pidió algo de comer. Cualquier cosa, esta vez. Y un buen whisky, pues debía celebrar su ascenso.

Mientras masticaba un sándwich de salmón rememoró complacido el modo que había negociado su puesto. Pidió otro whisky y fue al teléfono en busca de un callejero. La dirección que le había dado Niebla no se correspondía con el edificio Alanka, sino más bien con una zona semiindustrial a las afueras de la ciudad. Memorizó el trayecto y se terminó el whisky de un trago.

Durante el trayecto organizó su estrategia. Niebla parecía ya convencido de su entrada en la empresa, pero debía aquilatar su posición para evitar problemas con el marqués. No debía olvidar que aunque aquel médico estaba siendo su contacto para incorporarse, en cuanto fuera director estarían prácticamente a la misma altura. Lequerne nunca olvidaba un favor y sabía ser generoso si las tornas cambiaban. Anotó mentalmente ese argumento. Era importante que Niebla viera en él un aliado. El resto del tiempo lo pasó analizando diferentes maniobras para cuando llegara el momento de negociar el sueldo y los complementos.

Entró en un polígono industrial. A aquellas horas de la tarde apenas había coches. Se extrañó que lo citara en un lugar tan poco conveniente, pero razonó que el propio Niebla también era una persona peculiar. Ya le aconsejaría más adelante que cuidase esos detalles. Aparcó frente a una nave y llamó al timbre de una puerta lateral. Niebla no tardó en abrirle. Lequerne había decidido tomar la iniciativa en la conversación para llevarle con facilidad al lugar que más le conviniera a él, pero ante sus comentarios y sugerencias agradables respondía con simples monosílabos. Parecía que tenía la cabeza en otro lugar. Le condujo hasta un laboratorio. Lequerne simuló gran interés por su trabajo, pero no vio una respuesta apropiada, por lo que desistió.

Sin ninguna introducción ni preparación del terreno, Niebla le propuso recibir el tratamiento de neocélulas. Estaba completamente garantizado y le aseguraba que con esa nueva capacidad sería de enorme utilidad para la empresa. A Lequerne las agujas nunca le habían gustado, y tampoco se sentía con mucho afán de eternidad. La propuesta le llegó tan de sorpresa que apenas pudo balbucear unas palabras de protesta. Niebla se sintió preocupado por su falta de confianza en el proyecto. Le parecía que no tenía sentido trabajar para una empresa en la que no se creyera ciegamente. Aunque no entraba dentro de lo previsto, Lequerne no encontró argumentos que no erosionaran el sentimiento corporativo y accedió a una primera prueba.

Con alegría renovada Niebla le anunció un gran futuro mutuo. Le indicó que se tumbara en una camilla y le aseguró que apenas notaría nada. Lequerne hizo caso e incluso contó algún chiste de médicos mientras le inyectaba el líquido de una jeringuilla que había sacado de una pequeña nevera. Todo sucedió de una forma rápida y sin apenas dolor. Lequerne se levantó de la camilla, sonriente. Después de esa muestra de confianza Niebla no tendría más remedio que concederle todo lo que le pidiera.

Sin embargo, Niebla parecía de nuevo ausente, le insinuó que tal vez notara una presión o un dolor ligero en el pecho, pero que eran síntomas normales y que no se preocupara. También le dijo que no dudara en contactar con el marqués al día siguiente, pues por supuesto que era consciente de todo lo sucedido y tenía mucho interés en hablar con él. Lequerne se sintió muy satisfecho cuando escuchó que esta vez sería en el edificio Alanka. Como el médico no le hizo más caso, se despidió con la idea firme de quejarse ante el marqués por el frío trato de Niebla. Esa no era la manera de llevar una empresa.

Subió al coche y sintió un ligero dolor en el pecho. Le pareció buena señal que los efectos llegaran tan pronto. Encendió el motor y puso dirección a la ciudad. Esa noche sí que tendría una buena celebración. Repasó mentalmente su lista de amigas para encontrar la más apropiada. El dolor de pecho no remitía y sintió también algún problema para respirar. Si el médico estaba en lo cierto, todo terminaría en menos de diez minutos, por lo que no le dio más importancia. Cuando salió a la autopista los dolores remitieron, aunque no la opresión en el pecho. Pensó que necesitaba una buena copa de champán y aceleró el motor en señal de triunfo. Se sentía tan satisfecho que pisó a fondo en una recta sin coches.

Cuando el coche alcanzó los doscientos kilómetros por hora, casi como cumpliendo una señal convenida, el corazón de Lequerne estalló en el interior de su caja torácica.

# TERCERA PARTE: EL POZO Y LA TORRE

# El desaparecido

Una cálida oscuridad rodeaba la conciencia de Lizard. La paz primigenia del no nacido lo mullía en un balanceo somnoliento. Desde lo más profundo escuchó una voz que se acercaba como un pájaro: «Podías haberlo dejado paralítico»... «pobrecillo»... «con esto debería volver con nosotros»... y finalmente, «despierta, querido»... Aquella voz cristalina iluminaba su sueño y lo invitaba a salir de su letargo. Acompañaba la voz un olor acre que le instaba al estornudo, pero aún no estaba despierto.

Abrió los ojos con esfuerzo y miró a la mujer que le hablaba, pero algo sucedió durante el salto a la conciencia, pues aquella voz hermosísima se rompió en pedazos. Se trataba del mismo tono, pero quejumbroso ahora. Provenía de una mujer madura y rolliza que se inclinaba sobre él y le tomaba la muñeca con fuerza. Tenía un iris completamente blanquecino. Se liberó de un tirón e intento levantarse, pero en cuanto movió la cabeza sintió un fuerte mareo.

—¡Estate quieto! —le ordenó la mujer—. Aún no estás recuperado del todo.

Lizard obedeció muy a su pesar. La anciana le acercó a la boca un líquido oscuro en un cuenco de cristal. Lizard se resistió pero ella tenía mucha más fuerza de la que aparentaba. Le sujetó la mandíbula y le introdujo el contenido a la fuerza. Pese a lo que sugería aquel color pardusco, tenía un sabor agradable, como a regaliz. Volvió a tumbarse.

—Ahora, vomita —dijo la mujer. El ojo nublado le miraba con insistencia.

Como si los elementos la obedecieran, Lizard sintió en ese instante una tormenta en el estómago. Parecía que tenía allí dentro un animal vivo que luchara por salir de su prisión y golpeara como loco las paredes en busca de una salida. Una súbita arcada le obligó a incorporarse de la cama y como quien no tiene voluntad comenzó a vomitar. El torrente de líquido era mucho mayor que el cuenco que acababa de ingerir: una masa negra de textura aceitosa. Con un violento eructo cortó el chorro.

—Supongo que ahora te encuentras mejor —dijo la mujer—. Max, que se duche.

Lizard no se había percatado hasta ese momento de que el hombre ciego estaba en la habitación junto con uno de sus perros. Se acordó del golpe que había recibido y entendió su situación. Se palpó la nuca. Le habían aplicado una gasa en el lugar donde sufrió el impacto.

El ciego se acercó y con un gesto le pidió que lo acompañara. Lizard pensó en huir, pero aunque los mareos se habían ido, se sentía débil y desorientado. Optó por seguirlo.

El Caimacán caminaba por la casa como si viera perfectamente. Le abrió una puerta que daba a un cuarto de baño y se quedó apostado en el pasillo. Lizard se quitó la ropa manchada de vómito y abrió el grifo de la ducha. No entendía lo que estaba sucediendo, pero tenía la intuición de que aquellas personas no tenían que ver con el hombre de los cuatro brazos. Se preguntó si podrían estar relacionados con Arlequín, pero no veía ni al vagabundo ciego ni a la mujer lo suficientemente sofisticados para la alta programación. La primera vez que se encontró con el mendigo le dio de comer y después le salvó la vida de aquel gigante. Salió de la ducha y encontró en el lugar donde había dejado la ropa una bata de laboratorio. Se vistió con ella y salió del baño. El Caimacán seguía allí, apoyado en su bastón. El perro le ladró a modo de saludo.

—Te lavaremos la ropa, pero mientras tanto tendrás que ir con eso. Ven ahora, supongo que querrás desayunar.

En ese momento, Lizard se percató de que ya era de día. Había pasado toda la noche en la inconsciencia. Siguió a Caimacán hasta la cocina. La mujer se había puesto un delantal y estaba en el fuego preparando el desayuno. Sobre la mesa había café y leche humeante, un cestillo de mimbre con cruasanes y otro con tostadas, dos recipientes con miel y mermelada y un mantequillero.

El Caimacán se sentó con buen humor y comenzó a comer sin esperar a los demás. La mujer apareció con tres platos de huevos con beicon. Los dejó sobre la mesa y también se puso a comer. Aquello tenía aspecto de cualquier cosa menos de un secuestro.

—A qué esperas, Lázaro —dijo la mujer con la boca llena—. Se va a enfriar la comida.

Lizard se sentó. Se percató de que conocían su nombre real.

—¿Cómo sabéis mi nombre?

—Sabemos muchas cosas de ti. Pero vamos primero a terminar el desayuno. Luego tendremos tiempo para hablar. A mí me llaman Madre Celeste, aunque no tengo nada que ver ni con la maternidad ni con el cielo.

Lizard comió con gana de todo aquello. Al principio guardó

las normas mínimas de educación, aunque se olvidó de ellas en cuanto vio que el ciego comía al tacto y la mujer deglutía sin apenas masticar. Según descendía la comida de la mesa, una sensación de alegría crecía en Lizard. No sabía explicarlo, pero se sentía relajado y hasta contento entre aquellos dos seres tan extraños.

Cuando apenas quedó nada comestible fueron hasta una sala contigua. Allí esperaban los otros tres perros del Caimacán. En cuanto entraron saltaron eufóricos sobre él. El perro blanco, que no se había separado de su lado hasta ese momento, fue hasta la vera de Lizard, que lo acarició con gusto. Ante un gesto de Madre Celeste los dos humanos se sentaron y los cuatro perros se tumbaron en el suelo.

—Lázaro. Estarás preguntándote por qué te hemos traído aquí. No pretendíamos que fuera a la fuerza, pero por lo visto no había otro modo. —Aquí la mujer miró significativamente al Caimacán—. En cualquier caso, nuestra intención era protegerte del wéndigo.

—¿El hombre del parque?

—Eso es, mi querido.

—¿Sabes qué es?

—Es un borrador. Un ser del otro lado. El paralelo inverso de la ciudad. Aunque los dos lugares están comunicados, los sellos nunca se habían roto. Alguien ha abierto la puerta desde este lado y los borradores han entrado. Hay muchos misterios en esta ciudad y yo no los conozco todos. Tú tienes un papel importante que deberás descubrir tú mismo. Por eso te persigue el wéndigo y por eso debemos protegerte, aunque hemos llegado tarde y somos ahora nosotros los que necesitamos tu ayuda. No eres el único primigenio y hay que salvarlos a todos. Uno ya ha caído y otro está al borde de la muerte o de algo peor.

Lizard no entendía nada de lo que le estaba diciendo. Hizo

un ademán de protesta, pero el Caimacán le hizo un gesto para que callara.

—Max va a viajar en su busca, pero necesita tu ayuda. Eres muy valioso porque estás lleno de poder, aunque aún tienes que despertar. Ellos quieren destruirte antes de que seas demasiado poderoso, pero al intentarlo ellos mismos están aumentando tu fuerza.

Hizo una pausa. El ojo nublado giraba sobre sí mismo. Se detuvo súbitamente en Lizard.

—Existen seis puertas que comunican nuestros mundos —continuó—. Cuatro permanecen ocultas o han sido destruidas. Una está abierta y yo guardo la sexta. Max y Lizard: el cadáver está lleno de gusanos, pero es la única posibilidad de salvarnos y de salvaros. Existen otros aliados poderosos, pero no tenemos tiempo para encontrarlos. Debéis salvar al arcano que está allí atrapado. ¿Iréis?

—Iremos —respondió el Caimacán.

—Cada uno debe responder libremente. ¿Qué dices, Lázaro?

El aludido calló unos segundos. Pensó que se encontraba ante dos perturbados que por algún motivo se habían obsesionado con él. No parecían peligrosos mientras les siguiera la corriente, pero no le parecía razón suficiente para entrar en ese famoso mundo paralelo. Una vez más el sentido de la lógica se estaba rompiendo. Las explicaciones paranormales siempre le habían parecido respuestas baratas a cuestiones difíciles, aunque tenía que reconocer que aquel hombre de cuatro brazos y todas las advertencias de Arlequín rompían cualquier explicación racional. En ese momento reconoció ciertas similitudes entre sus primeros mensajes y las frases sin sentido de aquella mujer.

—¿Conocéis a Arlequín? —preguntó a bocajarro.

Ninguno de los dos abrió la boca. Más que por querer ocultar algo o desconocer la respuesta parecía que por no entender la pregunta.

—¿A qué te refieres, querido? —preguntó la Madre.

—Arlequín es un hacker muy poderoso. Hace unos años creó un virus con el que infectó todas las unidades de la ciudad y las mantuvo congeladas durante un tiempo para así volcar toda la información que poseían y crear una especie de copia de seguridad universal. Desde hace unos días me persigue a través del ciberespacio.

Lizard habló muy deprisa, como quien se dirige a unos receptores duchos en la materia, pero al ver la cara de la mujer y del ciego advirtió que su historia era, si cabía, más fantástica que la que le acababan de contar. Admitió con humildad que la frontera entre lo real y lo imaginario no era tan nítida como podía parecer.

—Necesito ir a un lugar con urgencia. Se trata de una biblioteca bastante grande. Está en el centro de la ciudad, en la parte más vieja.

—Chico —dijo el Caimacán—, yo conozco el casco viejo de la ciudad como la palma de mi mano, y no se trata de una exageración. Tengo que decirte que aquí no hay ninguna biblioteca, ni grande ni pequeña.

—Tiene que haber una. La vi en el mapa. Tenía forma de hexágono, con anchos muros y algo que podía ser un patio interior. A mí también me sorprendió, pero estaba allí y era más grande que cualquier manzana de esa zona. Tal vez ya no se utilice como biblioteca, pero un edificio de ese tamaño no puede desaparecer.

—¿Traes el mapa contigo? —preguntó Madre Celeste.

Lizard negó con la cabeza. Los otros dos parecían pensar en algún lugar similar al que acababa de describir.

—Es cierto que el centro de la ciudad está lleno de misterios

—comentó el Caimacán—; conozco las calles, los callejones y los pasadizos perfectamente, pero cada manzana puede acoger otros barrios interiores, con sus calles, sus casas y sus patios. El edificio podría estar dentro de una de esas manzanas. Sin acceso desde el exterior pasan inadvertidas. Hay una especialmente grande. Siempre me pregunté si dentro habría un parque con árboles.

—Seguro que es ese lugar —dijo Lizard—. ¿Me puedes decir cómo se va?

—Max te acompañará —terció Madre Celeste—. Aunque no nos quieras acompañar al submundo, debemos protegerte. Piensa en lo que te he dicho.

Lizard asintió. Aún no había dado ninguna respuesta y no tenía nada decidido, pero debía resolver la duda que representaba Arlequín. Además, algo le decía que estaba relacionado con lo que vivía en ese momento. La mujer salió de la habitación y regresó con la ropa doblada y limpia. Sobre ella había una daga enfundada en cuero.

—Te daría algo más grande si lo tuviera —se excusó—. Pero está bien afilada. Tal vez te salve la vida.

La tomó más por educación que por interés. Los perros del ciego le parecían mucho más efectivos que cualquier arma. Se vistió y enganchó la daga a la cintura. Con la camiseta por fuera pasaba casi inadvertida. Siguió al Caimacán y salieron a la calle. Lizard se alegró al comprobar que ya estaban en el centro de la ciudad, por lo que no tardarían demasiado en llegar a aquella misteriosa manzana. Una vez allí ya vería cómo encontraba la manera de entrar. Creía entender el modo de pensar de Arlequín por ser similar al suyo. Los informáticos tenían una manera especial de ver la realidad, tal vez incomprensible para el resto pero con una lógica interna aplastante. Si Arlequín se había hecho con una manzana entera y la había llenado de ordenadores, tenía que haber dejado algún rastro visible y algún acceso razonable.

Con esas ideas en la cabeza siguió al Caimacán. Cualquiera que no lo supiera pensaría que podía ver perfectamente, tal era la destreza con que se movía entre las callejuelas. Una mirada más atenta descubría que el perro blanco no se separaba de él y mediante un lenguaje privado parecía darle indicaciones. Se puso a la altura de ambos.

—¿No te daría miedo bajar a un mundo lleno de monstruos como el que había en el parque? —le preguntó Lizard.

—Eso significa que crees en las palabras de Madre Celeste —respondió con una sonrisa—. Por supuesto que es peligroso, pero ya he visto demasiado, si entiendes la expresión, como para confiar en ella.

Siguió caminando.

—Si te soy sincero —continuó—, no entiendo nada de lo que dice. Siempre habla en clave y cuando intenta explicarse casi es peor. Pero hasta ahora nunca se ha equivocado. He comprobado que lo más eficaz es obedecerla sin rechistar. Creo que este es el sitio. Esta esquina y las fachadas que la incluyen forman parte de esa manzana.

Aquello le parecía a Lizard una calle más de aquella zona. La piedra del muro era casi una continuación de la del suelo; los balcones parecían de lo más convencional, algunos tenían plantas y otros habían sacado las cortinas sobre la baranda para protegerse del calor. Oteó la casa contigua y, salvo alguna minúscula variación, le pareció de similar hechura. Rodearon la manzana entera en busca de algún detalle que pudiera llamarles la atención. Admitió que el tamaño era más que razonable, pero en todo el trayecto no descubrió nada. Casas y más casas se sucedían monótonamente. Examinaron cada uno de los portales, en busca de alguno que pudiera acoger la entrada de automóviles. Ya en la primera vuelta localizaron varios, pero todos estaban abiertos y solo daban a un patio de vecinos. Por supuesto que nadie había oído hablar de nada relacionado con una biblioteca.

—Tal vez no sea este el lugar —comentó el Caimacán mientras se sentaba a la sombra de un portal—. O tal vez haya que saltar por los tejados para llegar al interior. Aunque no me veo preparado para tanto. —Sacó un cigarro de la chaqueta y comenzó a echar humo con aire imperturbable.

—Voy a dar una última vuelta.

El ciego se levantó con gesto cansado.

—No puedo dejarte solo. Te acompaño.

Las protestas de Lizard fueron inútiles. Rehicieron el camino en sentido contrario por si la nueva perspectiva les sugería algo. Bien visto, cada uno de los módulos de un superordenador podrían trasladarse sobre ruedas y no eran mucho más grandes que una persona por lo que tampoco era necesario buscar una entrada muy grande. Al cabo de unos minutos, Lizard se paró frente a una puerta metálica situada entre dos edificios. Tenía el tamaño justo para dejar pasar un armario pequeño. Lo que le llamó la atención fue, no obstante, un cable de fibra de vidrio que cruzaba la calle y se introducía en el hueco que creaba la puerta. No había pensado que en esa zona de la ciudad las telecomunicaciones apenas habrían llegado y alguien como Arlequín necesitaría la tecnología más avanzada, por lo que debió de montar su propio acceso a la Red.

La puerta estaba cerrada, pero con un cerrojo bastante sencillo. El Caimacán apenas tuvo que dedicarle unos minutos para abrirlo. La puerta comunicaba con un patio de separación de los dos edificios. Continuaba unos metros y luego desaparecía tras una esquina.

La callejuela parecía separar muchos de los edificios de aquella manzana, pues al girar la esquina vieron cómo se bifurcaba. Se veía que habían dejado esos espacios para permitir la ventilación de las casas, a modo de estrecho patio interior. Los muros estaban llenos de ventanas con ropa tendida. A pesar de que aquello podía convertirse en un pequeño laberinto, seguir el rastro era fácil gracias al cable de fibra que continuaba a unos metros del suelo como una guía para el viajero. A la quinta bifurcación entraron en un patio diferente. Ya no había ventanas y los muros habían dejado el gastado encalado por la piedra desnuda. Una mirada más atenta mostraba que aquellos sillares eran diferentes de los que conformaban el resto de las casas de la zona. Eran mucho más grandes y no se les veía la argamasa. Tampoco se respetaban los tres niveles del resto. Aunque era difícil calcular la altura por carecer de referencia, daban la sensación de ser mucho más altos.

—Creo que estamos en el lugar —dijo Lizard al ver que el cable entraba allí con su inalterable linealidad.

Todos cambiaron la velocidad de la marcha. Incluso los perros, que hasta ese momento habían estado trotando junto a ellos, se apiñaban en torno al maestro. A los pocos metros el pasillo terminaba en un muro desnudo. El cable no atravesaba la piedra, sino que subía vertical y se perdía en el borde de aquella muralla.

Lizard miró la pared. Las piedras utilizadas en su construcción tenían el mismo tamaño y una posición similar a las que formaban el resto del muro, pero el sillar que cerraba el pasillo era más estrecho y con los bordes más gastados. Acercó el oído y golpeó con los nudillos. Tal vez por autosugestión creyó oír un sonido hueco. Desde esa posición descubrió una marca en el muro lateral que apenas se adivinaba desde el frente. Se trataba de un hexágono grabado en la piedra, con orificios en cada uno de los vértices. Tocó la piedra en busca de algún tipo de articulación. El Caimacán se había acercado a la supuesta puerta y ratificó la impresión de Lizard. Algo sonaba a hueco en el interior, pero tan lejano que apenas se intuía.

Lizard hizo un esfuerzo por entrar en la cabeza de Arlequín. Había ideado un mecanismo de protección nada común pero por otro lado característico de un informático, obsesionado con claves y señales secretas. La presencia de signos esculpidos, una puerta disfrazada pero fácil de localizar, el cable de fibra óptica mostrando la senda... parecía como si hubiera dejado el camino plagado de pistas a la espera de que alguien las adivinara. Si eso era así, tal vez en alguno de los mensajes que le envió estaba la solución al enigma. Repasó mentalmente todos ellos. Varios comenzaron a tener su sentido tras los últimos acontecimientos, pero ninguno hizo referencia a un hexágono o a una puerta. O sí. Se le iluminó la cara al recordar la llave que había regurgitado la gaviota en casa de Dona. Arlequín conocía ese dato y le recomendó guardarla. Fue hasta la señal y comprobó que los orificios eran en realidad el ojo de seis cerraduras. Introdujo la llave al azar en una de ellas. Aunque cabía perfectamente, no daba muestras de encajar entre los dientes del interior. Probó en el resto y a la tercera encontró la cerradura apropiada. Con un sonido mecánico le dio dos vueltas.

—Ahora solo hace falta encontrar las otras cinco llaves —dijo Lizard con una mezcla de orgullo por haber resuelto el acertijo y desazón por encontrar imposible su ejecución.

—¿Y con una ganzúa? —comentó el Caimacán—. Déjame la llave.

Lizard la sacó de la cerradura. Y se la puso en la mano. La cara se le cambió cuando la tocó.

—Es muy pequeña y con el mástil demasiado largo, una ganzúa no serviría. Pero tal vez no sea necesario encontrar tantas.

Del bolsillo de la chaqueta sacó una llave como la que tenía en la mano. Se la dio a Lizard.

—Prueba con esta. Ayer la trajo la perra entre los dientes. Pensé en tirarla pero la perra insistió mucho en que la guardara. No tengo ni idea de dónde la sacó.

La emoción de Lizard eludió el cúmulo de casualidades que estaban viviendo. Buscó la cerradura de esa nueva llave. Efectivamente, le correspondía otro de los vértices. Sin embargo, nada pasó. Lizard se alejó unos metros de la puerta. ¿Acaso Arlequín lo tenía todo previsto? Si eso era así, no entendía por qué faltaban al menos cuatro piezas del puzle. Eso era jugar con trampa. Tal vez escondidas entre los intersticios de los sillares estarían las demás llaves, pero aquello no estaba a la altura de Arlequín. Pensó en cortar el cable de fibra. Poco conseguiría, pero al menos dejaba claro que había llegado hasta las mismas puertas. Desechó la idea por el mismo motivo: no estaba a la altura de Lizard.

Escuchó un ruido a su espalda, se giró pero no vio nada. Los perros, en cambio, se habían puesto en guardia alrededor del Caimacán, que se guardó las llaves y enarboló su vara mientras gritaba a Lizard que se acercara.

—Hemos cometido un grave error al entrar en este callejón sin salida —gruñó.

Lizard entendió el comentario cuando vio doblar la esquina al hombre del parque. Los perros gruñeron y erizaron el lomo, pero se mantuvieron quietos a la espera de las órdenes de su amo.

—Aquí no tenemos más opción que luchar, pero el lugar es demasiado estrecho para que los perros lo rodeen. Tiene mucha más ventaja. Dime al menos que solo hay uno.

—Sí. Es el mismo del parque. Un hombre gigante y con cuatro brazos.

—El borrador —murmuró.

Lizard se giró hacia el muro. Tenía que encontrar la manera de entrar. Ya no se trataba de un reto, sino de salvar la vida. Se raspó los dedos buscando alguna otra incisión en la pared. Se agachó por si el suelo había quedado sin explorar. Todo fue en balde.

Mientras tanto el hombre se acercaba con paso seguro. Había alcanzado la mitad del patio y los perros también habían avanzado en posición de a dos. Tras ellos caminaba el Caimacán. Se había quitado la chaqueta. Era más fuerte de lo que parecía. Lizard se estrechó instintivamente contra la esquina. Maldijo su cobardía, pero apenas podía sostenerse en pie. El recuerdo de la noche en el parque le produjo un ataque de pánico.

Los perros estaban en ese momento en inferioridad de condiciones. Habían perdido la ventaja de la velocidad y del número. El borrador parecía ser consciente. La perra blanca saltó sobre él, pero en un movimiento rápido de piernas y brazos la agarró por el costado y aprovechó su inercia para lanzarla contra el muro. Aulló al golpearse y cayó al suelo. Al escuchar el ruido del animal, el Caimacán gritó enfurecido y atravesó la barrera de los perros para enfrentarse al gigante personalmente. Sujetó la vara por un extremo y con pericia matemática descargó un golpe en la cabeza del hombre. Lizard conocía la fuerza de aquel bastonazo, por lo que pensó que el impacto lo tumbaría, pero no fue así. Se tambaleó y a punto estuvo de perder el equilibrio, pero enseguida se recompuso y saltó sobre el ciego. El sombrero se cayó al suelo y dejó a la vista la cabeza. Hasta ese momento, Lizard no había tenido oportunidad de apreciarlo: tenía la piel de un color pálido como la cera, o al menos así eran unas capas de piel gruesa que parecían articuladas y le cubrían toda la cabeza. Le recordó la piel corácea de algunos rinocerontes.

Los perros intentaron proteger a su amo, pero el Caimacán los detuvo con un grito. Se cuadró frente a él y sujetó la vara con las dos manos. En cuanto sintió que lo tenía cerca comenzó un rápido ataque alternando los dos extremos del bastón. Con increíble habilidad, el borrador consiguió parar todos los golpes con sus manos. No importaba lo rápido que fuera el Caimacán, que el hombre tenía alguno de sus brazos parando el impacto.

En un momento de respiro, avanzó y golpeó con la cabeza en la frente del ciego, que cayó de espaldas todo lo largo que era. El otro aprovechó para saltar sobre él. Le sujetó el cuello con dos manos y comenzó a ahogarlo con las otras dos. Los tres perros, en cuanto vieron caer a su amo, saltaron llenos de furia sobre el hombre, aunque no pareció darles mucha importancia y seguía concentrado en ahogar al Caimacán. La piel del monstruo era demasiado gruesa para que los perros le hicieran daño con sus mordiscos. Aunque saltaban sobre él y le mordían cabeza y espalda, con las dos manos sobrantes se los quitaba de encima sin aparentar sufrir demasiado daño.

Lizard contemplaba la escena como si no tuviera parte en ella. Aún seguía atado por el pánico que lo había invadido cuando vio al borrador y el modo en el que se desarrollaba la pelea no le ayudaba a salir de su bloqueo. Solo se le ocurrió escapar del callejón aprovechando que el monstruo estaba entretenido con los perros y el ciego. No era nada valiente por su parte, pero razonó que más valía que al menos se salvara él. En pocos minutos el Caimacán habría muerto y él sería el siguiente. Con mucho esfuerzo se levantó del suelo. Aún le temblaban las piernas, pero podía caminar.

Anduvo hacia el lugar de la pelea. Rodeó a los dos hombres. La cara del Caimacán estaba roja pero aún luchaba por vivir. Lizard sintió cómo sus ojos inertes adquirían vida propia y le suplicaban ayuda. No pudo aguantar aquella mirada y corrió hacia la salida.

Antes de doblar la esquina, echó un último vistazo. Le pareció terrible la escena de los pobres perros intentando inútilmente defender a su amo. No valía de nada morder al azar si tenía el cuerpo cubierto de aquellas costras duras. Probablemente el espacio entre placas tenía la piel flexible y fina para que pudiera articularse. Con algo de puntería y un cuchillo se podría llegar a la carne. Casi como una imposición, su mano se acercó a la daga que llevaba colgada al cinto y la asió con fuerza. ¿Acaso sería capaz de atacar a aquel hombre? Si era verdad lo que Madre Celeste le había dicho, tal vez había un valor escondido en él. La mirada vacía del Caimacán seguía clavada en su cerebro.

En un arranque de locura volvió sobre sus pasos. Los perros no cejaban en su empeño, por lo que llegar a la espalda del borrador podía ocasionarle más de un mordisco. Casi como si conocieran sus intenciones, le dejaron un espacio y redoblaron sus mordiscos en las manos libres. De un salto alcanzó la espalda del gigante. Bajo la nuca había un espacio perfecto donde clavar la daga.

El hombre fue consciente de que tenía más peso que el de los perros e intentó zafarse de Lizard. Para evitarlo se agarró a la cintura con sus piernas, como si se tratara de un caballo. Sujetó la daga con ambas manos y la levantó sobre su cabeza. Necesitaba un momento en el que el borrador agachara la cerviz y le dejara así espacio entre las capas de piel dura. Miró al Caimacán. Tenía la cara completamente roja. Debía darse prisa si quería salvarlo. Encontró el momento perfecto tras un brusco movimiento del gigante para librarse de él. Lázaro se mantuvo estable con las piernas y entonces descargó la daga.

Con extrema facilidad el filo se hundió hasta la empuñadura. Un chorro de sangre caliente le salpicó en la cara. El borrador soltó al ciego con un grito parecido al de una res y se levantó con un movimiento espasmódico. Lizard cayó al suelo, el hombre se olvidó del Caimacán y dirigió unos ojos ensangrentados hacia él. Afortunadamente, la escena duró pocos segundos. Dirigió sus brazos a la nuca para liberarse del arma pero sus manos nunca llegaron a su destino. Vomitó sangre y todo su cuerpo se desplomó sin vida a los pies de Lizard. Una lengua sobresalía inerte y blanda de su boca.

El Caimacán dio señales de que aún vivía con una sonora tos seguida de un intenso carraspeo. Se incorporó sobre un brazo y tocó el cuerpo del monstruo para cerciorarse de su muerte. Fue después hasta donde seguía el cuerpo del primer perro herido. Con las dos manos palpó el cuello del animal.

—Aún tiene vida —dijo con un susurro. Los otros perros lo rodeaban silenciosos.

Nadie parecía pensar en Lizard, que contemplaba aún la cabeza del monstruo empapada en sangre

—Si lo llevamos, Madre Celeste podría hacer algo. ¿Me sujetas el bastón?

El Caimacán se levantó, tomó el perro y se lo puso sobre los hombros. Lizard cogió la vara del suelo y se acercó a él, lo tomó del brazo y le guió por el laberinto de callejuelas.

—No se te da mal guiar ciegos, Lázaro.

El huérfano no respondió. Acababa de romper con muchos temores vitales. También había matado a un ser casi humano. Las imágenes vividas se le amontonaban en la cabeza sin ningún orden. Con una extraña asociación se acordó de sus miedos de la infancia. ¿Acaso el vacío había desaparecido? Sentía a la Hueco huida, o más bien él ocupando el espacio que antes no era tal. Como cuando se es consciente de algo solo al perderlo, Lázaro descubrió que había vivido con mucho miedo. Pensó que tal vez toda su actividad como pirata había sido un modo forzado e inútil de protegerse ante el mundo, de crear una frontera entre una realidad que le atemorizaba y su propia persona. A pesar de que aún temblaba, en ese momento se sentía poderoso y seguro.

Avanzó por las continuas bifurcaciones. Los tres perros acompañaban a los humanos. El Caimacán susurraba palabras de aliento a la perra. Entraron en el patio interior donde estaba la casa de Madre Celeste. Subieron la escalera y llamaron a la puerta. Abrió la Madre.

—Sabía que algo pasaría, queridos míos. ¿Estáis todos bien? Max tienes el cuello rojo. ¿Qué le pasa a la perra?

—La han golpeado contra un muro. Aún respira. ¿Podrás salvarla?

—Veremos, querido. Entrad en casa. Llévala al laboratorio. Lázaro, hijo mío, ¿estás tú bien?

—Estoy bien, Madre. Y he tomado una decisión. Iré al lugar donde me dices.

Celeste lo abrazó. Lázaro sintió el calor de sus grandes pechos.

—Vamos, entonces, a rescatar al desaparecido.

# Cacería

La peor forma de despertarse que Lang podía imaginar era mediante una llamada telefónica a primera hora de la mañana cuando se ha pasado la noche bebiendo. A la sensación desagradable que conlleva el acto de volver a la vida en esas condiciones se sumaba el estridente sonido del teléfono y, por supuesto, la necesidad de demostrar que se llevaba un tiempo despierto.

Así le sucedió al detective aquella mañana. Carraspeó para eliminar los restos del sueño en su voz y descolgó. Se relajó cuando comprobó que en el extremo de la línea estaba Ana.

—¿Qué hora es?

—Las seis y media.

—¿Estás loca?

—El accidente de coche que vimos ayer. ¿Lo recuerdas?

—Cómo voy a olvidarlo. Casi nos mata.

—Me acaba de llamar Dona, la amiga que conociste en la fiesta.

—Sí.

—Su marido conducía ese coche.

—Vaya. Lo siento. Tal vez deberíamos haber parado a ayudar.

—No te preocupes. No se podía hacer nada. Sufrió un ataque al volante y perdió el control. Probablemente ya estuviera muerto cuando se estrelló.

—Pues asunto resuelto, entonces. ¿Para eso me despiertas?

—Hay más.

—Dale.

—La historia es un poco complicada. Dona acogió a un huérfano que encontró en la calle. Resultó ser un espía informático y a petición suya se puso a husmear en los ordenadores de Alanka.

—Veo.

—Anoche desapareció de su casa. Había signos de violencia. Cree que lo han raptado.

—Ajá.

—Pero dejó un ordenador con la información que obtuvo.

—Bien. No perdemos nada con ir para allá. ¿Me vienes a buscar?

—¿Cuándo te sacarás el carnet de conducir, Lang?

—Cuando me pueda permitir un coche, guapa. Estaré en media hora en el café de abajo.

La ducha acabó de despertarlo. También era mala suerte que la misma noche muriera el marido de esa mujer y le raptaran al niño, aunque fuera huérfano. Pero Lang estaba cada vez más seguro de que las casualidades eran en gran medida causalidades y más en ese caso Alanka. Mientras se afeitaba recordó la imagen de Rosa besándolo la noche anterior. ¿Era realmente Atreo? En tal caso le parecía importante descubrir si en realidad era un hombre o una mujer. Le parecía más fácil simular ser un joven vestido de esmoquin que una mujer con vaquero y sostén, aunque cualquiera sabía. Lo que quedaba claro era que le removió algo por dentro, como si hubiera encendido un escondido interruptor. Que hubiera sido un hermafrodita no le tranquilizó mucho, pero ya tendría tiempo de pensar en su propia situación. Había descubierto que tenía una innata habilidad con la espada y debía aprovecharlo. Pensó en varias posibilidades de llevar el arma disimuladamente. Solo se le ocurría ocultarla bajo una gabardina, pero probablemente fuera más llamativo llevar esa prenda en medio del verano que la propia espada desnuda en la mano. Recurrió a la consabida mochila del día anterior.

Bajó a la calle y entró en el bar. Sancho acababa de abrir, y ya se le veía derrochando toda su energía tras la barra. Pidió un café doble. Al tercer sorbo se acordó que una mujer había preguntado por él en el bar.

—Sancho. ¿Ha vuelto la pelirroja de ayer?

—La pelirroja, claro. Ya la había olvidado —dijo con mentiroso fingimiento.

—¿Cómo se llamaba?

—Rosa, me dijo. Me pareció un nombre muy bonito.

—Si vuelve por aquí dígale que me debe un pasodoble.

Pagó el café ante la cara de asombro del camarero. Ana ya estaba en la puerta.

—Buenos días, marquesa.

—Buenos días.

Llegaron a su destino en poco tiempo. La mujer que conoció en la fiesta les abrió enseguida. Se veía que no había dormido en toda la noche.

—Perdona que te haya llamado. No me gusta molestar a la gente con mis problemas, pero esta situación se me escapa completamente.

—No te preocupes, Dona. Creo que conoces al detective Lang.

Dona saludó al detective. A pesar de su estado de ánimo, se percibía cierta curiosidad en su mirada, como si no acabara de asociar a Lang con la imagen que tenía del hombre de la fiesta.

—Además —continuó Ana—, esto ha sido por intentar ayudarme a descubrir al asesino de Rodrigo. ¿No crees?

Sin decir más, los llevó hasta un despacho contiguo. En medio de la mesa había un portátil encendido.

—Y siento mucho lo de tu marido —dijo Ana al ver aquel lugar—. ¿Estás bien?

—Discutimos por la mañana —respondió con voz neutra—. Las cosas no iban bien desde hacía un tiempo y tal vez fui un poco dura en lo que le dije. Se enfadó mucho y pasó todo el día fuera.

Dona dejó de hablar durante unos instantes para contener la emoción. Ana fue a consolarla pero Lang la sujetó del brazo.

—Encontraron en el coche una botella de whisky vacía.

Lang mantenía la presión a pesar de la silenciosa resistencia de Ana que aún intentaba acercarse a su amiga.

—Después de un primer análisis forense me han dicho que tiene todos los síntomas de un infarto agudo, y que era algo que tenía que suceder, pero no puedo dejar de pensar que ha sido todo por mi culpa.

Dona se quebró de dolor. Ana se desenganchó de Lang y fue a consolarla.

El detective desvió la mirada hacia el resto de la habitación. No se sentía bien por haber forzado los lloros, pero desde el primer instante le sorprendió que la mujer se lamentara más por la desaparición de un adolescente que acababa de conocer que por la muerte de su propio marido, por mucho que lo odiara. Desde hacía tiempo tenía comprobado que la mejor forma de que la gente hablara era creando silencios molestos.

Se alejó unos pasos de las dos mujeres. Desde el principio

supo que se trataba de una familia acomodada. El barrio, el edificio, el mobiliario, incluso la apariencia de la mujer representaban una rancia burguesía de otro tiempo. Aquel despacho, por el contrario, había sido decorado con mucho más gusto. El detective no pudo evitar el arañazo de la envidia ante la mesa de cristal, los cuadros caros y ese tono de masculina sobriedad que inundaba el lugar. Miró la pantalla del ordenador. Solo había una esfera que flotaba sobre negro mientras cambiaba de color. Rozó el ratón y la pantalla cambió a una colección de ficheros sobre una foto de una montaña nevada. Prefirió no tocar nada más y que fuera Ana la que interviniera.

En la mesa también había una cartera de hombre medio quemada. La abrió sin ningún pudor. Efectivamente, se trataba de la del muerto. El interior estaba intacto. Encontró unos pocos billetes, varios carnets y un número de teléfono escrito en una servilleta con la letra inimitable de una mujer. Lang sonrió para sí mientras se guardaba el número como una señal de respeto por el finado. Le hubiera gustado haberlo conocido. En el último bolsillo encontró una tarjeta de visita que identificó perfectamente por el escudo de marqués de Catedral. Alguien había escrito el nombre de un hotel y una hora. Se acercó a las mujeres con aire de intruso. Llevaba la tarjeta de Catedral en la mano.

—¿Reconoces esta letra? —preguntó a Ana.

—Sí claro —dijo—. Es la de mi marido. ¿De dónde la has sacado?

—Estaba en la cartera.

—Se la dio durante la fiesta —dijo Dona—. Llevaba meses intentando quedar con el marqués para hablar de negocios.

—Y parece que lo consiguió. ¿Pudo ser ayer la cita? —Miró a Ana con intención.

—A mí no me preguntes.

—¿Crees que puede haber una relación entre el accidente y el marqués? —preguntó Dona.

—Lang cree que todo tiene que ver con todo.

—Las hipótesis son gratuitas —respondió molesto— y caen por sí solas, por lo que no tenemos necesidad de despreciarlas nosotros. ¿Puedo hacer una llamada?

Dona le indicó el teléfono. En información le dieron el número del hotel.

—Buenos días —dijo con su voz más formal—. Disculpe que le llame a estas horas pero ayer me dejé una carpeta con documentos en el hotel y me gustaría saber si la han recuperado. Tuve una cita con el marqués de Catedral.

—¿Se refiere a la reunión de inversores?

—Exactamente.

—Aquí en recepción no me han dejado nada, pero preguntaré al servicio de limpieza. ¿Me permite un minuto?

Sonó música clásica en el otro extremo. Lang hizo un gesto afirmativo a las dos mujeres. La voz volvió a sonar en el otro extremo.

—Han mirado de nuevo en la sala que se reservó para ustedes. Me dicen que anoche no encontraron nada más que una jaula llena de plumas y de carne podrida. —Dejó unos segundos en silencio para señalar la incorrección de aquello—. Como no habían recibido instrucciones la han tirado a la basura.

—Claro, claro. Muy bien hecho —respondió Lang sin entender lo que le decía—. Si encuentra algo, ¿podría llamar a este número? Muchas gracias.

Colgó. Las mujeres lo miraban atentas. Ordenó la información antes de hablar.

—Efectivamente ayer se vieron, pero no fue una cita sino una reunión para inversores en una sala reservada. Y dejaron una jaula con restos de un animal. ¿Os dice algo todo esto?

Nadie abrió la boca.

—A mí tampoco —reconoció el detective. Miró después a Dona—. Pero ya sabemos a qué se dedicó ayer. Y yo no diría que estuviera muy deprimido. Más bien parece que el whisky era para celebrar algo. ¿No crees?

Dona asintió en silencio.

—¿Qué hay en el ordenador?

—Las cosas de mi marido y un archivo con el nombre de Alanka. He encontrado fotos de animales de laboratorio. Seguramente pruebas de los cosméticos. También fórmulas químicas. No creo que interese a nadie más que a las sociedades protectoras de animales. Eso explicaría el bicho muerto, al menos en parte.

—¿Y esa carpeta? —dijo Lang mientras señalaba la carpeta llamada «Planos».

Dona abrió la carpeta y les mostró las imágenes que contenía.

—Al principio pensé que eran mapas antiguos de la ciudad. Se parece mucho, pero luego tiene otras partes muy diferentes. Parecen nuevos proyectos urbanos. Si es así, me da que tienen intención de destruir la ciudad para volverla a construir.

—Tiene su sentido, conociendo a mi marido —dijo Ana—, pero parecen muy antiguos. Los originales deben de tener más de un siglo.

Lang miró las fotografías con poco interés. Se alejó del ordenador para aclararse las ideas. Tal vez era la hora de la mañana, pero se notaba sin fuelle. Tenía la sensación de estar acumulando datos sin orden ni concierto y no acababa de ver un camino fijo. Aún quedaba la baza del edificio Alanka, pero sospechaba que no encontrarían allí nada concluyente. Se acercó a la ventana y contempló la calle en silencio.

Dona se le acercó por detrás.

—Detective Lang —le dijo con un sorprendente aire tímido—. Sé que estáis trabajando mucho por resolver el asesinato de Vivar.

Lang la miró interrogante. Ana estaba centrada en la pantalla del portátil.

—Quería pedirte un favor.

—Si está en mi mano…

—Se trata de la desaparición de Lázaro. No puedo ir a la policía porque no tengo ninguna relación con él, y porque parece que ellos mismos también lo buscan para prenderlo.

—Quieres que me ocupe del caso.

—Te pagaré lo que haga falta.

—No puedo estar con dos casos a la vez. Te recomiendo que busques a otro detective. Seguro que mi exsocio Leporello estará encantado de ayudarte.

—Conozco tu historia —insistió—. Salvaste a esos niños del restaurante chino. Seguro que la gratificación fue mucho mayor que la fama que te trajo.

Lang se quedó pensativo durante unos instantes.

—Nos has dado información interesante. ¿Cómo ha sido su desaparición?

—Estaba en la carbonera. Una habitación bajo tierra donde antes se almacenaba el carbón para la calefacción. Me pidió que lo llevara a un sitio donde no hubiera nada de cobertura, por alguna cuestión informática. Lo dejé allí mientras trabajaba. Se hizo de noche y me extrañó que no subiera, así que bajé y encontré el lugar vacío. Pregunté al portero, pero no había visto nada.

—¿Y no pudo ser que decidiera irse por su cuenta?

Dona negó con la cabeza.

—Hay señales de lucha. El suelo tiene mucho polvo de carbón y aún se ven huellas de perros. La silla estaba tirada en un rincón y había jirones de sus vaqueros.

—¿Perros dices? —La imagen de la mantícora le vino a la cabeza, pero la rechazó al instante. Si hubiera sido atacado por ese tipo de animal, los restos habrían sido mucho menos sutiles.

—Sí, perros, probablemente varios. También había huellas de un hombre.

—Puede que esté relacionado con nuestro caso. Alanka parece que controla media ciudad y si Lázaro ha logrado entrar en su sistema sería razonable que le anduvieran buscando. En ese caso, tal vez no sería necesario abrir un nuevo caso, sino que encontrarlo sería parte del mismo. Veré qué puedo hacer.

Dona le sonrió agradecida.

—¡Ya lo tengo! —gritó Ana desde su sitio—. He encontrado el sentido de estos planos.

Los dos fueron para allá.

—Efectivamente, son planos de la ciudad. Pero de sus alcantarillas. Lo primero que había que hacer era ordenarlos, pero el nombre de los archivos no tiene nada que ver con el real. Si os fijáis, en la esquina superior izquierda de cada plano hay un número romano seguido de una letra. Al colocarlos en orden se ve que son capas superpuestas, pues entre los adyacentes no hay tanta diferencia. Mirad, el número Ia se corresponde con la superficie. Debe de ser de hace bastantes años, si consideramos el tamaño. Todos ellos vienen a ser como un plano en tres dimensiones algo rudimentario.

—¿Estás diciendo que las alcantarillas de la ciudad se extienden en más de veinte niveles?

—Creo que las alcantarillas solo ocupan el nivel Ib y Ic.

—¿Y el resto?

—Ni idea. Es como si se tratara de otra ciudad, o de varias ciudades. Hay plazas, laberintos, avenidas, barrios... En el primer plano se pueden encontrar lo que parece que son las puertas de acceso a los niveles inferiores. Son esos rectángulos rojos. Si os fijáis, reaparecen en la misma posición en el IIa. Es curioso porque al unir esos puntos se crea…

—Un hexágono —dijo Lang algo desquiciado por el crecimiento exponencial de las casualidades—. ¿Y qué tiene que ver esto con todo lo demás?

—No lo sé —respondió Ana con tranquilidad—. Pero esto no es todo. En el centro aproximado del hexágono hay un edificio con esa misma forma. Un edificio extraordinariamente grande para estar localizado en el casco viejo de la ciudad. ¿Os suena de algo?

—Aquí dice que es una biblioteca.

—No sabía que había en el centro una biblioteca tan grande —comentó Dona.

—Y probablemente no la haya —dijo Lang—. Rosa, o Atreo o como se llame, tenía un tatuaje hexagonal. Me dijo que era la biblioteca.

Lang estaba fuera de sí. El puzle había vuelto a revolverse. Creía que le faltaba muy poco para verlo terminado y la pieza de Rosa empezaba a encajar. Comenzó a andar apresuradamente por la habitación. En ocasiones, decir sus pensamientos en voz alta le ayudaba a ordenarlos.

—Tenemos a una mujer que se disfraza de hombre, o un hombre que se viste de mujer; se dedica a perseguir monstruos y a tentarme mientras me confunde con datos sesgados. Tenemos también unas llaves que aparecen en los sitios más inauditos. Tanto las llaves como Rosa están relacionadas con el signo del hexágono.

Ana iba a decir algo, pero Lang la interrumpió con la mano. Había cogido el hilo de su propio discurso y no quería perderlo.

—Por otro lado, tenemos a un empresario asesinado o muerto por un animal que no existe. Todo sucedido en una fiesta en la que se inauguraba un producto que al menos consideraremos turbio. Y de repente, encontramos unos planos sobre una ciudad subterránea que supuestamente estaban en alguno de los ordenadores de la empresa. Y en dichos planos se insiste de nuevo en el signo del hexágono.

—Olvídate, Lang —lo cortó Ana con la mente fija en la pantalla—. Si quieres casualidades, mira esto. Una de las seis entradas a la ciudad subterránea está, si no me equivoco, en el lugar donde se ha construido el edificio Alanka.

Lang miró la pantalla con atención. Dona trajo un plano moderno de la ciudad y los compararon. En efecto, el edificio Alanka estaba construido exactamente sobre uno de esos seis rectángulos rojos que parecía la conexión con esos túneles subterráneos.

—Perfecto entonces —prorrumpió Lang—. Matamos dos pájaros de un tiro si vamos al edificio Alanka, vemos qué sucede allí y bajamos después a ese lugar bajo la ciudad para saber en qué consiste todo este asunto. Ana, tu presencia es esencial para que podamos entrar en el edificio.

—No estoy tan segura. Te he dicho varias veces que quien está detrás de todo no es mi marido, sino Niebla. Es él quien gobierna los laboratorios como si fueran suyos.

—Me fascina la lealtad hacia tu marido, Ana —ironizó Lang—. Yo creo que ambos están igual de manchados. Pero podremos salir de dudas bien pronto.

—Cuanto antes vayamos será mejor —dijo Dona mirando el reloj—. Con un poco de suerte aún no ha entrado la gente que allí trabaja.

Los otros dos la miraron sorprendidos.

—No voy a quedarme aquí esperando —explicó—. Vosotros tenéis vuestro plan y yo el mío. Si han raptado a Lázaro, es probable que tenga que ver con el asunto Alanka. Tú mismo has dicho que no es casualidad que mi marido tuviera ayer una reunión con ellos. Además —añadió tras una pausa—, necesitaremos armas para protegernos, ¿verdad? Mi padre era un buen coleccionista y yo he cazado desde pequeña.

Salió de la habitación con paso decidido. Lang la siguió con un encogimiento de hombros. No era mala idea que al menos una persona del grupo supiera disparar. Entraron en una sala contigua. Las paredes estaban tachonadas de cabezas de animales disecados. Dona abrió un armario acristalado que albergaba varios fusiles. Tomó uno y lo abrió con pericia.

—¿Os he dicho que mi padre siempre quiso tener un varón? —dijo Dona.

—Tal vez un rifle de caza no es el arma más manejable —comentó Lang con cierto respeto.

—Tampoco lo es una espada —le respondió sonriente al señalar el filo que sobresalía de la mochila.

Lang se rindió ante la evidencia. Dona abrió un armario y extrajo unos correajes que pasó al detective.

—Tal vez sirva para camuflar la espada, o al menos para llevarla con más comodidad. Lo usaba mi padre para enfundar su machete. ¿Quién quiere un revólver?

—Yo estoy servido —dijo Lang mientras se ajustaba la funda en la espalda.

—Toma, Ana. Es un pequeño revólver, casi de colección pero en perfecto estado. Puedes llevarlo en el bolso.

Ana sujetó con enfado aquella arma que parecía de juguete.

—Pero ¿quién te has creído? —protestó—. Tú no vas a ir con ese pedazo de rifle y yo en cambio con una pistolita.

Dona la retó con la mirada y después le pasó el fusil. Ana lo cogió con esfuerzo, apenas podía manejarlo. Se lo devolvió avergonzada.

—Está bien. Pero me niego a llevarlo en ningún bolso. ¿No tienes algo parecido a lo de Lang?

Dona le pasó una funda de pistola y un cinturón. Después desmontó el fusil y lo metió en una mochila de caza junto con munición, linternas, cuerdas y demás utensilios que sacaba de los diferentes cajones.

Mientras imprimían los planos, Lang pidió el teléfono. No sabía lo que podía suceder y prefería mantener a Quesada al corriente de los últimos hallazgos. Descolgó Zarza. Tenía la voz muy alterada.

—Lang, ¿dónde estás? Llevo buscándote desde ayer. Fui incluso a tu despacho a última hora del día.

—Bueno, ayer llegué tarde. ¿Pasa algo?

—El señor Quesada… ha desaparecido.

# El inframundo

Lázaro y Max, también llamado el Caimacán, esperaban en el salón de Madre Celeste con la tensión silenciosa propia de una sala de espera. El resto de los perros parecían conscientes de la seriedad de aquellos momentos, pues apenas se separaban del sillón donde su amo se frotaba las manos con impotente nerviosismo. El Caimacán levantaba la cabeza con angustia tras cada sonido que salía de la habitación donde Madre Celeste intentaba salvar a la perra herida. Lázaro, también silencioso, estaba sin embargo viajando por su propio mundo interior. Apenas se fijó cuando salió la mujer, quitándose unos guantes de látex y con la mascarilla en el cuello.

—Creo que vivirá. Aunque tiene un pequeño derrame interno y una pata contusionada. Ahora está anestesiada.

—¿Puedo entrar? —dijo el Caimacán en un susurro.

—Puedes, pero no te acerques mucho y no le digas nada. Es capaz de despertarse por tu olor o por tu voz, y necesita descanso absoluto.

Cuando el Caimacán salió de la habitación con los perros, Madre Celeste se sentó junto a Lázaro.

—Veo que has despertado de tu largo sueño, querido. ¿Te sientes bien?

—Supongo que sí. Aunque no entiendo qué me ha sucedido.

—Normalmente un único acto no transforma a las personas, aunque muchas veces una gran acción es la consecuencia de muchas pequeñas decisiones. Has querido cambiar y se te ha concedido el don. Aunque has elegido el camino más difícil.

—¿Qué debo hacer?

—Déjate llevar por la intuición. No pienses, actúa. Y sé valiente. Nunca te lamentes por no conseguir algo; arrepiéntete de no haberlo intentado. —Madre Celeste hizo un pausa—. Y hazme caso en todo lo que te diga.

—¿Vamos a salvar a esa persona?

—Tenéis que salir cuanto antes. Es un inconveniente que Max haya perdido a su perra. Le va a costar separarse de ella y además necesitará que lo guíes. Los otros perros no son capaces.

—¿Adónde iremos?

—Ya te he dicho. Deberás seguir tu intuición. Aunque también seguirás a los perros que tendrán el rastro del desaparecido.

Llamó a los animales, que aparecieron al instante. Aunque la obedecían con la misma prontitud con que seguían al Caimacán, se adivinaba un tono de respetuoso temor bajo el mando de aquella mujer. Tras ellos, casi como uno más, llegó su amo.

Madre Celeste sacó una prenda gris de una bolsa de plástico y se la dio a oler a los perros mientras susurraba palabras incomprensibles. Al cabo de unos segundos consiguió que la actitud de los perros cambiara completamente. Abandonaron su natural juguetón y se cuadraron como soldados. La mujer se levantó y tras ella fueron. Atravesaron el gran laboratorio. Lázaro se quedó asombrado de aquel lugar tan poco coherente con el resto de la casa. Sobre una camilla dormía la perra blanca.

Una puerta comunicaba con otra habitación que parecía servir de almacén. El suelo estaba ocupado por una trampilla de hormigón. Madre Celeste levantó la trampilla con ayuda de una polea y enganchó la cadena en una arandela sujeta a la pared. La oscuridad dejaba ver una escalera metálica que se perdía en lo profundo. Madre Celeste bajó la primera, encendió la luz desde abajo y llamó al resto. Lázaro y el Caimacán ayudaron a bajar a los perros. Se encontraban en una pequeña habitación con suelo de cemento y una bombilla desnuda. Un pasadizo, apropiado poco más que para un perro, era la única posibilidad de continuar.

—Yo ya no estoy para estas travesías, así que tendréis que continuar solos. Cuando lleguéis al final del pasadizo y solo veáis una piedra que os cierra el camino, habréis llegado a la verdadera entrada. Debéis empujar la piedra, aunque es pesada. Lázaro, tú tendrás movilidad suficiente, que Max vaya detrás de ti para que puedas apoyarte en él. No os importe que la piedra caiga, aunque luego intentaréis dejarla en su sitio. Deberéis bajar una escalera de caracol y al final habrá una puerta. Aquí tenéis las llaves.

Les entregó un círculo metálico con tres llaves de hierro de buen tamaño y una linterna.

—¿Y después? —preguntó el Caimacán.

—Los perros tienen que encontrar el rastro del desaparecido. Protegeos de lo que allí hay, pero no tengáis miedo. La mayor parte de las criaturas no tienen interés en vosotros.

—No me tranquiliza lo que dices, Madre —protestó el Caimacán—. Y no me gusta arrastrarme como un gusano.

—Todo ha de salir bien. Traed al desaparecido.

Lázaro se enfundó la daga y enfocó con la linterna hacia el fondo del pasadizo. Las paredes, formadas por bloques de piedra, supuraban humedad. Confió en no encontrar ratas. Se puso a cuatro patas y comenzó la travesía. Tras él, escuchó el corpachón del Caimacán esforzarse para avanzar en tan estrecho espacio. Supuso que los perros irían los últimos, sin lugar a dudas los que caminarían con más comodidad.

Aunque al principio pensó que el pasadizo era horizontal, al cabo de unos metros notó cierta inclinación. Apenas era perceptible, pero según avanzaba aumentaba progresivamente hasta que comenzó a tener problemas para no escurrirse por el suelo húmedo.

—Esto se está inclinando demasiado, como siga así voy a resbalar —le dijo al Caimacán.

—Ojalá esto resbalara más —dijo el otro entre resoplidos—. Abreviaría el dolor. Las rodillas no están hechas para pisar la tierra, y apenas me caben los hombros.

A pesar de las protestas, el Caimacán seguía avanzando lento pero constante. Era cierto que su marcha parecía mucho más fatigosa que la de Lázaro, aunque por otro lado se sujetaba mucho mejor. Aquella inclinación comenzó a ser peligrosa y en más de una ocasión se le fue la mano y tuvo que sujetarse a algún saliente para no rodar.

—Madre Celeste no dijo nada de esto —protestó.

—Ella nunca dice todo lo que sabe y sospecho que tampoco sabe todo lo que dice, pero siempre acierta.

Lázaro iba a protestar cuando resbaló de nuevo, pero esta vez sin posibilidad de sujetarse a ningún saliente. Cayó durante un tiempo hasta que se detuvo con el golpe seco. Tomó la linterna, que también había caído y seguía encendida. Ante él el pasadizo se cerraba por una única piedra rectangular enganchada a una cadena. Intentó empujarla como había dicho Madre Celeste, pero no encontraba un lugar donde poder apoyarse para hacer fuerza. Temió que el Caimacán cayera sobre él con todo su peso, pero pasó el tiempo y el ciego no daba señales de vida. Sus gritos parecían perderse en el infinito.

Esperó con paciencia en aquella incómoda posición fetal. Al cabo de un rato, escuchó los esfuerzos del Caimacán, que lograba no caer gracias a que se sujetaba con los hombros en las paredes. Sospechó que también soportaría el peso de los perros que iban tras él. Pensó en la situación en la que se encontrarían si no pudieran mover la piedra. Volver marcha atrás por el mismo camino era prácticamente imposible.

Cuando ya estaba el Caimacán tras él, Lázaro se apoyó en sus hombros para mover la piedra. En un primer intento con los brazos comprobó que era imposible, por lo que empujó con todo el cuerpo. Sintió que la piedra estaba suelta, pero poco más. El Caimacán se acercó más a él, apenas tenía espacio, pero obtenía así más fuerza. Apoyó bien los pies en los hombros del ciego y estiró todo su cuerpo. Con un sonido a tierra removida la piedra se movió un poco y casi enseguida desapareció en la oscuridad con un golpe seco para quedar sujeta por la cadena.

Lázaro iluminó con la linterna el nuevo espacio. Tal y como había descrito Madre Celeste, se trataba de una habitación con una escalera de caracol en medio. Saltó del hueco y contempló la sala. Estaba construida en piedra de arriba abajo. Se cerraba con una cúpula del mismo material. En una de las paredes se adivinaba una puerta cegada con grandes sillares, como si fuera la entrada habitual en otros tiempos. Las piedras tenían, no obstante, señales recientes. Parecía que hubieran intentado moverlas.

Bajaron en silencio por la escalera. De nuevo el trayecto hacia abajo se hizo más largo de lo esperado.

—Como sigamos bajando vamos a llegar al mismo infierno —comentó el Caimacán.

Lázaro no dijo nada, pero aquella idea no le pareció exagerada. Si iban a algún sitio, sería lo más parecido al centro de la tierra. Continuaron en aquella espiral descendente hasta que ya no hubo más escalones. Llegaron a una habitación similar a la que habían dejado varios metros más arriba. Tenía la planta rectangular y una cúpula que en lugar de clave se cerraba con la propia escalera de piedra. En uno de los laterales, la piedra labrada mostraba un marco, pero la puerta de madera que parecía acoger había sido destrozada. Únicamente perduraban unas bisagras oxidadas y varias tablas y astillas por el suelo.

Lázaro se acercó a los restos de madera para constatar que no había sucedido hacía mucho tiempo. Las maderas, de un gran grosor, parecía que habían sido trituradas por una máquina. En el suelo aún estaban los cerrajes de madera cuyas cerraduras encajaban perfectamente con las llaves que les había dado Madre Celeste.

Los dos miraron en silencio hacia la galería que se abría tras los restos de la puerta. ¿Qué clase de ser había podido masticar aquellos duros listones? Lázaro miró con respetuoso silencio hacia la oscuridad. Creyó oír un ruido apagado. Un sudor frío le recorrió la espina dorsal. El Caimacán apoyó una mano sobre su hombro sin decir nada. Sintió un transvase de energía. Él le daba la vista al ciego y el Caimacán le insuflaba valor. Atravesaron ambos la puerta y comenzaron a caminar por la galería. El suelo era de arena seca, lo que amortiguaba incluso los pasos del Caimacán. Lázaro estaba atento a los perros, por si daban muestras de encontrar cualquier rastro. Parecían entender perfectamente su papel en aquel punto, pues desde ese momento comenzaron a husmear el aire, el suelo y las paredes.

Según avanzaban, se escuchaban más ecos de sonidos de pisadas o de pezuñas y voces que podrían ser humanas. Cuando no alumbraba al final de la galería también creía ver, muy al fondo, un ligero resplandor. Aunque ninguno de los dos hablaba, parecía existir una extraña sintonía que permitía intuir el pensamiento del otro. El Caimacán podía escuchar mucho mejor que él, y por la presión de la mano se veía que estaba especialmente maravillado de aquel lugar.

Cada vez se hacía más notoria cierta luminosidad. La luz provenía de un ancho túnel al que se unía la galería por donde caminaban. Lázaro se acercó con precaución. Era una travesía de agua que estaba ocupada casi en su mitad por un río subterráneo. Tal vez los ruidos que escucharon fueron los ecos de la corriente sobre la bóveda de piedra. La luz tenue, sin embargo, no provenía de ninguna fuente concreta, sino del propio ambiente, como si existiera un aire iluminado. Lázaro pensó en aquellas noches de invierno, cuando la humedad lo ocupa todo y a pesar de no verse la luna hay cierta iluminación.

Regresó para recoger al Caimacán y siguieron por la orilla de aquel canal. A pesar de la penumbra se veía que las aguas no eran fecales, sino cristalinas y puras. Los perros intentaron beber de ella, pero su amo se lo prohibió. Caminaron hasta descubrir que la corriente se había acelerado notoriamente, así como el sonido del torrente al caer en el vacío. Se acercaban a una cascada. Tras cruzar una curva vieron el lugar donde terminaba el túnel. El agua desaparecía tras un inmenso sumidero de piedra. El pasillo lateral por donde habían caminado se convertía, a su vez, en una escalera que bajaba en espiral alrededor del espacio por donde el agua caía con estruendo.

Bajaron. Tras varios metros la escalera se alejaba de la cascada, que desaparecía tras otro túnel. Caminaron hasta salir a una sala circular con más de diez entradas similares a la que acababan de cruzar. Al entrar a la sala, los tres animales dieron muestras de gran excitación. Comenzaron a olisquear intensamente el suelo, como si dudaran por cuál de las entradas debían continuar. Había dos de ellas en las que insistían especialmente.

—Han encontrado el rastro —dijo el Caimacán con un suspiro—. Creo que ahora están interpretando el sentido de la marcha.

Tras varios intentos fallidos parecieron ponerse de acuerdo y tomaron una de las vías. El camino continuó con mucha más animación. Para bien o para mal, todo aquello volvía a tener sentido. Enseguida abandonaron los estrechos pasadizos y entraron en un túnel mucho más ancho al que se le unían otros a modo de calles laterales.

Los extraños acontecimientos sucedidos durante esos tres días habían logrado anestesiar la capacidad analítica de Lázaro, pero no podía negar la evidencia que significaba la existencia de una realidad absolutamente desconocida. Le pareció paradójico que él, que se había jactado durante tanto tiempo de controlar la información más importante y oculta de la ciudad, no supiera nada del cadáver sobre el que estaba construida y los gusanos a los que servía de alimento.

En ese último túnel las muestras de actividad eran evidentes. Había numerosas huellas en el suelo y marcas en las paredes. De vez en cuando llegaba una brisa cálida con un olor ácido. Giraron en una esquina y se introdujeron en otro estrecho pasaje. Subieron una escalera de arcilla y atravesaron un arco tras el que hallaron una sala. Los perros dieron muestra de profunda excitación. Tanto Lázaro como el Caimacán supieron que se acercaban a su objetivo.

En medio de la habitación había un pozo de unos dos metros de diámetro. Los perros fueron directos hacia allí. Lázaro enfocó la linterna. El pozo estaba seco y no tendría más que unos cuatro metros de profundidad. Sentado en el fondo, protegiéndose los ojos de la luz con una mano, había un hombre delgado y alto.

—¿Eres el desaparecido? —preguntó el Caimacán

—No sé si lo soy, pero ¿podrían decirme dónde estoy?

—Venimos a rescatarte —aclaró Lázaro—. ¿Estás bien?

—Bien no estoy —respondió—. Pero puedo andar.

—¿Cómo te llamas? —preguntó el Caimacán.

—Alonso Quesada.

Lázaro miró a su alrededor en busca de algo que sirviera para sacarlo, pero la habitación estaba vacía. Una polea colgaba del techo sobre el pozo, pero estaba demasiado alta y no tenía cuerda ni cadena. Rodeó la habitación en busca de algo que pudiera ayudarlos. Los perros parecían conscientes de la situación, pues rodeaban nerviosos el perímetro del pozo mientras olisqueaban a su alrededor.

—¿Has oído? —preguntó el Caimacán.

Lázaro ya sabía que el oído del ciego competía con el de los perros, por lo que no hizo ningún esfuerzo en intentar obtener mayor información. Sí que se mantuvo atento a que algo nuevo sucediera. Los perros se habían acercado a su amo, y así hizo él también. Sujetó la linterna con una mano mientras que con la otra enarboló la daga. En un susurro le dijo al hombre del túnel que se mantuviera callado.

—Algo viene por la otra puerta —murmuró el Caimacán—. Son varios esta vez.

Si se trataba de gigantes como el borrador de los cuatro brazos, poco podrían hacer. Tal vez una huida tenía más sentido; iba a sugerirla cuando vio tres sombras cruzar la puerta. La distancia era demasiada para apreciar su tamaño, pero por el modo en el que se habían parado estaba claro que los habían localizado y estaban valorando su situación.

—¿Cómo lo ves? —susurró el ciego.

—Mal. Muy mal —respondió Lázaro.

—Entonces tendremos que esforzarnos aún más que la última vez.

Con un silbido liberó a los perros.

# Encuentros

Condujeron en silencio hasta el edificio Alanka. Aún no eran las ocho, por lo que no era probable que los trabajadores hubieran llegado. Ana aparcó en el prohibido frente a la puerta acristalada sin ningún rubor y caminó con paso decidido hacia la entrada. Dona y Lang la escoltaban intentando ser naturales aunque el tono grave no abandonó sus caras. Ana dio buenas muestras de sus dotes de actriz al hablar con el guarda que los miraba interrogante desde la mesa.

—Buenos días —dijo Ana—. Supongo que sabrá quién soy.

—Sí, claro —respondió el guarda con visibles signos de sorpresa—. Usted es la mujer del señor marqués.

—Exactamente. Y venía porque les quiero enseñar a estos amigos el edificio de mi marido. Son arquitectos.

Sin darle tiempo al otro para que reaccionase, cruzó la mesa y se dirigió al ascensor.

—Perdone —balbuceó el guarda.

—¿Se dirige a mí? —preguntó Ana con su tono más altanero.

—Tengo órdenes de que nadie entre en el edificio durante mi turno.

—Y me parece muy bien que cumpla con su obligación, aunque supongo que ni se le habrá pasado por la cabeza incluirme a mí. ¿O quiere preguntarle a mi marido? Porque le aseguro que ahora está dormido y le molesta muchísimo que lo despierten.

—No es necesario —dijo el guarda, presuroso—. Ha sido un error. Por supuesto que puede enseñar el edificio. Al menos las plantas que están abiertas.

—¿Es que no tiene usted las llaves de todo el edificio?

—Lo siento. Ni siquiera los guardas de noche tenemos llaves. Sé que es poco común, pero así está indicado.

—Muchas gracias —dijo secamente.

Dona y Lang la siguieron hasta los ascensores. Pulsó el botón. La espera se hizo eterna. Los tres sentían la congoja del guarda aun de espaldas. Apenas se abrieron las puertas entraron los tres en la cabina. El cuadro de mandos señalaba quince pisos hacia arriba y dos sótanos.

—Y ahora, ¿qué? —preguntó Ana.

—Dale a la última planta —propuso Lang—. Ya tendremos tiempo de bajar.

—De todas formas, el edificio tiene muchas más plantas que estas quince.

—Probablemente sean esas las que están cerradas.

—Y probablemente sean las que más nos interesan.

Las puertas se abrieron en el decimoquinto piso. El sistema de iluminación funcionaba automáticamente: en cuanto invisibles rayos infrarrojos localizaban algún movimiento, la sala se encendía.

—¿No hay luz natural aquí?

—Estamos en la base de la torre. No hay ventanas.

Recorrieron el pasillo principal. A los lados se abrían despachos y salas comunes. Casi todas estaban vacías o con el mobiliario de oficina recién instalado.

—Aquí estamos perdiendo el tiempo.

—Tiene que haber un modo de subir a las plantas superiores.

Giraron una segunda esquina en ese mar de luces y sombras en el que se estaban moviendo. Parecía que el pasillo principal rodeaba la torre. Hacia la mitad del pasillo, en la pared de la derecha, encontraron una puerta de ascensor diferente de la que habían utilizado para subir. No tenía botón de llamada, sino la ranura de una tarjeta digital. Lang intentó abrir las puertas con las manos. Luego hizo lo mismo utilizando la espada de palanca. Nada dio resultado.

—Tiene que tener un sistema de desbloqueo de puertas —dijo Lang.

Dona abrió la mochila y en cuatro movimientos armó y cargó el fusil.

—Vamos a ver si aguanta un poco de plomo ese sistema de bloqueo.

Se alejaron todo lo que aquel pasillo les permitía. El disparo los dejó con un pitido en los oídos que se continuó con el ruido de las alarmas antiincendio que acababan de saltar. Todos los aspersores del techo saltaron a la vez. Un agujero del tamaño de un puño se abría donde antes estaba la ranura de las tarjetas. Lang abrió las puertas sin apenas esfuerzo. El hueco del ascensor se abrió ante él.

—Qué extraño —dijo mirando hacia el vacío que se abría ante él—. No hay necesidad de que el ascensor baje. Para eso ya está el otro ascensor.

—Igual es para que los jefes no tengan que cruzarse con los empleados al sacar el coche del garaje.

—O tal vez sea el modo de comunicarse con el subsuelo.

—Ahora sí que tenemos dos opciones: subir o bajar.

—Con la alarma desatada nos vamos a encontrar el edificio lleno de policías en pocos minutos —dijo Ana—. Yo recomiendo bajar.

Lang asintió. Únicamente Dona pareció dudar, pero cedió ante la opinión del resto. Con un poco de esfuerzo alcanzaron la escalera de reparación del ascensor y comenzaron a descender. En los pisos inmediatos no había puerta, por lo que parecía cierto que debían dirigirse directamente a las bases del edificio.

—¿Qué pasaría si comenzara a funcionar el ascensor ahora? —preguntó Ana cuando ya llevaban un buen trecho.

—Si viene de abajo, no pasa nada —razonó Lang—. Si de arriba, estamos perdidos. Tendríamos que saltar al vacío o esperar a que nos aplaste.

—Vale.

Los tres aceleraron inconscientemente el paso. En un par de ocasiones escucharon el sonido de la maquinaria, pero en ningún momento pasó de los niveles superiores. Dona encendió una linterna en cuanto pisaron suelo. En uno de los lados había otra puerta de ascensor aunque vista desde dentro. Esta vez abrir la puerta fue más sencillo, simplemente hubo que arrancar los cables que transmitían electricidad al mecanismo.

Abrieron las puertas. Pulsaron un interruptor y se encendió la luz a lo largo de un pasillo de hormigón. La humedad y el silencio del lugar demostraban que estaban bastantes metros por debajo del nivel de la ciudad. Caminaron en silencio, atentos a cualquier sonido. En la mente de Lang pervivía el recuerdo de la mantícora. Si aquel monstruo había salido de alguna parte, necesariamente debía de ser de algún lugar semejante. Aunque aún sentía el frío del terror ante el recuerdo de su mirada, una nueva inercia le incitaba a adentrarse en sus dominios. Algo había cambiado en él y no era solo su habilidad con la espada. La muerte de Vivar y la desaparición de Quesada habían quedado en un segundo plano, incluso su trayectoria profesional estaba diluida ante el reto en el que se encontraba.

Aquella galería seguía sumergiéndose en el interior. Pronto advirtieron que giraba sobre sí misma en lo que parecía una espiral en descenso. Al final se abría un marco labrado en piedra y una puerta de madera de aspecto antiguo.

—¿Y ahora qué sucede? —preguntó Lang al aire.

—Tiene su lógica que las vías de acceso estén cerradas —explicó Ana—. Supongo que sabrás abrir puertas. Esta no parece muy sofisticada.

—No soy cerrajero.

—Menudo detective —se quejó Ana—. Es lo primero que yo aprendería si trabajara en el sector.

Mientras tanto, Dona tentaba la puerta. A pesar de su vejez era muy resistente.

—Está construida para proteger este lado. Fijaos que las bisagras están a la vista. Todo es cuestión de sacar los quicios.

Sacó con rapidez un puñal de caza de la mochila y, uno a uno, fue extrayendo los tres quicios de una de las hojas. Lang y Ana la miraron sin entender bien cuál era su objetivo.

—Ahora tenéis que ayudarme, los engranajes son muy antiguos y la puerta pesa bastante.

Entre los tres tiraron de ese lateral. Al principio parecía que no cedía, pero al segundo intento las dos hojas se abrieron como si fuera una sola. Pasaron al otro lado. Allí se acababa la luz eléctrica. Ana sacó los planos y buscó la posición.

—Tenemos que estar aquí. —Señaló un recuadro que abría una galería—. ¿Vamos a algún sitio concreto?

—La idea es formarse una primera impresión y descubrir el sentido de este lugar —dijo Lang—. Tal vez podemos cruzar hasta la puerta más cercana. De todas formas, no creo que podamos salir por esta tras el estropicio que hemos hecho.

—Creo que os equivocáis —dijo Dona con firmeza—. Aquí

no hemos venido a hacer turismo. Tenemos que encontrar al menos a una persona y no estoy dispuesta a irme sin ella.

—Pero, Dona —dijo Ana con delicadeza—. Esto es un verdadero laberinto. Podemos estar semanas buscando al chico.

—He pasado horas con mi padre persiguiendo por el bosque una pieza herida. Te aseguro que si Lázaro está aquí, lo voy a encontrar.

Se echó el fusil a la espalda y comenzó a mirar el suelo y las paredes como si fuera un sabueso. A partir de allí se sustituía el hormigón por la piedra tallada.

—Hace no mucho han arrastrado por aquí algo pesado —dijo con tono experto—. Entiendo que estas otras huellas son de hombre, aunque grande y pesado.

Llegaron al primer cruce. Dona apenas dudó qué camino seguir. Allí había cierta penumbra, aunque no lograron descubrir la fuente de la luz.

—Si el suelo sigue siendo de arena, no vamos a tener ningún problema en encontrarlos —dijo Dona con alegría.

Ana marcaba el itinerario en los mapas como si se tratara de un pasatiempo infantil. Lang ya había desenfundado la espada y practicaba movimientos. Pronto tuvo esa sensación de hacer del hierro una parte extensible de su propio cuerpo. Casi deseó que el monstruo se mostrara en ese momento para luchar contra él. Solo advertía el inconveniente de la luz. Seguro que aquella bestia estaba acostumbrada a la oscuridad, por lo que se desenvolvería mejor en aquellas galerías.

Continuaron por ese túnel unos cuantos metros. Comenzaron las bifurcaciones, pero el rastro iba claramente por esa pista principal. A pesar de la evidencia, Dona no abandonaba su actitud cazadora. En ocasiones daba incluso la sensación de que estaba siguiendo el rastro por el olor que este desprendía. Toda su actitud cambió, incluso físicamente, en el momento en que montó el arma. Las maneras de señora burguesa con que los recibió en su casa parecían una caricatura de aquella verdadera mujer de movimientos casi felinos y fiereza de madre que no teme dar su vida para defender a su camada. Lang se preguntó por aquel niño huérfano que había logrado entrar en lo más profundo del corazón cibernético de Alanka. Con una persona dotada de esa capacidad, la mitad de los casos se solucionarían sin salir del despacho. Pero más llamativo fue el modo que había logrado hacerse imprescindible para Dona, que se comportaba con él como si fuera su verdadero hijo.

Con paso rápido y mirada atenta al suelo, Dona continuaba por los pasadizos y galerías. Apenas dudó un par de ocasiones qué camino seguir. Tal era la velocidad, que Ana tenía problemas para marcar las diferentes desviaciones en el mapa y en más de una ocasión tuvo que pedir que la esperaran.

—Al menos no nos hemos encontrado con nadie. Parece que este lugar está desierto —insinuó Lang.

—Estáis equivocados —dijo Dona—. Que no los podamos ver no significa que no estén allí. ¿No os habéis sentido observados casi desde el principio?

Los otros dos negaron con la cabeza.

—No solo hay huellas recientes, también se oyen ruidos a nuestro alrededor. Pero me parece que no todo aquí es peligroso, al menos para nosotros. De todas formas, no podemos bajar la guardia.

Lang y Ana se fiaban completamente del instinto cazador de Dona. Apresuraron el paso. A los pocos metros la arena del suelo dio paso a la arcilla. Dona se paró en seco. Había descubierto algo.

—Aquí hay más huellas humanas y de perros. Se parecen a las que había en la carbonera. Debemos estar cerca. Esperad.

Los tres se pusieron en guardia. Un ruido provenía del final del túnel. La distancia no permitía adivinar el origen. Caminaron lentamente hasta una escalera que ascendía. A esa distancia se escuchaban las voces.

Dona tomó su fusil y subió la escalera. Los otros dos la siguieron. Cuando ya solo quedaban pocos escalones para el final de la escalera, sujetó el arma con las dos manos y subió el último tramo agachada. Estaban en una sala bastante grande. En el otro extremo había alguien apuntándoles con una linterna. Escucharon un silbido y tras la luz aparecieron varias criaturas que corrían furiosas hacia ellos. Dona apuntó con el fusil y disparó, pero erró el tiro. Gritó un improperio muy poco común en ella. Aquellos seres eran verdaderamente rápidos. Mientras volvía a cargar el arma, Lang se adelantó, dispuesto a atacar con su espada. Ana, tras ellos sujetaba su pistola, pero no se decidía a utilizarla.

Las sombras se acercaron a su círculo de luz. A primera vista parecían perros negros, pero ninguno de los tres pensó darles la oportunidad de demostrarlo. Lang se lanzó a por el primero, que apenas esquivó su filo. Dona ya tenía cargada de nuevo su arma, apuntó a otro animal que corría hacia ellos. Solo una voz conocida evitó que disparara.

—¡Dona! —se oyó en la sala.

—¡Lázaro! —gritó.

Toda la escena se congeló en ese instante. Los animales, ante otro silbido, pararon su ataque y volvieron a la oscuridad.

—¿Qué pasa aquí? —preguntó Lang, confundido.

—¡Es Lázaro! —dijo Dona—. Lo hemos encontrado.

Apareció entonces Lázaro, acompañado de un hombre con barba blanca.

—¿Quiénes sois? —preguntó este con voz poderosa.

—Soy el detective Lang, ella es Dona Lequerne y Ana Ozores. Hemos venido a rescatar a Lázaro —respondió Lang una vez que entendió la situación.

—Yo soy el Caimacán. Si sois amigos debéis ayudarnos a rescatar al desaparecido.

Se acercaron al pozo. En el fondo estaba Quesada, consciente de todo pero ignorado por el resto. Dona traía cuerda suficiente para sacarlo de aquel lugar. Una vez fuera, los miró con la extrañeza propia de una fiesta sorpresa. Los seis pasaron después a saludarse con insospechada formalidad. Muchos no se conocían, pero el encontrarse en ese lugar los había hermanado inconscientemente, como si fueran miembros de la misma familia separados desde la infancia pero con significativos rasgos genéticos.

—¿Qué le ha sucedido? —preguntó Lang.

—Ya le lo contaré, aunque ni yo mismo lo tengo claro —respondió Quesada—. Pero antes deberíamos salir de aquí. Por si vuelven.

—Es cierto —dijo Dona—, tenemos que irnos cuanto antes. Ana, ¿tienes el plano?

Propusieron desandar el camino. Ana había trazado con el bolígrafo la línea clara del itinerario. Lázaro vio el plano y se maldijo por no pensar él mismo en esa posibilidad. Con cierto orgullo herido, lo tomó y reconstruyó mentalmente lo que había andado con el Caimacán. Hasta que los perros localizaron el rastro de Quesada las vueltas fueron abundantes, pero con el mapa en la mano se podía abreviar. De hecho, su entrada no estaba tan lejos como parecía.

—Tal vez sea cierto —admitió Lang tras comprobar los dos caminos—. Está mucho más cerca y por otro lado no sé lo que nos vamos a encontrar en el edificio Alanka. Quesada, ¿puede andar?

—Perfectamente —respondió el abogado—. He pasado la noche con dolor de cabeza y aún me duelen las muñecas por las ataduras, pero creo que me recuperaré.

Comenzaron la marcha. En lugar de volver por el mismo camino continuaron por la otra puerta de la habitación. A pesar de que formaban un grupo grande lograron moverse con relativa agilidad. Lang y Ana abrían el camino; tras ellos marchaban Dona y Quesada. El Caimacán cerraba el grupo con sus perros y Lázaro.

Al tener la ruta marcada en el plano, la dificultad del lugar se redujo enormemente. En alguna ocasión tuvieron que detenerse ante algún ruido sospechoso delante de ellos, pero la sensación de seguridad que daba el número cambió por completo el modo en el que todos ellos habían caminado por aquellas galerías hasta ese momento.

Llegaron a la puerta de madera hecha astillas. Lang advirtió que el marco de piedra era similar al que ellos habían cruzado bajo el edificio Alanka. Subieron por la escalera de caracol hasta llegar al estrecho espacio del túnel que comunicaba con la casa de Madre Celeste. Los perros no tuvieron ningún problema en subir: las cuatro patas, las garras y sobre todo el tamaño les permitía ascender por esa resbaladiza cuesta. El Caimacán los dejó ir. Con un poco de suerte, Madre Celeste se percataría del problema y los ayudaría desde el otro lado.

—Creo que han llegado a la parte de arriba —dijo el Caimacán unos minutos después—. Están ladrando para llamar la atención.

Guardó silencio. Nadie escuchaba nada, pero todos contenían la respiración. Así estuvieron un tiempo, hasta que el Caimacán volvió a hablar.

—Oigo otro ladrido. Parece que Madre Celeste se ha dado cuenta de que estamos aquí.

Efectivamente, poco tiempo después cayó del túnel una piedra atada a una buena maroma. Lázaro, al ser el más hábil, subió el primero. Con la ayuda de aquella cuerda, el ascenso era más sencillo. Aun así, tuvo que invertir un buen tiempo hasta salir de nuevo al mundo exterior. Allí lo esperaban los perros junto con Madre Celeste y la perra blanca, que ya se encontraba mejor. El siguiente en subir fue el Caimacán. Tras él, casi de inmediato, aparecieron Ana y Dona, luego Quesada y finalmente Lang.

Madre Celeste dio la bienvenida a todos ellos según salían. Cuando los vio todos juntos, su cara se iluminó con una sonrisa que le daba un aspecto siniestro.

## La biblioteca

Quesada, Lang, el Caimacán, Ana, Dona y Lázaro se miraban las caras en una sala de la casa de Madre Celeste. Estaban sentados en un banco de obra con forma circular. En medio de ellos había un fuego encendido y sobre él una chimenea exenta que absorbía el humo de diferentes colores que creaban las hierbas y polvos que la anfitriona echaba sobre las ascuas. Los olores y las formas que desprendían creaban un ambiente cómodo y relajado. Hasta Quesada parecía disfrutar de aquella paz. La mujer rompió el silencio.

—¿Cómo sabíais que el desaparecido estaba en el inframundo? ¿Quién os enseñó el camino? —preguntó Madre Celeste al fuego. Lang se sintió en la obligación de responder.

—No estábamos buscando al desaparecido, a Quesada, vamos. Íbamos tras el asesino de Rodrigo Vivar y todas las pistas nos llevaban hasta el edificio Alanka. Sospechamos del doctor Niebla y del marqués de Catedral.

Ana protestó con un movimiento brusco, pero no dijo nada. Lang continuó.

—Encontramos los planos del inframundo en casa de Dona. Los había encontrado el chico —todos miraron a Lázaro, que se sintió halagado y a la vez molesto por que le llamara de esa manera—, aunque fue Ana quien dedujo que se trataba de un plano del subsuelo de la ciudad y que una de las puertas estaba localizada bajo el edificio. Allí nos dejamos guiar por Dona.

—Y así llegasteis a la sala aquella —resumió Madre Celeste. Echó unas hierbas sobre las ascuas. Crearon una nube amarga que dominó al resto de los olores. Parecía leer indicaciones entre las volutas—. ¿Y cómo terminó en el inframundo el desaparecido?

—Salí por la tarde a dar un paseo —comenzó Quesada con su voz atemperada—, necesitaba aclarar las ideas. Fui hasta el parque del Norte. Es un sitio agradable y fresco para caminar, aunque me gustaba más cuando era un sencillo bosque a las afueras de la ciudad. Caminé por aquel lugar sin rumbo fijo. Escuché de repente una llamada de auxilio, o al menos eso me pareció a mí. Me interné en el arbolado pensando que había alguien herido. En medio de la espesura encontré a un hombre agazapado; emitía extraños sonidos, como en otro idioma. Cuando estuve cerca se giró y me atacó. Todo sucedió muy rápido. Me sujetó de los brazos y del cuello y comenzó a ahogarme. Probablemente me desvaneciera porque no recuerdo más salvo cuando desperté maniatado y con un saco en la cabeza. El hombre me arrastró hasta el lugar donde me encontraron y me dejó allí.

—Interesante —dijo Madre Celeste. Miró a Lázaro—. Ese hombre se parece demasiado al que te atacó a ti. ¿Recuerdas si realmente intentó matarte?

—También intentó ahogarme con sus manos, pero no sé qué intención tenía.

—¿Por qué motivo querría alguien a los primigenios vivos? —pareció preguntar Madre Celeste a las ascuas—. ¿Creéis que la biblioteca tiene algo que ver?

—¿Qué biblioteca decís? —preguntó Lang como si despertara de un sueño.

—La biblioteca donde está escondido el Arlequín —respondió Lázaro—. Aparece también en los mapas que descubrí. Tiene forma…

—Sé qué forma tiene —lo interrumpió Lang—. ¿Estuvisteis dentro?

—No pudimos. La entrada necesita seis llaves para abrirse. Solo teníamos dos.

El Caimacán le enseñó las llaves a Madre Celeste.

—¡Lo sabía! —gritó Lang mientras sacaba las tres que conservaba—. Sabía que todo esto estaba relacionado.

Madre Celeste observó las cinco llaves con detenimiento. Entre todos le explicaron sus diferentes procedencias. Creó un pentágono en su mano con ellas y las contempló en silencio.

—Una llave apareció en tu casa —resumió para sí—, otra fue vomitada por una gaviota, la tercera se multiplicó por cien en un tejado de palomas, otra estaba en el estómago de un pez y la última la trajo una perra. Tenemos cinco llaves que han sido enviadas a cinco primigenios. Tenemos una puerta con seis cerraduras. ¿Dónde está la llave del sexto primigenio?

—Tal vez haya sido culpa mía —dijo Dona tímidamente. Estaba muy claro que todas las personas involucradas en aquella historia habían recibido una llave salvo ella.

—No te preocupes, querida. No estaba dirigida a ti. El sexto primigenio debió de recibir su llave, pero no la ha podido utilizar porque ya no existe.

—¡Vivar! —gritó Lang súbitamente.

—Así creo. Pero fue destruido demasiado pronto —dijo Madre Celeste.

—Igual sigue en el jardín —sugirió Ana.

—Un momento —interrumpió Lang—. Estamos aquí hablando como si todo estuviera claro, pero yo no tengo más que preguntas. ¿Qué hay en esa famosa biblioteca? ¿Es otra cueva de monstruos? ¿Quién está detrás de la muerte de Vivar o del rapto de Quesada? Y lo que menos entiendo: ¿qué tienen que ver Alanka, Catedral y Niebla con todo esto? ¿Y se puede saber qué son los primigenios de los que tanto se habla?

Madre Celeste lo miró, sonriente. Parecía cansada.

—Yo no sé más que tú, querido. Solo tengo las palabras que son verdaderas si se interpretan bien o mortales si se leen de forma incorrecta. Y yo no puedo descifrar, solo narrar. Sé que abajo hay un mundo desconocido y sé que he de proteger la entrada que tengo asignada, pero no sé por qué es así. No sé quiénes son esas personas de las que hablas y desconocía que hubiera una biblioteca con un acceso formado por seis llaves. Ni siquiera Max me habló de la suya.

Miró al Caimacán significativamente.

—Sí sé que sois los primigenios, pero no sé por qué os persiguen. Sé que sois valiosos y que debéis ir a la biblioteca, pero no sé qué encontraréis allí. También sé que la ciudad está en peligro y vosotros sois su esperanza.

—¿En peligro?

—No sé más. Esta mañana he abierto una cabra negra, el animal que rige los destinos comunes y asume las culpas de los pueblos. En su interior estaba el hermano gemelo del chivo. No se había desarrollado, pero aún le latía el corazón a aquel feto, hijo de su propio hermano. No puede ser peor el augurio de renacimiento frustrado, estéril reproducción o recreación impura.

—Muy bien —concluyó entonces el Caimacán—. Si tenemos que entrar en aquel lugar, será mejor que vayamos cuanto antes. ¿Debemos ir todos?

—Todos —respondió Madre Celeste.

Los seis salieron en silencio de aquella habitación. Cada uno recogió sus armas, mochilas y demás y salieron a la calle. La tarde estaba en su esplendor. Lázaro los guió hasta la entrada a la biblioteca.

La puerta metálica seguía abierta. Avanzaron a lo largo de los callejones hasta abandonar las casas y entrar en el pasillo sin ventanas y con altos muros de piedra. Al final del mismo, como esperándolos, estaba la puerta de la biblioteca.

—¿Dónde está el gigante? —preguntó el Caimacán.

—Aquí hay rastros de pelea y sangre, pero no hay ningún cuerpo —dijo Dona.

—Han estado aquí y se lo han llevado.

Con respeto casi religioso, los seis contemplaron aquella mole de piedra. No se les ocurría qué podría suceder al introducir solo cinco llaves. Lázaro introdujo y giró la suya, lo mismo hizo el Caimacán. Lang tenía el resto. Fue probando una a una hasta que las tres estuvieron en su lugar. Dio un paso hacia atrás esperando que algo sucediera.

La piedra no se movió lo más mínimo. Aunque tenía toda su lógica por faltar una llave, habían puesto una secreta confianza en que algo sucediera.

—Los perros han oído algo que se acerca —murmuró el Caimacán—. ¿Es que siempre hemos de caer en la misma trampa?

Todos se giraron hacia la entrada al callejón. Lázaro sintió la repetición de la escena en su propia piel, aunque ya había perdido el miedo. Desenvainó la daga y avanzó unos pasos. Lo siguió Lang. Le puso la mano en el hombro y con un gesto le indicó que lo dejara a él. Lázaro no estaba tan dispuesto a ceder, pero un grito del Caimacán resolvió el conflicto. Quien viniera estaba a punto de aparecer.

No dobló la esquina ninguna extraña criatura, sino una mujer con el pelo color de fuego.

—Buenas tardes a todos —dijo Rosa con tono burlón.

—¡Tú! —gritó Lang. Casi hubiera preferido que hubiera aparecido un dragón de cien cabezas a aquella mujer. Sin pensar desenvainó su arma y corrió hacia ella. Rosa se puso en posición de guardia.

No se cruzaron palabras, sino los hierros de sus espadas. Los demás los miraban como hipnotizados. Más que un combate parecía un baile sincronizado. Ambos manejaban perfectamente su arte y la armonía era completa a pesar de estar en aquel lugar tan poco apropiado. Dona cargó su fusil y apuntó a Rosa, pero Ana la detuvo con un gesto.

Lang no supo qué fuerza le había instado a atacar con tanta fiereza pero ya había empezado y no lograba detenerse. Los ojos de aquella mujer cambiaban de color constantemente. Era difícil adivinar los movimientos cuando los ojos que guían la espada contraria eran tan hipnóticos.

Con una sonrisa, Rosa recreó un falso quiebro y logró que la espada de Lang chocara contra el muro y se le fuera de las manos. El detective levantó las manos en señal de rendición. Sin dejar de amenazarlo con el filo recogió el hierro del suelo.

—Y ahora que estás más calmado —dijo Rosa mientras le devolvía la espada—, puedo enseñarte esto.

Sacó una llavecita dorada.

—Se la robaste a Rodrigo Vivar —murmuró Lang.

Rosa bajó la espada y la enfundó.

—De poco le servía en aquel estado. Vamos a ver qué hay tras esta maldita puerta.

Caminó con paso firme hasta el muro. Los otros se apartaron movidos por el respeto. Introdujo la última de las llaves.

La puerta de piedra se desplazó hacia atrás con un sonido mecánico. Se movió hacia un lado y abrió un espacio lleno de luz blanca. Nadie se atrevió a dar un paso. Tras unos segundos de quietud total, vieron una sombra moverse entre tanta luz. Se acercó a ellos y pudieron ver que se trataba de un hombre pequeño vestido con un guardapolvo azul.

Su apariencia era extraña. A lo reducido de su tamaño se sumaba que tenía la piel de los brazos y la cara surcada por escamas blancas y líneas rojas como la sangre. Tenía también los párpados y los labios volteados, de forma que solo se advertían unos ojos enrojecidos y unos labios del color de la carne cruda.

—Los estaba esperando —dijo con una voz bien modulada y hasta hermosa, extraña en aquel cuerpo—. Soy el bibliotecario.

Tras unos segundos de titubeo, Lázaro se adelantó y entró en aquel lugar. Incluso Rosa se había quedado congelada ante la imagen de aquel individuo. No era miedo lo que provocaba aquel cuerpo aniñado con la piel cuarteada en extraños colores. Tampoco era repugnancia lo que todos sentían, sino más bien la temerosa sensación que produce la perversa fragilidad. Era una aversión más espiritual que visceral.

Lázaro cruzó el umbral de piedra. Aquella puerta significaba la unión de sus dos mundos: el virtual y el físico. La sombra burlona tras la red que había sido Arlequín durante todo ese tiempo se le mostraba ahora absolutamente vulnerable. Quería imaginarse lo que pensaba el otro en ese momento.

La luz era tan intensa en el lugar donde acababa de entrar que apenas se diferenciaban las paredes del suelo. El bibliotecario estaba en medio de aquella blancura. Su cuerpo parecía menor que el de un niño. Pareció sonreírle.

—Por fin has llegado, Lizard.

—¿Eres Arlequín? —preguntó Lázaro.

—Así me han llamado por mi apariencia.

—¿Eres…? —Lázaro ahogó la pregunta que le resultó irreverente.

—¿Si soy un ser del submundo? No. Soy un ser humano como tú, pero padezco una enfermedad cutánea que me da esta imagen. —Se miró las escamas de la mano como si no fuera suya—. Se llama ictiosis arlequín. No puedo estar bajo el sol y debo prevenir cualquier infección. Solo así puedo sobrevivir.

Lázaro se había quedado como hipnotizado al observar el mapa de la piel de aquel niño-hombre.

—¿Los demás no van a entrar? —preguntó mirando a la puerta.

El grupo avanzó lentamente. Ninguno apartaba la mirada del bibliotecario. Le rodearon en silencio.

—Los animales van a tener que esperar fuera —dijo.

El Caimacán no opuso resistencia, hizo una inclinación de cabeza y tranquilizó a los perros con un gesto. El bibliotecario se acercó a la puerta y accionó una palanca que activó el mecanismo de cierre.

—Si no les importa —continuó—, ¿podrían desinfectarse por completo? Mi piel no me protege de los gérmenes ambientales y necesito estar en un entorno absolutamente aséptico.

Abrió una puerta lateral. Los demás le siguieron con docilidad. A Lázaro le sorprendió que aquellas personas que había visto tan belicosas no opusieran ninguna resistencia a lo que les decía. Entraron en una habitación con varias puertas laterales, espejos y una mesa con ropa de color blanco cuidadosamente doblada.

—Les rogaría que se lavaran con profusión con el jabón líquido que encontrarán en cada ducha. Pueden después vestirse con esto. Creo que hay tallas para todos. Lo que han traído con ustedes puede quedarse aquí. No sufrirá ninguna pérdida ni desperfecto. Cuando estén preparados, pueden pasar a la habitación contigua.

Salió de la habitación. Los siete se acercaron a la mesa. Había camisas de manga corta y pantalones elásticos, todo en colores blancos con alguna línea de otro color que dependía de la talla.

—No puedo creer que estemos haciendo esto —comentó Lang mientras buscaba una camisa para él—. Y por cierto, ¿cuál es tu papel aquí? —preguntó a Rosa—. Pensé que eras parte del tinglado.

—Algún día te contaré mi historia, detective —respondió mientras se quitaba la camiseta. Dejó ver unos pechos pequeños pero francamente femeninos.

—Al menos me doy cuenta de que eres realmente una mujer.

—¿Eso te tranquiliza? —preguntó.

—Solo relativamente —dijo como para sí.

—No creo que sea el mejor momento para aclarar asuntos privados—interrumpió Ana antes de desaparecer tras una de las puertas—. Creo que teníamos pendiente salvar una ciudad.

Rosa se metió en su ducha sin decir más. Lang se percató de que era el único en la sala. Se apresuró a buscar un pantalón y entró en otra de las duchas. Casi al instante salió Lázaro, desinfectado y vestido de blanco. Abrió la segunda puerta de la sala y entró a una habitación espaciosa. Había ocho sillas colocadas en círculo. Allí estaba el bibliotecario. Se acercó a él.

—Eres el único que se ha atrevido a mirarme a los ojos.

—Llevaba mucho tiempo queriendo conocerte. Nadie más sabe quién eres en realidad.

—Todos querían conocerme, aunque no lo supieran. Pero tú tienes mucho más en común conmigo.

—Sí. Los dos somos piratas informáticos.

—No solo eso. Tú tienes vocación de ratero y yo de ratón. Tú eres pura acción y yo pura reflexión. Pero los dos buscamos lo mismo con métodos diferentes. Los dos somos acumuladores. Solamente el detective sería capaz de entendernos, pero él acumula deseos y vida. Es el más espiritual de los tres.

—Si querías que viniera, ¿por qué no me lo dijiste directamente?

—Tenías que descubrir tú solo el camino, y prepararte para caminarlo. Lo mismo sucede con el resto. No hubiera servido que os hubiera dicho dónde estaba la puerta porque para abrirla hace falta mucho más que unas llaves.

—Pero podíamos haber muerto. Aquel monstruo estuvo a punto de terminar con nosotros a pocos metros de aquí.

—Tal vez podía haberos ayudado, pero ¿habrías salido entonces de tu letargo?

Lázaro se quedó pensativo unos instantes.

—¿Puedo preguntarte algo? —dijo finalmente.

—Claro.

—Cómo eres capaz de saberlo todo. ¿Tienes cámaras o espías por la ciudad? ¿O es que tienes poderes sobrenaturales? Llevo tres días viviendo contra toda lógica. El haber creado un mundo paralelo a la Red ya me parece extraordinario, pero dominar a los animales para que se muevan con llaves doradas por la ciudad me parece directamente imposible. ¿Cómo lo has conseguido?

Los extraños ojos del bibliotecario parpadearon tres o cuatro veces antes de hablar. Parecía elegir una de las posibles contestaciones.

—La respuesta más sencilla puede ser también la más complicada —dijo al fin—. Podría decirte que la realidad está formada por concatenaciones de hechos minúsculos y que con la ayuda de una mente infinita, digamos de un superordenador, podríamos controlar todas las posibles variables para conseguir mediante simples mecanismos que se produzcan los acontecimientos deseados.

—Como si la ciudad fuera un gran tablero de ajedrez con millones de piezas y trillones de combinaciones de movimientos posibles.

—Con millones de trillones de combinaciones. Desde el ritmo del latido de un corazón en un momento preciso hasta la velocidad de crecimiento de la hierba en un parque al mediodía.

—Me cuesta creerlo.

—Piensa entonces en esta otra posibilidad. Imagina todas las combinaciones de texto almacenadas en una biblioteca infinita. En ese lugar estaría descrito, por pura lógica, todo lo que ha sucedido y todo lo que fuera a suceder. ¿Me sigues?

—Sí. Desde un punto de vista estrictamente racional.

—Todas las claves estarían allí, a mano de quien supiera encontrar el libro apropiado.

—La labor propia del bibliotecario.

—Eso es.

—Si eso fuera verdad, tendrías todo el poder.

—Podría ser una aspiración, pero si te soy sincero ni la mejor máquina sabría adivinar las reacciones humanas. No sois lógicos. Sin ir más lejos, hay dos personas que no deberían estar aquí, pero han insistido tanto que lo han logrado.

En ese momento entraron Dona y el Caimacán. Ella le acercó una silla pero el ciego la rechazó con un gesto. Se apoyó en el respaldo y se mantuvo atento a lo que sucedía a su alrededor. Dona se acercó a Lázaro. Saludó con un gesto forzadamente cortés a Arlequín. Ana y Rosa entraban a la habitación. Fueron las primeras en sentarse y tuvieron cuidado de hacerlo bien separadas la una de la otra. El resto esperó a que lo hiciera el bibliotecario, al que no parecía molestarle que le colgaran las piernas de la silla. Hubo un incómodo silencio mientras todos observaban el lugar vacío de Lang. Apareció al poco tiempo con una sonrisa de disculpa. Con un ligero carraspeo el bibliotecario comenzó a hablar.

—Habréis advertido que vivimos en un mundo más extraño de lo que aparenta a simple vista. No tenemos tiempo para mayores explicaciones, pero os interesa saber que su particular naturaleza provoca a la fuerza unos residuos o vidas inferiores cuya existencia debe ser canalizada para evitar el desorden. Son los que habéis llamado gusanos o borradores. Gracias a la estabilidad entre las fuerzas se podía vivir sin necesidad de conocer la existencia del otro lado, pero en los últimos tiempos la balanza ha comenzado a moverse. Los borradores han roto las puertas. Por pura ley de equidad es necesario equilibrar de nuevo los dos niveles.

»Una parte de mi función consiste en contrarrestar las ligeras desviaciones que podían crearse de forma natural, pero ha sucedido algo que sobrepasa mi capacidad de acción. Ha aparecido una voluntad externa con tanta conciencia y poder como todos vosotros juntos. A esa persona lo llamo el catalizador por su capacidad de acelerar procesos de destrucción.

»Afortunadamente, tenemos previstos planes de emergencia. Cuando la ciudad se siente amenazada reacciona con nuevas armas, en este caso vosotros, los primigenios.

—Ya he oído esa expresión antes —dijo Lang cortésmente—, me tienes que disculpar pero no la entiendo. ¿Podrías explicarnos qué sucede con nosotros y por qué estamos aquí?

—Vosotros sois seres con gran presencia ontológica. Probablemente habréis descubierto que vuestra propia realidad os ha sobrepasado en los últimos días. Habéis sido creados con una gran fuerza interior que se os está descubriendo ahora que es necesario. Ya le he dicho a Lázaro que parte de lo que habéis vivido en estos días tenía la intención de provocar esa reacción. Y tengo que reconocer que mis pequeñas intromisiones han dado su fruto.

—¿También la muerte de Rodrigo era parte del plan? —preguntó Quesada.

—Rodrigo Vivar ha sido una víctima no deseada. De hecho, estaba también prevista su presencia en esta sala, pero los borradores fueron muy rápidos. Su muerte, no obstante, nos sirvió para descubrir la presencia del catalizador y apresurar el contraataque.

—¿Quién ha matado entonces a Rodrigo? —insistió Quesada.

—No lo sé exactamente. Descubrirlo es parte de vuestro objetivo.

—Un momento —interrumpió Lang cada vez más incómodo—. Tras todo este montaje de señales secretas, llaves, planos y laberintos, ¿aún no sabemos quién ha matado a Vivar?

—Ha sido asesinado desde Alanka. El catalizador está atrayendo a las criaturas del submundo como si fuera un imán. Ha abierto una de las puertas y pretende abrir más. Pero no creo que aspire al poder absoluto, sino a la destrucción total.

—Mi marido no puede ser —dijo Ana. Lang resopló.

—Yo también me inclino por Niebla —continuó el bibliotecario—. El proyecto Alanka es una tapadera y el propio marqués está en peligro, aunque creo que ya es demasiado tarde para él. El producto que han inventado es en realidad mortal.

—Así que Rodrigo estaba en lo cierto —comentó Quesada.

—No creo que fuera muy consciente. Le faltó tiempo para que despertara su verdadero ser. Pensad en los cambios que habéis sufrido vosotros en tan poco tiempo.

—¿Y esta? —dijo Lang mientras señalaba a Rosa—. Ha estado rondando desde el principio y ahora resulta que ni siquiera estaba invitada a la sesión.

—Es un misterio hasta para mí —respondió el bibliotecario dirigiéndose a ella—. Te has saltado varios niveles sin dificultad aparente. ¿Nos contarás tu historia?

—Antes tienes que decirnos quién eres tú —respondió Rosa con una sonrisa retadora.

El bibliotecario la miró con sus ojos carnosos durante unos instantes de silencio. Rosa mantuvo la mirada, pero se la veía aguantando con dificultad una gran presión psicológica.

—Está bien —dijo el bibliotecario al fin—. Si quieres mantenerte entre las líneas del texto tal vez sea mejor que yo no sepa nada. Yo, por mi parte, soy simplemente el bibliotecario de Babel. Ordeno todos los libros posibles y muchos de los probables. Mi misión es mantener las cosas como están. Tan simple y tan complicado. Si lo deseáis os puedo mostrar la biblioteca. No suelo tener invitados muy a menudo.

Abandonó la silla con un pequeño salto y caminó hacia una de las puertas. El resto lo siguió. El Caimacán buscó instintivamente el hombro de Lázaro. No se le veía cómodo en aquel lugar. Tras atravesar varias habitaciones, todas ellas vacías, salieron a una sala gigante. Estaban en algo parecido a un balcón interior desde el que se veía la gran cúpula de base hexagonal que aparecía en el plano que encontró Lázaro. A sus pies se extendía una gigantesca superficie de pozos también hexagonales. La vista solo alcanzaba a ver las inmediatas baldas repletas de libros en cada una de las seis paredes de cada pozo.

—Aquí estarán todos los libros del mundo y aún más —comentó Lang con admiración.

—Exactamente —dijo el bibliotecario—. Es lo que acabo

de decir. Aunque en los últimos tiempos estoy dedicándole más tiempo a la informática. No es tan romántico pero sí mucho más efectivo. Piensen que todo lo que hay en esa sala no ocupa más que unos cuantos miles de exabytes.

Los llevó a otra habitación. Tenía los techos bajos y el aire acondicionado a toda potencia. Si la anterior impresionaba por su tamaño, esta lo lograba por la sensación claustrofóbica de sus techos bajos y los miles de máquinas dispuestas de manera reticular. El ruido que emitían y las luces centelleantes que poseían provocaron un estado de nerviosismo general. El Caimacán ni siquiera quiso acercarse a la puerta. Lázaro fue el único que lamentó abandonar tan rápidamente aquel lugar. Volvieron a la sala donde habían iniciado la conversación.

—No tenemos mucho tiempo. Debéis descubrir al catalizador. El doctor Niebla está en Alanka. Algo está sucediendo allí ahora mismo, pero no soy capaz de descubrirlo.

—¿Qué haremos al encontrarlo? —preguntó el Caimacán.

—Tenéis que detenerlo como sea. Y no os importe terminar con él si es necesario. Hay mucho más en juego que nuestra vida.

—Yo tengo que ver a mi marido —dijo Ana con voz queda—. Todos habéis dudado de él y ahora resulta que es inocente y está en peligro.

—Habrá que salir ya —exclamó Lang con nerviosismo. Parecía no haber escuchado a Ana.

—Yo voy contigo —dijo Dona a su amiga—. Lázaro, ¿vienes con nosotras?

—Será mejor que vaya con el resto. Puede ser útil con los sistemas informáticos —argumentó el bibliotecario.

—No importa —añadió Ana—. Nos valemos solas.

Atravesaron el callejón con paso apresurado. En cuanto llegaron a una calle concurrida Lang paró un taxi.

—¿Pretendes salvar la ciudad en un taxi? —preguntó Rosa.

—¿Tienes una idea mejor? —respondió Lang.

Rosa sacó un llavero eléctrico y apretó el botón. Un todoterreno cercano encendió las luces de posición en señal de apertura de puertas.

Sin mayor comentario, el detective se acercó al coche. Rosa abrió el maletero para que entraran los perros. A pesar de sus esfuerzos, se resistían a subir.

—El coche huele a animal muerto —dijo el Caimacán.

—Si no me equivoco olerán a la mantícora—dijo Lang—, el monstruo que asesinó a Vivar.

—No te equivocas —dijo Rosa secamente.

A pesar de las reticencias de los animales, el Caimacán logró que subieran al maletero. Lang y Lázaro se sentaron en el asiento del copiloto y el resto se apretó en el de atrás. Rosa encendió el motor y puso rumbo a Alanka.

El edificio parecía aún más imponente tras todo lo vivido. El grupo guardó silencio hasta que llegaron a la base. El coche de Ana seguía allí, pero tan aislado que daba respeto. La zona vivía esa desolación urbana que únicamente tiene un barrio de oficinas en fin de semana.

Bajaron del todoterreno. Ana y Dona se despidieron del resto. Montaron en el deportivo y se perdieron en la calle camino a la mansión.

—Bueno —dijo Lang con la mirada fija en la torre—, comienza el último asedio a Alanka.

# El proyecto

—¿Tú te crees que han sido capaces de dejarnos solas? —exclamó Ana de repente.

Habían salido de la ciudad, camino de la mansión de Catedral.

—Los hombres siempre quieren hacer cosas divertidas —explicó Dona.

—Y las mujeres siempre hacemos cosas necesarias, ¿no es así? Estoy harta de eso. ¿Y la tal Rosa? La más lista de todas.

—Mejor está allí que con nosotras. Esa chica no me da buena espina.

—¿No crees que es perfecta para Lang?

—Ni idea. Eres tú quien mejor lo conoce.

—No seas mala. Hace siglos de lo nuestro. Los dos hemos cambiado mucho. Y además, estoy casada.

—Supongo que yo tendré que acostumbrarme a decir que no lo estoy. ¿Tengo ya cara de viuda?

—No seas tonta. ¿Lo echas de menos?

—No sé qué decirte. Quería acabar con todo lo que él representaba, pero ahora que ya no está no me siento mejor.

—Supongo que será normal. Pero piensa que ahora puedes rehacer tu vida. Eres guapa, inteligente y rica, ¿qué más quieres?

—¿Qué te parece Lázaro?

—Un adolescente un poco rarito.

—Había pensado adoptarlo.

—No te entiendo.

—Acogerlo en mi casa. No tiene edad para vivir solo y el orfanato es un sitio terrible.

—Y luego dices que la rara soy yo.

Atravesaron la puerta del jardín.

—¿Te preocupa Fermín?

—Había algo en el tono del bibliotecario al referirse a él que me escamó. Y si te fijas, no ha puesto ninguna pega a que nos separáramos del resto.

—Eso dilo por ti. Yo ni siquiera estaba invitada a la famosa reunión de primogénitos.

—Primigenios.

—Pues eso.

—Menos mal que viniste, sin ti no hubiéramos logrado nada. Tienes que enseñarme a disparar.

—Cuando quieras. Podemos ir un día de caza.

—Sí, a cazar hombres. Como en los viejos tiempos.

—Esas piezas solo las cazabas tú, guapa. Por mucho que lo intentara, a mí no me hacían ni caso. A veces pensaba que me usabas de coartada para no ir sola.

—Esta conversación la hemos tenido miles de veces. Tal como vestías no había hombre que se atreviera. Y esa actitud de niña bien…

—Vale, déjalo. Y ahora, ¿qué?

—Vamos a hablar con él. Le explicamos que Niebla pretende destruir la ciudad y ya está.

—Suena demasiado sencillo. ¿Sigues teniendo el revólver?

—Por favor, Dona. Estoy en mi casa.

Subieron la escalera de la puerta principal y llamaron al timbre. Al cabo de unos instantes un hombre les abrió la puerta.

—Gracias, Bosco, ¿puedes guardar el coche?

—Sí, señora.

—¿Y me dices dónde está el marqués?

—Lleva en su despacho desde ayer. Nos ha insistido en que no le molestáramos. Si me permite —continuó con un tono de compromiso—, creo que está molesto por algún motivo.

—Muchas gracias, lo tendré en cuenta.

Dona se acordó de aquella noche en la que empezó todo, dos días atrás. El vestíbulo seguía teniendo el mismo aspecto intimidatorio. Aún se percibía la ausencia de Niebla y de Catedral en el otro extremo. Entraron en las salas interiores, que habían recuperado su mobiliario habitual. Tomaron un ascensor y subieron dos niveles. Era la primera vez que Dona entraba en aquellas habitaciones e incluso en una situación tan inusual notó un fondo de retraimiento en su amiga. Pese a lo excepcional del hecho, nunca habían hablado abiertamente de su relación con el marqués, de la boda o de su vida posterior. El asunto se había anquilosado con el tiempo y en ese momento ni siquiera era tabú, de tan pasado. Aunque Dona lo podía comprender. También ella vivía con sus fantasmas particulares que no deseaba compartir con nadie.

El marqués abrió la puerta sin esperar a que Ana llamara. Llevaba barba de dos días y el nudo de la corbata le colgaba retorcido sobre el cuello abierto. Daba toda la sensación de que había pasado la noche sin dormir, rondando la habitación como un león enjaulado. Un golpe a alcohol les llegó a las mujeres en cuanto abrió la boca.

—¿Es cierto que has entrado en el edificio Alanka y allí has forzado los sistemas de seguridad? —soltó a bocajarro.

—No es así exactamente. ¿Podemos entrar?

Miró a Dona sin disimulo.

—¿No crees que deberíamos hablar en privado?

—Dona conoce perfectamente lo que te voy a contar. Ha estado conmigo todo el tiempo.

—Parece que no soy lo suficientemente claro. No tenemos nada de lo que hablar. En mis asuntos no te metes, y punto.

—Te he dicho que me escuches. ¿Eres tonto o qué? —gritó Ana.

El marqués levantó la mano con violencia. Ana enmudeció. Sin dejarle tiempo a que reaccionara la tomó por la muñeca y la arrastró al despacho. Cerró la puerta con llave.

—Tú a mí no me hablas así. ¿Quién te has creído? Te he dado todo lo que tienes y te lo puedo quitar cuando me dé la gana. Y no me traigas a tu amiguita para que te proteja. No te imaginas el ridículo que hice por culpa del imbécil de su marido.

—Su marido ha muerto.

El marqués congeló la expresión durante unos instantes.

—¿De qué ha muerto? —dijo en otro tono.

—Un ataque mientras conducía. ¿No te da la sensación de que últimamente hay demasiadas muertes?

—Al tipo ese podía partirle un rayo. Apareció borracho en la reunión de inversores, como si fuera el dueño de media ciudad y luego resulta que no tenía nada.

Anduvo por el despacho con pasos rápidos y violentos. Parecía buscar alguna palabra o idea precisa.

—¡Niebla es un asesino! —gritó Ana fuera de sí. El marqués se acercó a ella en dos zancadas, enarboló el índice como si fuera un arma.

—Escúchame bien —dijo—, Niebla será lo que yo quiera que sea. ¿Crees que soy idiota y no me entero de lo que sucede?

Caminó hasta la mesa del despacho y abrió un cajón. Hizo un ademán de coger algo. Ana abrió los ojos asustada, se apoyó en el brazo de un sillón.

—Siéntate —dijo el marqués.

Ella seguía de pie. Lo miraba fijamente, con una mezcla de ira y extrañeza.

—¡Siéntate! —repitió.

Obedeció. De pronto, el marqués cerró los ojos de dolor. Se agarró el corazón con fuerza. Con un movimiento espasmódico se dobló sobre sí mismo. Tuvo que sujetarse a la mesa para no caer al suelo.

—¿Qué te pasa? —dijo ella.

—¡He dicho que te sientes! —gritó el otro, aguantando el sufrimiento.

El marqués pareció recuperarse, tomó unas pastillas.

—Ya ha pasado —dijo más tranquilo, como para sí mismo. Luego a ella—: Te lo voy a preguntar una sola vez. ¿Qué hacías en Alanka?

—Buscaba al asesino de Vivar. Y creo que lo he encontrado.

El marqués la miró detenidamente. Aún tenía el gesto del dolor en las facciones. Sudaba mucho. Parecía encontrarse al borde del derrumbe, pero aun así siguió hablando. Dona golpeaba inútilmente la puerta.

—Lo que has encontrado ha sido el final de toda esta historia. No te imaginas el daño que me has hecho con tus juegos de detectives. —Se acercó a una de las ventanas desde donde se veía gran parte de la ciudad. Durante unos segundos la contempló en silencio—. La clave de todo estaba en el proyecto Alanka —continuó con un tono sereno, casi triste—. Un método revolucionario para conservar la juventud. Había pensado incluirte en él. Si alguien merece conservar la belleza eres tú. Pero ya es demasiado tarde.

Anduvo hasta el mueble-bar y se sirvió un whisky.

—Llevamos años trabajando en una carga celular que permita una asombrosa regeneración de tejidos dañados. Yo tenía un acuerdo con Niebla: él cedía la patente a cambio de una serie de privilegios. Se encargaría de todo el proceso hasta que estuviera desarrollado. Parte del trato consistía en que no me inmiscuyera en nada que tuviera que ver con el trabajo. Por ningún motivo podía rozar sus asuntos. Y así fue hasta que decidiste darte un paseo por Alanka. Niebla me ha llamado: ha roto todo tipo de vinculación. Desaparece con las patentes.

El marqués cogió un puñal antiguo que usaba de abrecartas y, sin decir nada, se lo clavó en la palma de la mano. El metal atravesó la carne sin demasiado esfuerzo. Ana dio un grito. Él la miró tranquilamente. Le enseñó la mano perforada y sangrante. A los pocos segundos la sangre dejó de salir y en minutos la herida se cerró sin dejar siquiera cicatriz.

—Asombroso, ¿verdad? Imagina el dinero que podría producir. Niebla creó la fórmula. Solo necesitaba financiación. Los primeros resultados fueron satisfactorios y decidí invertirlo todo. El trato era sencillo. Dinero y protección oficial a cambio de la patente. Por desgracia, la inversión era cuantiosa, y tuve que conseguir financiación externa.

—Y si no te la daban libremente, la cogías tú mismo —dijo Ana.

—¿Te refieres a Vivar? No quiso colaborar y no podíamos permitirnos perder ese dinero. No sé qué pasó con él y no lo quiero saber. Solo me interesaba que el negocio marchase.

El marqués se apoyó en la mesa. Parecía fatigado. Ana comprobó que su piel estaba tomando un extraño tono violáceo. Fue a sentarse. Sudaba mucho y parecía, de nuevo, desgarrado por dolores internos.

—Esto es todo. Me encuentro mal y no tengo nada más que decir. Estoy arruinado.

—Un momento —dijo Ana—. Qué pasa con la biblioteca.

—¿La biblioteca? Una obsesión de Niebla. No sabía ni que existía, pero él está empeñado en quemar libros. Por mí pueden desaparecer todos los libros del universo.

La cara del marqués adquirió ronchones azulados. Ana se mantenía quieta en el sillón.

—No podrá destruirla, está muy protegida —dijo ella para tranquilizarse.

—Por lo visto desde el exterior es una verdadera fortaleza, pero parece que desde las alcantarillas se puede acceder. Niebla tiene gente que lleva semanas excavando un túnel para alcanzarla desde abajo. Ya debe de estar casi terminado.

Ana se acordó con horror de la profundidad de aquellos pozos hexagonales llenos de libros. Debía evitar que aquello ardiera. Se levantó y con ella también su marido, que la cogió de la muñeca, pero un nuevo dolor lo obligó a soltarla. Puso su mano en el corazón. El blanco de los ojos estaba surcado de venas a punto de estallar. Dio un grito de dolor y se miró la mano aterrorizado. La herida que acababa de hacerse con el abrecartas se estaba abriendo de nuevo, pero no se contuvo en su tamaño original, sino que creció hasta el final de la mano por un extremo y cruzó la muñeca por el otro.

Se sujetó el antebrazo con la izquierda en un intento vano de retener la brecha. La carne abierta tenía un extraño color irisado, con el fondo de un rojo muy oscuro. La herida había crecido hasta dividir la mano por la mitad de la palma. El otro extremo llegó a la otra mano, pero no se detuvo, más bien extendió la herida a la sana. La atravesó por encima. Los dedos se desprendieron y cayeron al suelo.

El marqués tenía los ojos desorbitados. Miraba con gesto de loco el brazo, que lentamente se dividía. Ana se había alejado. Veía con horror la destrucción de su marido. El marqués tenía el brazo derecho partido en dos todo lo largo que era. Aún movía absurdamente los dedos. Al llegar al hombro, el corte dividió el pecho, como las ramificaciones de un árbol o la falla de un terremoto sobre la tierra. Pronto todo su cuerpo estaba cuarteado en mil pedazos. Las heridas profundizaron en la carne hasta que solo quedó del marqués una serie de fragmentos informes que se desparramaron por el suelo.

Ana se mantuvo unos segundos congelada. Su cara mantenía la palidez de la muerte y sus ojos, propios de una iluminada, seguían fijos en los restos de su marido. Escuchó unos golpes en la puerta. Parecían provenir de otro mundo. Los golpes sonaron cada vez más fuertes hasta que la puerta cayó derribada. Entró el mayordomo y tras él Dona.

Las dos amigas se abrazaron. El mayordomo miraba con incredulidad la montaña de carne y huesos requemados que humeaban en el suelo.

—Tenía razón el bibliotecario. Ese producto era mortal —dijo Dona mientras la sacaba de la habitación.

—Tenemos que ir a la biblioteca —dijo Ana con voz imperceptible—. Niebla está intentando destruirla desde el inframundo. Los borradores están cavando un túnel.

—¿Y por qué pretende eso?

—No lo sé, pero tenemos que impedirlo.

Tomaron el coche y pusieron rumbo a la biblioteca. No pudieron evitar dirigir la mirada a la torre del edificio Alanka. El habitual foco blanco en su extremo no estaba encendido. En su lugar creyeron ver un foco de igual potencia, pero, si eso pudiera existir, de luz negra. Ana pisó con fuerza el acelerador. Ignoraron semáforos y señales de tráfico. Una vez en el casco antiguo, estuvieron cerca de atropellar a varios peatones. Los espejos retrovisores se quedaron tras alguna esquina.

Aparcaron junto al callejón. Las llaves seguían en el mismo lugar, ancladas en sus cerraduras. La puerta de piedra estaba abierta. Una pequeña columna de humo negro salía del interior. Atravesaron el umbral. La entrada tenía las luces apagadas. El humo salía por debajo de la puerta que comunicaba con el interior. Ana fue a abrirla pero Dona se lo impidió.

—Antes tenemos que cerrar la puerta principal. Si dejamos que haya una corriente de aire las llamas se multiplicarán por el movimiento del oxígeno.

—¿Y si luego no se abre? Nos quedaremos aquí encerradas.

—Es un riesgo. Pero no el peor que hemos corrido en los últimos días.

Buscó la palanca que había utilizado el bibliotecario y la accionó. La puerta de piedra se cerró lentamente. Vieron cómo el humo que se escapaba bajo la puerta perdía fuerza. La abrieron. Era difícil respirar pero aún se podía ver. Cruzaron la siguiente puerta y entraron a la sala donde habían tenido la reunión. El bibliotecario estaba acurrucado en una esquina, como un niño avergonzado de alguna travesura. Se acercaron a él. Tardó en ser consciente de la presencia de las dos mujeres.

—Esto es el fin —susurró—. Van a destruir los libros.

—Los libros dan igual, tenemos que salir de aquí —dijo Dona.

—No sois conscientes de su importancia. Los libros mantienen nuestro espíritu, o son más bien nuestro espíritu. Sin ellos dejaremos de existir para siempre.

—¿Dónde está el fuego? —lo interrumpió Dona con impaciencia.

—En la biblioteca, pero todo es inútil.

—¿No hay ningún sistema antiincendios?

El bibliotecario negó con la cabeza.

—Vamos para allá.

El bibliotecario los guió hasta el balcón desde el que contemplaron la colmena de libros. El humo salía denso de uno de los pozos hexagonales.

—No se puede hacer nada. Han prendido fuego desde la base, a cientos de metros de profundidad. Solo es cuestión de tiempo que las llamas asciendan y propaguen por el resto de los libros.

Dona bajó por la escalera que comunicaba con la base de los pozos. Ana la siguió con cierta precaución. Aunque había unas barandillas bajas que separaban los estrechos pasillos de la caída, tenían un aspecto muy poco seguro. Llegaron hasta el pozo incendiado. El humo no les permitía ver en qué situación se encontraba el fuego.

—Si pudiéramos sellar el pozo igual se apagaba —comentó Ana—. Tú has dicho que el fuego necesita oxígeno.

—Tienes razón. Pero necesitaríamos una superficie enorme para tapar este agujero.

Dio un par de vueltas al hexágono.

—Aunque igual no hace falta sellarlo con una puerta —añadió—, también lo podemos hacer con libros, y aquí hay muchos.

Sin decir más comprobó los amarres de una de las estanterías. El aspecto inseguro de la barandilla también lo tenían esos anclajes. Estaban oxidados y mal clavados en la pared. Se sentó y con los pies empujó la madera. Poco a poco fue cediendo. Ana la ayudó y entre ambas lograron que la estantería se soltara y cayera en el vacío con todos los libros que contenía.

—¿Todo esto no va a provocar que arda más rápido? —preguntó Ana.

—Pocos libros acelerarán el fuego pero, si tiramos muchos, lo ahogarán. ¿Nunca se te ha apagado una chimenea por echar demasiados troncos?

Esa explicación pareció convencer a Ana. Fueron a la siguiente estantería e hicieron lo mismo. Los libros cayeron. El humo no parecía menguar, pero aún les quedaban cuatro estanterías más. Tras tirar la tercera se tomaron un respiro. El bibliotecario contemplaba la escena en silencio.

Tras la cuarta estantería notaron que el humo menguaba. Esto les dio ánimos para continuar. La quinta y la sexta cayeron a los pocos minutos. El humo era apenas un hilillo que pronto desapareció. Las dos amigas se abrazaron orgullosas. También el bibliotecario parecía aliviado. Pero en ese momento sucedió algo que nadie tenía previsto.

No ocupó siquiera un segundo de tiempo. De hecho, apenas se podía recordar pues no dejó aparentemente ningún rastro. Estando abrazadas, se giraron para ver al bibliotecario y en ese momento la biblioteca y el bibliotecario y ellas mismas se rompieron en varios trozos, como cortados por un rápido estilete, para volverse a unir al instante. No sintieron nada y si no hubieran estado juntos habrían pensado que no había sucedido nada, que había sido una extraña alucinación.

Miraron al pozo con temor de que hubiera reaparecido el fuego, pero seguía sin salir humo. Volvieron al balcón.

El bibliotecario las esperaba con un gesto de infinito agradecimiento.

—¿Qué acaba de pasar? —preguntó Ana.

—No estoy seguro —dudó el bibliotecario—. De todas formas, aún no sabemos qué ha sucedido con el catalizador. Algo muy extraño que se me escapa ha pasado hace una hora. Demasiado preocupado estaba por los libros. La biblioteca parece a salvo ahora, pero no puedo decir lo mismo del resto de los primigenios.

# El último libro

Fue un segundo de máximos reflejos lo que salvó la vida de Lang al intentar calmar al guarda de seguridad que cuidaba el lobby de entrada del edifico Alanka. Nadie esperaba que les apuntara con el arma al cruzar la puerta y les gritara para que levantasen las manos. Aún más sorprendente fue que no aguardara ni un instante para disparar a la cabeza del detective o que no dejara después de disparar alocadamente hasta vaciar el cargador.

El primer disparo dispersó al grupo. Lang rodó para protegerse tras una mesa y Lázaro se tiró al suelo. Quesada se quedó quieto con todo su tamaño, bloqueado por los disparos. Rosa se tiró sobre él para ponerlo a salvo. El Caimacán también se agachó, pero antes dio una rápida indicación a los perros. Los cuatro animales rodearon el lobby y atacaron por los flancos al guarda de seguridad, que intentaba cargar el arma. Con una estudiada técnica lo inmovilizaron sin hacerle demasiado daño.

—¿Por qué nos disparas? —le gritó el Caimacán.

El hombre era presa del pánico. La palidez de su rostro y los desorbitados ojos no podían ser producto del miedo a los perros. Solo fue capaz de emitir unos sonidos inarticulados.

—Está enajenado —dijo Lang—. Han debido de pasar por aquí nuestros amigos del inframundo.

—Tranquilo. No te vamos a hacer nada. —Le dio dos bofetadas, luego le sujetó de la chaqueta—. ¿Qué ha pasado?

—Ha salido —dijo con voz temblorosa—. ¡Ha salido! Yo...

—¿Dónde está?

El hombre señaló con los ojos la zona de los ascensores. No se sabía si para indicar el lugar o por temor de que por allí viniera algo terrorífico.

—¿Estará arriba?

—Todo parece señalar que sí —dijo Rosa.

—Pues vamos entonces.

Lang le arrancó la tarjeta al guarda. Todos fueron hacia la escalera salvo Quesada, que se retrasó unos pasos.

—Perdonad —dijo con retraimiento—. No es que sea un cobarde, pero no entiendo muy bien en qué consiste todo esto. Yo solo soy abogado, y ya no tan joven. Me parece que voy a ser más un estorbo que otra cosa.

—Tal vez tiene razón —dijo Lang—. Podría esperarnos aquí abajo.

—No estoy de acuerdo —cortó el Caimacán— Nos han dicho que fuéramos todos y así tiene que ser. No sabemos qué nos vamos a encontrar allí arriba, pero nada dice que no sea más útil que cualquiera de nosotros. Y que nadie hable de edad, que seguro que soy el más viejo.

—Estoy de acuerdo —añadió Rosa— y, además, este sitio tampoco tiene por qué ser más seguro. Debemos subir todos. Incluso a Ana se la echa de menos.

—Y a Dona también —comentó Lázaro.

—Ella no es una primigenia —respondió Rosa con sorprendente sequedad.

—Ni tú tampoco —replicó Lang.

—Yo sí sé quién soy.

Se creó un silencio que fue roto por el sonido de la puerta del ascensor.

—Pues vamos entonces todos —dijo Lang con urgencia.

Quesada accedió con mansedumbre. Subieron a la última planta que les permitía el ascensor. Parecía desierta. La moqueta aún seguía mojada por el sistema contra incendio que había saltado esa mañana.

Atravesaron el pasillo tomando todas las precauciones, no hubiera algún enemigo apostado en los despachos laterales, pero no apareció nadie ni nada. Llegaron rápidamente al ascensor situado en el otro extremo del edificio.

—Estarán los borradores arriba.

—¿Cuántos habrá?

—Más me preocupa cómo van a ser. Si han salido a la superficie es para proteger a Niebla de nosotros, por lo que estarán elegidos en consecuencia.

Las compuertas del ascensor seguían averiadas por el disparo de Dona. Las abrieron sin dificultad. Esta vez el ascensor estaba en esa misma planta.

—¿No os parece que todo es demasiado fácil? —dijo Lang—. Como si estuvieran esperándonos.

El ascensor no tenía cabina, sino una sencilla plataforma de mármol negro. Se montaron todos, pero los perros se negaron a subir. El Caimacán hizo todo lo posible, incluso tiró de ellos sin ningún resultado. Ni siquiera la perra se atrevió a cruzar la línea del ascensor. Tiraron más bien de su amo para que se quedara con ellos. No parecía que actuaran por cobardía. Podría decirse que habían tomado en conjunto una decisión fría y razonada.

—No lo entiendo —comentó el Caimacán—, si les dijera

que saltaran de un décimo piso lo harían sin dudarlo. Y ya han arriesgado su vida por mí en más de una ocasión. ¿Qué habrá allí arriba que tiene tal efecto en ellos?

—Los perros nos son muy útiles, pero no imprescindibles —exclamó Lang un poco harto. Miró hacia arriba. Lo único que creyó ver fue una luz rojiza—. Si no quieren subir, habrá que dejarlos aquí.

Una sombra cruzó los ojos muertos del Caimacán.

—Esto no es bueno. Nada bueno. No se parece a nada vivido hasta ahora.

—Si quieres quedarte también, no hay problema —insistió Lang con visible nerviosismo. El Caimacán subió al ascensor sin protestar. En la pared había únicamente un botón de ascenso y otro de descenso. Presionaron el primero. La plataforma se puso en funcionamiento. No había paradas intermedias. El cuadrado de luz rojiza estaba cada vez más cerca. El Caimacán seguía mascullando sus últimas palabras. Puso su mano sobre el hombro de Lázaro. Los dos parecieron tranquilizarse con el gesto. Lang miró a Quesada. Sus ojos cansados no reflejaban ningún tipo de emoción, como si estuviera yendo a trabajar una mañana más. Miró después a Rosa y la sorprendió mirándolo a él fijamente. Sus enigmáticos ojos parecían buscar en Lang una respuesta a sus propias dudas. En cuanto se vio descubierta, apartó la vista con algo de rubor. Era la primera vez que el detective notaba una fisura en la férrea seguridad que había visto desde aquel primer Atreo tan bien representado. Ella seguía siendo la gran duda de todo el caso, pero no la más urgente, por lo que el detective había decidido aplazar todas las preguntas.

Llegaron al último piso de la torre. El suelo del ascensor se detuvo en el nivel del suelo para convertirse en la baldosa central de una gran sala cuadrangular. El techo era una estructura metálica con forma de pirámide y cubierta de cristales. En el vértice superior había una gran lámpara apagada. Probablemente de allí provenía el gran foco que se había encendido el día de la inauguración de Alanka. La luz rojiza que Lang había visto procedía del atardecer de la ciudad que atravesaba las paredes de cristal. No había nada más. En medio de aquel lugar, los cinco permanecieron agrupados a la espera de algo que no terminaba de suceder.

Unos pasos se escucharon en la penumbra de una de las esquinas. Todos miraron hacia ese lugar. Entre las sombras vieron el perfil de un hombre que se dirigió a ellos. Se pusieron en posición de ataque.

—Buenas tardes, señores —dijo la sombra. Reconocieron la voz de Niebla. El rojo del cielo se reflejaba en sus gafas circulares.

—No os incomodéis. No hay nadie más conmigo y no estoy armado. —Dio unos pasos más y extendió los brazos. En una mano tenía un libro encuadernado en cuero negro—. No tengo ninguna intención de haceros daño, sino todo lo contrario. Habéis llegado al final del camino y ahora es el momento de que conozcáis la verdad.

Mientras hablaba comenzó a caminar por la periferia de la sala. Los demás giraban sobre ellos mismos para tenerlo a la vista. Aunque nadie abrió la boca, se sentía el interés de todos en las palabras de Niebla.

—¿No os parece lamentable que después de todo lo que habéis sufrido, nadie os haya dicho lo que está sucediendo en esta ciudad? El miedo a la verdad… me parece la peor de las cobardías. ¿O acaso os habéis creído las mentiras que os ha contado el bibliotecario? Probablemente os habrá dicho algo así como que tenéis que salvar la ciudad del malvado que la quiere destruir. ¿Me equivoco?

—Exactamente —dijo el Caimacán. Intentó avanzar hacia Niebla. Pero los demás lo retuvieron.

—Max, Max... —dijo Niebla condescendiente—. Compañero, ¿no te parece que es un hilo argumental demasiado simple? La vida no tiene solo dos colores y me sorprende que un bibliotecario caiga en un relato tan tópico. La verdad no es que quiera destruir la ciudad, sino que pretendo liberarla y para ello cuento con todos vosotros. Aunque os parezca absurdo, mi intención es convenceros para que me ayudéis en mis propósitos y de paso os ayudéis vosotros mismos. Para eso habéis venido aquí y para eso habéis sido preparados durante los últimos días. ¿Verdad, Rosaura?

Todos se giraron hacia Rosa. Un movimiento imperceptible creó un vacío a su alrededor. Apuró una sonrisa mientras salía del recuadro central. Se giró hacia ellos. Lang murmuró un «lo sabía» lleno de rabia.

—No sabes nada, Lang —dijo ella manteniendo la sonrisa pero con tono serio—. No tienes ni idea de lo que sucede: ni de quién eres realmente, ni de lo que es esta ciudad. Solo te pido que no me juzgues hasta el final.

—He tenido una obsesión toda mi vida —continuó Niebla como para sí—: la libertad. Puede decirse que la esencia de mi carácter es la búsqueda de la libertad a través de la verdad. Pienso que son valores absolutos que están muy por encima de otros como la bondad, la belleza o la felicidad. Descubrí la realidad de nuestra existencia hace tiempo, esa verdad que el bibliotecario os ha escondido. Y la triste verdad es que no somos libres. La verdad es que no somos dueños ni de nuestros actos más conscientes. La verdad es que hemos sido creados como muñecos con millones de hilos que se mueven según la voluntad de nuestros creadores.

Hizo una pausa significativa. Todos aguantaron la respiración. Niebla pareció sonreír al constatar el efecto de sus palabras.

—Nosotros hemos sido ideados por unos individuos que se autodenominan escritores. Tienen el poder de crear vidas con un cierto grado de autonomía y una gran impresión de autenticidad. De hecho, cualquiera de vosotros tiene más entidad que muchos seres humanos de carne y hueso: don Juan Tenorio, mi querido Max Estrella, Lázaro de Tormes o el insigne don Quijote. Si se os llama primigenios es porque conformáis obras maestras del espíritu humano. Habéis sido capaces incluso de superar a vuestros propios creadores pero vuestra vida está condensada en unas pocas páginas impresas.

Mostró el libro que sujetaba y lo contempló después en silencio.

—Sin embargo —continuó—, las vicisitudes de la vida han provocado no ya que olvidarais vuestros origen, sino que vuestra esencia se aletargara en la inconsciencia. Estabais soñando en esta ciudad dormida y era necesario poneros en situaciones límite para que vuestro verdadero personaje floreciera. Ese fue el motivo de que muchos fuerais invitados a la fiesta y esa ha sido la misión que Rosaura ha cumplido extremadamente bien. Tengo que admitir que el bibliotecario nos ha sido de gran ayuda. El pobre no es consciente del trabajo que nos ha ahorrado con el joven Lázaro.

Una nueva incomodidad se había adueñado del grupo. Aunque todos se mantenían en guardia, se podía sentir que el discurso de Niebla los estaba afectando.

—Todos habéis sentido algo nuevo en estos días. Como si hubierais abandonado un sueño pero que aún no estuvieseis completamente despiertos. Para entrar de lleno en la vigilia necesitabais estas palabras que os dirijo. ¿Nunca habéis sentido que vuestra vida la estaba escribiendo una mano ajena? Ahora sabéis por qué.

—¿Y los monstruos? —preguntó Lang.

—Los monstruos, los borradores o los gusanos, da igual como se los llame. Son los habitantes de la ciudad subterránea, el residuo de la creación, los seres malformados por la ineficiencia o crueldad del artista. Han sido relegados por su condición menor a vivir en un lugar infernal, apartados de los personajes cerrados y completos. Son los que más lástima me dan. Liberarlos es una cuestión de justicia.

—Me parece que has construido una historia que funciona mucho mejor que la de buenos y malos del bibliotecario —interrumpió Lang—. Sobre todo lo del despertar y la acción de la amiga traidora. Pero hay unos cuantos detalles que no funcionan: si los borradores son tus aliados, ¿por qué intentaban matarnos? Si la idea era que despertáramos, ¿para qué raptaste a Quesada?

—Veo que esta versión del Tenorio es mucho más reflexiva de la habitual —comentó Niebla, casi como si estuviera hablando de alguien ausente—. Cuánto has cambiado desde aquella vez que arruinaste mis planes.

—Fuiste tú —exclamó el detective, enfurecido— quien raptó a todos esos niños. —Los músculos se le tensaron y dio un paso al frente, pero el Caimacán lo sujetó.

—Exactamente —dijo Niebla con tranquilidad—, fue mi primer intento de lograr el virus que acabaría con todos nosotros. Luego me di cuenta de que ninguna enfermedad acabaría con los personajes, aun así la ayuda del marqués me ha sido muy útil.

»Pero volvamos a lo importante —continuó—. Uno de los inconvenientes de creer en la libertad absoluta es que no te puedes permitir poner ningún límite a ningún acto, sino confiar en que cualquiera de las posibilidades te favorezcan. Esta historia podía haber terminado de cualquier otra manera: Lázaro y Quijote asesinados, tú mismo devorado por un animal o Ana Ozores siendo destruida por el virus Alanka. No hubiera pasado nada. Mis propósitos se habrían cumplido de todas formas. Pero afortunadamente los acontecimientos están sucediendo de una forma mucho mejor: despiertos y conscientes, estáis preparados para nuestra gran venganza. Apuesto incluso que comenzáis a recordar vuestras historias.

Efectivamente, no podían negarse a la evidencia de Niebla. Sus cerebros desvelaron palabras y frases que habían tenido grabadas en la memoria desde siempre. Vivencias que existían agazapadas y ahora saltaban con violencia reestructurando brutalmente su pasado. Todos mantuvieron un largo silencio, ocupados en sus nuevos recuerdos.

—Y ahora que os redescubrís —continuó Niebla—, estaréis de acuerdo conmigo en nuestra terrible condición. Nuestros actos, nuestros sentimientos, nuestras ideas han sido pensados por alguien, que no tiene por qué tenernos siquiera algo de afecto. Os decía antes cuál era la verdad: no somos libres ni para respirar. Esta idea me torturó durante mucho tiempo hasta que descubrí que al menos se nos ha reservado un acto de libre voluntad: podemos dejar de existir voluntariamente.

Hizo un gesto de prestidigitación con las manos y se quedó expectante. Todos parecían entender lo que proponía. Lang descubrió con alarma lo afectados que estaban los demás. Rosa miraba al suelo, distanciada de la escena.

—No puedo creer que Rosa, o Rosaura, piense igual que tú —dijo Lang. Ella apenas levantó un poco la mirada.

—Eso es porque no conoces su historia —dijo Niebla—. Es

si cabe más dolorosa que la mía: un personaje que es consciente de serlo. Su autor, Calderón de la Barca, intentó demostrar mediante su obra la intrínseca libertad del ser humano. La paradoja es que para ello comete el gran crimen de crear personajes sin libertad. Rosaura es una de las mujeres más apasionadas y valientes, pero por culpa de su creador nunca podrá estar con el amor de su vida. ¿No os parece odioso?

Lang miró a Rosaura. Sus ojos estaban enrojecidos, aunque el detective no supo localizar el sentido de las lágrimas. ¿Quién sería el sujeto que logró enamorar a aquella mujer? Sintió envidia y celos. Miró a los demás. El chico y el ciego estaban verdaderamente impresionados. Por lo visto no habían disfrutado con lo que acababan de recordar. Temió por ellos. Quesada había sufrido un cambio más extraño. Parecía aún más confundido de lo habitual.

—Es hora de que rompamos las cadenas —continuó Niebla, cada vez con un tono más encendido—, que nos venguemos de nuestros creadores y demostremos que poseemos dignidad y orgullo. Debemos ser libres al menos un único instante. Vosotros, los primigenios, debéis servir de ejemplo al resto de los personajes. Seréis los guías de esta revolución contra nuestros impunes creadores. ¿Acaso rechazaréis este honor?

Niebla se acercó a un extremo de la sala. Abrió uno de los paneles de cristal que daban al exterior. Un golpe de viento le hizo tambalearse. Echó una mirada complacida a la ciudad que se extendía a sus pies y volvió al interior.

—Nosotros los personajes solo desaparecemos cuando se destruye nuestro libro —señaló el que tenía en la mano— o bien cuando libre y conscientemente lo decidimos.

—¡La biblioteca! —dijo Lang.

—Elemental, mi querido Tenorio. Allí está el verdadero corazón de la ciudad, por ahora. —Se dirigió al Caimacán—. Max, amigo mío, ya lo dijiste una vez: por qué no regenerarse con un vuelo. ¿O es que siempre vas a ser esclavo de tu ceguera, tu alcoholismo y tu mala suerte? Y tú, Lazarillo, ¿hay acaso una vida más triste que la tuya?

—Pero ¿es que os habéis vuelto locos? —gritó Lang a la desesperada. Su cabeza funcionaba a toda velocidad. Sabía que había una pieza que no encajaba, pero no lograba encontrarla. Necesitaba luchar contra las ideas venenosas de Niebla, que habían contagiado a Lázaro y al Caimacán. En el fondo también necesitaba convencerse a sí mismo.

—Aquí no hay nadie loco más que don Quijote, ¿verdad Quesada? —dijo Niebla obviando a Lang—. He aquí el hazmerreír constante de todo el mundo, el bufón sin aparente cerebro que solo recibe golpes mientras pronuncia sabios discursos que caen en el vacío. Qué sentido tiene saberse así, humillado lectura tras lectura. ¿Acaso no vale más un último gesto con el que recuperar el orgullo? ¿Un acto valiente que constate que se es libre?

Pero la reacción de Quesada no pareció satisfacer a Niebla.

—Me parece que no has acabado de descubrir tu verdadero ser. Han sido demasiados los años de autodominio y ni siquiera el paso por el inframundo ha sacado la furia que llevas dentro. No sé si ese negar tu naturaleza te va a hacer más fuerte o más débil, aunque tal vez lo sepamos pronto. Me pregunto qué habría pasado si hubieras conocido a Sancho.

Lang pensó en el gordo camarero y se preguntó qué tipo de relación tendría aquel tipo con Quesada. Había algo en la voz de Niebla que hundía el ánimo. Como si cada palabra emitida atrapara parte de la vida de su público. El propio detective sentía cómo se debilitaba su confianza e incluso su ansia vital. Pensó en su vida de don Juan, siempre obsesionado por la conquista de mujeres sin poder amar a ninguna.

—Y tú, don Juan, siempre obsesionado por la conquista de mujeres sin poder amar a ninguna —repitió Niebla en voz alta. Lang no entendía si era capaz de leerle el pensamiento o por el contrario dirigía su discurso interior—. ¿No te cansa una vida tan vacía? Crees que disfrutas del existir, pero no haces más que repetir como un robot los actos que tienes asignados. ¿Acaso no te queda un mínimo de honor para terminar como un caballero?

El viento entraba por la ventana. El abismo los llamaba con el sonido de las palabras de Niebla. Una mezcla de desidia y resquemor hacia sus creadores había inundado el ánimo de todos ellos. El Caimacán fue el primero que avanzó hacia aquel vacío. Lang intentó protestar, pero se dio cuenta del sinsentido de todo aquello. La diferencia entre vivir y morir no le parecía tanta y él mismo reprimía sus deseos de saltar. Niebla, complacido, los invitaba con un gesto. Una sonrisa de placer dominaba su cara.

—¡Buenas noches! —dijo con voz lúgubre el Caimacán mientras caminaba con gestos lentos pero seguros hasta el hueco. Todos miraban la escena como si fuera un funeral orquestado, casi nerviosos porque les tocara el propio turno. La chaqueta del Caimacán revoloteaba con el viento como las alas de un cuervo al extender los brazos con gesto de abrazar la inmensidad. Ya tenía un pie en el abismo cuando un grito que no parecía humano lo detuvo. Todos parecieron despertar de un sueño en ese instante. Dirigieron la mirada hacia Niebla, pues el grito provenía de él. Había perdido su compostura y miraba con ojos desquiciados su estómago. Del interior sobresalía la punta de una espada roja de su propia sangre. Inútilmente intentó liberarse de aquel metal con sus manos. Parecía no darse cuenta de que el problema estaba tras él. Rosa, con un movimiento que había pasado inadvertido a todos, se había escondido tras Niebla, había desenfundado la espada y había arremetido contra él en el momento en que el Caimacán se disponía a saltar. Sujetaba el mango del arma con fuerza, para evitar que su nuevo enemigo se girara, mientras hacía esfuerzos para moverlo hacia el abismo. Tras la confusión inicial, Niebla fue consciente de aquel propósito. Intentó escapar de su destino oponiendo toda la resistencia que podía, pero Lang fue más rápido y se apresuró a ayudar a Rosa. Entre los dos lograron acercar al doctor Niebla a la muerte que les había destinado. Con un último empujón se precipitó al vacío.

Contemplaron el lugar donde Niebla había caído mientras Rosa limpiaba la sangre de la espada. El cerebro del detective marchaba a velocidad de vértigo. Podía entender que aquella mujer fuera un agente doble, pero en ese momento podría tratarse de uno triple o incluso cuádruple.

—¿Puedes explicarme quién eres realmente? —le dijo con toda seriedad.

—En mi obra me disfrazo dos veces. Tal vez esta sea mi verdadera cara.

—¿Todo esto estaba previsto? —Lang vio en sus ojos una nueva dulzura. El detective se acercó a ellos como para beberlos. Esta vez no parecían verdes ni azules, sino de un sencillo color castaño. Le parecieron irresistibles.

—No —respondió ella—. Lo acabo de decidir. Hasta hace un minuto estaba convencida de que quería destruirlo todo. Y tal vez era lo necesario, Niebla tiene toda la razón, pero no quiero perderte. —Se habían abrazado, casi sin darse cuenta.

Los dos se miraron como si contemplaran un universo recién creado.

—¿Soy acaso una egoísta?

Iba a decir más, pero Lang la calló con un gesto. Se dijeron palabras sin sonidos mientras sus labios se unieron en un largo beso. Lang se sintió extraño, adolescente y puro. Pensó en el amor: esa palabra.

Un ruido súbito los hizo volver a la realidad. En una esquina de la sala estaba el libro de Niebla. Se le había caído en su vano intento de salvar la vida. Sin embargo, el libro no estaba quieto, la cubierta se había abierto sola y las páginas pasaban como batidas por un viento huracanado.

Todos rodearon aquel extraño objeto sin decidirse a tomar una decisión. Las páginas avanzaban hacia adelante y hacia atrás a gran velocidad. Parecía que unas manos invisibles estuvieran buscando desesperadamente un pasaje. De repente, el libro quedo quieto, abierto sobre el lomo. Parecía que todo había terminado, pero no fue así. Las frases impresas se estaban despegando del papel, y sobresalían como tentáculos negros. Todos dieron un paso atrás. Los extremos de aquellos extraños dedos se partían en palabras que a su vez se dividían en letras para convertirse finalmente en polvo de tinta negra, como partículas oscuras, que parecía desaparecer en la habitación. En poco tiempo el interior del libro quedó completamente blanco, limpio de cualquier palabra que pudo acoger.

—Esto no me gusta nada —dijo Rosa cuando pareció que aquello había terminado—. Lo mejor es que nos vayamos de aquí.

Fueron hasta la superficie del ascensor, pero no parecía funcionar. Lang miró a su alrededor en busca de alguna solución. Advirtió algo parecido a una partícula de polvo negro suspendida en el aire, fue a apartarla con la mano, pero se dio cuenta de que no era algo, sino más bien la ausencia de algo, como una partícula de oscuridad. Con el movimiento se movió hasta el Caimacán.

—¿Qué es eso? —susurró el ciego mientras alargaba él mismo la mano para tocarla.

—Ni idea —dijo Lang—. Simplemente flota. Pero ¿cómo la puedes ver?

—Es cierto —gritó con asombro—. ¡Puedo ver!

Todos se giraron hacia él. Intentaba agarrar la partícula, pero se le escapaba entre los dedos. Sus ojos seguían, sin embargo, completamente muertos.

—¿Nos ves? —preguntó Lázaro.

—No. Solo veo esta pequeña lucecita flotante en medio de toda la oscuridad que llevo dentro. ¿Qué es?

—No es una lucecita, sino todo lo contrario. Es algo que oscurece a su alrededor.

—Allí viene otra —dijo el Caimacán. Efectivamente, otra mota oscura flotaba junto a la primera— y otra más. Dios mío…

Aparecieron nuevas partículas sin un origen determinado. Salían de la nada y flotaban sin orden ni concierto, al azar de la ligera brisa que ellos mismos podían provocar. Apartarlas no tenía sentido, pues aunque se movían con el movimiento de la mano, otro grupo ocupaba su lugar. El Caimacán había comenzado a llorar. Tenía los brazos abiertos y miraba a su alrededor sobrecogido.

Lázaro, por su parte, notó un malestar extraño. Como un frío interior que le recordó a sus pesadillas con la Hueco. Intentó evitar el roce de las partículas pero cada vez era más difícil esquivarlas, el frío interior recorría la superficie de su piel a pesar de que estaba sudando en abundancia. Una partícula flotaba alrededor de su cara. Intentó apartarla pero respiró fuerte y la absorbió por la nariz. Una absoluta sensación de vacío y desaliento le inundó. Era ese mismo frío y soledad que surgía en las terribles pesadillas de niño, pero en esa ocasión lo estaba viviendo completamente despierto. El temor a pasar miedo le provocó pánico. No pudo evitar aspirar más partículas, con lo que multiplicaba esa sensación de desconsuelo que ya parecía insuperable con la primera.

—¿Qué le pasa a Lázaro? —preguntó Lang—. Parece enfermo.

Lázaro se acercó al Caimacán en una búsqueda desesperada de calor vital. Lo cogió del brazo para que lo abrazara. El ciego seguía contemplando las partículas que parecían crecer a su alrededor. Cuando sintió el contacto de Lázaro se giró hacia él como alucinado, hizo un movimiento brusco y lo tiró al suelo de un empujón. Lázaro aspiró una bocanada de aire y todos vieron cómo absorbía las partículas, a la vez que se ovillaba sobre sí mismo, lleno de temblores.

Rosa se acercó pero no pudo más que constatar que estaba sufriendo algún tipo de alucinación. Se había quedado en posición fetal, abrazado a sí mismo y temblando como si estuviera hundido en la nieve.

—Tenemos que salir de aquí —dijo Lang.

El Caimacán dio un grito.

—¡No quiero más luz! Dadme oscuridad. Me duelen los ojos de tanta luz.

Se separó del grupo con pasos torpes mientras intentaba inútilmente quitar las partículas a manotazos.

—¡Quiero ser ciego otra vez! —gritó—. ¡Arrancadme los ojos, por favor!

Comenzó a golpearse en los ojos con los puños y a herirlos con las uñas en un vano intento de sacárselos de las cuencas.

—¡Hay que detenerlo! —dijo Quesada.

Él y Lang intentaron sujetarlo, pero estaba fuera de sí. Rosa fue a ayudarlos y entre los tres lo tiraron al suelo. Le ataron las manos a la espalda para que dejara de dañarse. Cuando se vio inmovilizado convirtió los gritos en lamentaciones y lloros.

Contemplaron al Caimacán y a Lázaro, los dos adquirían una postura similar en el suelo, aunque uno lloraba y el otro temblaba. Estaban completamente fuera de juego. Rosa y Lang, con ambas espadas en ristre, caminaron alrededor de la sala en busca de algún modo de salir. Quesada se quedó junto a los caídos. Los grupúsculos oscuros iban y venían sin intención aparente, pero no parecía haber nada nuevo en la sala y a ellos no parecía afectarlos.

—¿Qué es eso? —preguntó Quesada.

Lang y Rosa se giraron. Las partículas complicaban la visión, como si se encontraran en medio de una tormenta de nieve negra. El abogado señalaba con el dedo una zona donde las partículas se habían concentrado hasta el punto de llegar a algo compacto.

—¿No son las gafas de Niebla?

En medio de la oscuridad había una forma irregular que sujetaba las inconfundibles gafas. Probablemente se le habían caído antes de desaparecer por la ventana.

—¿Quién eres? —preguntó Lang.

—¿Que quién soy? —exclamó la fría voz del doctor Niebla.

Los rasgos de Niebla se habían concretado, aunque no era de carne sino de nube oscura. Las partículas parecía que se ordenaban según una única voluntad. Se extendían por la sala como tentáculos de humo. Lázaro y el Caimacán estaban casi completamente cubiertos por la oscuridad.

—Soy vuestro liberador. El profeta de la libertad. Soy el ahorcado y la negra noche. En poco tiempo todos seremos uno. No habéis querido caminar por el camino de la gloria por lo que tendré que destruiros como esclavos que sois.

—Eso no va a ser así —exclamó Rosa. Sus ojos centelleaban dc luz.

Elevó la espada y corrió hacia la nube con forma de Niebla, que comenzó a reír ante la carrera de la chica.

—Rosaura de Moscovia. Has sido muy hábil, pero no lo suficiente para poder destruirme. Sabes tan bien como yo que nuestro espíritu es inmortal. ¿Pretendes matarme otra vez? Me has defraudado. ¿Tanto te merecía la pena el amor? Os voy a enseñar ahora mismo lo que es el amor.

Tras las últimas palabras la espada cayó al suelo con un golpe metálico. Rosa paró en seco y se tocó la cara con las manos. Luego se dio la vuelta con los brazos extendidos. Los ojos se habían transformado en esferas del más brillante espejo, como de mercurio. Lang corrió a socorrerla.

—¿Estás bien? —dijo. Pero no añadió más. En el momento en el que vio su imagen reflejada en el espejo de sus ojos se quedó petrificado, como si hubiera visto algo que le hubiera congelado la sangre y todas las articulaciones. Los dos se quedaron en esa posición, cara a cara con los brazos en contacto y las facciones inertes, mirándose sin ver nada más que su propia alma.

Las partículas oscuras comenzaron a crecer alrededor de ellos. La sala se estaba convirtiendo en una gran oscuridad. Quesada, delgado y quieto, veía en la soledad del centro cómo Niebla reía mientras la nube reptaba hacia los cuerpos inmóviles de Lang y Rosa. Ya no quedaba nada del Caimacán ni de Lázaro.

Él apenas se había movido en todo aquel tiempo y tuvo la impresión de que aquel ser se había olvidado de su presencia. Pero no había estado tan impasible como aparentaba. Los horrores que acababa de ver, unidos a las últimas experiencias, lo estaban removiendo por dentro de una manera sorprendente. Su natural flemático lo había llevado a vivir con mesura y freno. No había nada que le desagradara más que las explosiones incontroladas, pero en ese momento se estaba sintiendo tentado como nunca a realizar las acciones más irracionales. Tal vez era ese espíritu quijotesco que se acababa de conocer.

Las partículas ascendían por las paredes de la pirámide. Parecía que aumentaban con los cuerpos que engullían. Miró con tristeza el lugar donde habían estado el Caimacán y Lizard. No le veía ningún sentido resistirse. Poco podría lograr él, un simple abogado ya mayor, en aquella situación ante la que aguerridos jóvenes habían sucumbido. Lo mejor era acabar cuanto antes.

—¿Qué esperas para terminar conmigo? —dijo con los brazos extendidos.

Pero el perímetro de Quesada se mantenía libre de partículas, como si le rehuyeran por algún motivo.

—¿Qué sucede? ¿Acaso no puedes conmigo? —dijo.

Tuvo en ese momento una intuición seguida de una certeza. Un sentimiento de orgullo desconocido hasta ese momento le incitó a morir de forma más honorable, buscando la venganza de Rodrigo y de aquellas personas que yacían a su alrededor. Dio un paso hacia adelante. La nube se retiró ligeramente para luego volver a recuperar su posición de acecho.

—No puedes hacerme nada, ¿verdad? ¿A esto te referías cuando mencionabas mi autocontrol? ¿Así que mientras no me convierta en don Quijote no puedes atacarme como al resto?

Las cabezas congeladas de Lang y Rosa aún no habían sido absorbidas por las partículas. Se acercó y cogió una espada en cada mano. Quesada sintió un calor febril que se apoderaba de él. Tal vez era eso lo que Niebla necesitaba. Notó cómo el cerebro se le nublaba y el ardor encendía sus músculos. Como alguien poseído comenzó una batalla con su doble hierro contra la nube absoluta. Era una batalla sin sentido, pues su oponente no podía ser dañado. Aun corriendo el riesgo de herir a alguno del grupo, saltó, giró, atacó y se defendió como un bailarín loco. Cada cara se convirtió en ejércitos imposibles y con la osadía del que ha perdido toda la esperanza saltaba contra ellos en un inútil intento de atravesarlos con alguno de sus filos.

Quesada se veía desde fuera actuando de aquella manera y ya se creía dominado por Niebla. Cada uno había sucumbido de una manera particular. Max y Lázaro atacados por sus miedos más profundos; Rosa y Lang por su imposibilidad amorosa. No sería extraño que su fin fuera la locura en movimiento. La euforia irracional que lo dominaba era algo tan nuevo y tan poco propio que no hacía más que favorecer esa idea. Sin embargo, mientras que el resto del grupo estaba dominado por las partículas, a él lo seguían esquivando.

—¡Quieres acabar esta historia! —gritó lleno de furia auténtica esta vez.

En ese momento llegó el odio. Duró solo unos segundos. El tiempo que se tarda en vaciar los pulmones con un grito. A sus oídos llegó brutal la carcajada de Niebla. Parecía que se había salido con la suya y por fin tenía a Quesada a su merced. El abogado vio cómo las partículas se acercaban finalmente a su cuerpo. Pensó que moriría, pero en la inercia que llevaba de ataque incontrolado notó que las espadas golpearon algo físico en la oscuridad. Al instante, la negrura desapareció. Fue sustituida por la tranquila oscuridad de la noche y la luz de la ciudad.

Lang y Rosa parecieron despertar de un sueño. Se sorprendieron al encontrarse abrazados y mirándose a la cara. Se abrazaron con más fuerza. Lázaro se levantó del suelo. Aún seguía pálido pero parecía sano. El Caimacán protestó porque no podía moverse. Lo desataron y también se puso en pie. Quesada estaba en cuclillas, contemplando lo que había destrozado con las espadas. Se trataba del libro de Niebla, que había quedado deshojado y atravesado por el filo. Las cubiertas aún conservaban el título, que era el mismo nombre del doctor, y un autor del que nunca había oído hablar: Miguel de Unamuno.

Tras unos segundos de paz creyeron oír el estruendo de algo que se rompía. No se trataba de algo físico ni siquiera se trataba de un sonido real, pero aun así era ensordecedor. Miraron por la ventana y vieron que la ciudad se estaba descomponiendo en trozos. Como si su imagen plana fuera recortada para formar una inestable vidriera a punto de quebrarse, pero que al instante volviera a su estado sólido y completo. El resquebrajamiento se acercó a la torre y les llegó a ellos mismos. Cada uno vio cómo su propia imagen y la de los demás se rompía para reconstruirse al instante. El sonido también fue alejándose. Fue algo tan rápido que no les dio tiempo casi ni a recordarlo. Todos se tocaron la cara y el cuerpo cerciorándose de que estaban completos. Miraron por la ciudad. No parecía que hubiera pasado nada, aunque una sensación de total extrañamiento los invadía.

# Epílogo

«Tal vez debieras haberos contado la verdad sobre vosotros y la ciudad en su momento, cuando la amenaza de su destrucción estaba tan cerca, pero se trataba de una decisión demasiado arriesgada para las circunstancias y por otro lado es algo que nunca había sucedido. Sinceramente, no pensé que la intención de Niebla fuera la de abriros los ojos. Ha roto todas las reglas del juego, pues somos muy pocos los conscientes de nuestra condición de personajes. Hasta este momento solo lo sabían quienes por su particular naturaleza estaban destinados a conocer la verdad, como él o yo mismo. El resto, podría decirse, erais parte de la ciudad dormida. Aunque bien mirado, Niebla, o Augusto Pérez como se llama en realidad, simplemente se ha dejado llevar por el carácter del personaje que es. Quien pretendía alcanzar la libertad absoluta no ha hecho otra cosa que seguir a pies juntillas el guión que su escritor le había señalado.

»Pero vuestro caso es diferente. No tenéis inscrito el autoconocimiento en vuestro espíritu y vuestra reacción puede ser imprevista, aunque tal y como os habéis comportado me parece que lo estáis asumiendo perfectamente. Cualquier otra persona hubiera enloquecido. Vuestra situación es muy débil en ese sentido, pero al mismo tiempo poseéis un grandísimo poder que solo habéis comenzado a conocer. Sois libres de utilizarlo convenientemente.

»Creo que todos habéis visto cómo se ha roto en pedazos toda la realidad para volver al instante a su misma situación. Me parece que la destrucción parcial de la biblioteca ha producido una pequeña falla lógica. La realidad ha tenido que reestructurarse con los nuevos parámetros y asentarse de nuevo. Como una casa a la que le mueven los pilares de golpe. Si ha sido así, podemos decir que no ha pasado nada, pero a la vez todo va a ser diferente. La quiebra del sistema va a crear nuevas realidades y tal vez vosotros seáis los encargados de mantener la nueva armonía. Tengo la sensación que se está construyendo una nueva relación entre el escritor y su personaje. En tal caso, estaríamos adentrándonos en un nuevo mundo con una reglas que aún hay que descubrir o, mejor aún, escribir. Bienvenidos».